为什么读小说
系列02

人生只能独行

白先勇 黄春明 等著
向阳 主编

北京时代华文书局

图书在版编目（CIP）数据

人生只能独行 / 向阳主编 ; 白先勇等著 . -- 北京 : 北京时代华文书局 , 2021.2
(二十世纪台湾文学金典 . 小说卷 . 战后时期 . 第一部)
ISBN 978-7-5699-4091-6

Ⅰ . ①人… Ⅱ . ①向… ②白… Ⅲ . ①小说集－中国－当代 Ⅳ . ① I247

中国版本图书馆 CIP 数据核字 (2021) 第 032766 号

北京市版权局著作权合同登记号　图字　01-2020-7620

本著作物经北京时代墨客文化传媒有限公司代理，由联合文学出版社股份有限公司独家授权北京时代华语国际传媒股份有限公司，在中国大陆出版、发行中文简体字版本。

人生只能独行

RENSHENG ZHINENG DUXING

主　　编 | 向　阳
著　　者 | 白先勇　黄春明　等

出 版 人 | 陈　涛
选题策划 | 刘　平　王慧敏
责任编辑 | 周海燕
装帧设计 | 所以设计馆
责任印制 | 訾　敬
出版发行 | 北京时代华文书局 http://www.bjsdsj.com.cn
北京市东城区安定门外大街 138 号皇城国际大厦 A 座 8 楼
邮编：100011　电话：010 - 64267955　64267677
印　　刷 | 北京盛通印刷股份有限公司　010-52249888
(如发现印装质量问题，请与印刷厂联系调换)
开　　本 | 880mm×1230mm　1/32　　印　　张 | 8　　字　　数 | 200 千字
版　　次 | 2021 年 4 月第 1 版　　印　　次 | 2021 年 4 月第 1 次印刷
书　　号 | ISBN 978-7-5699-4091-6
定　　价 | 45.00 元

目录

第三章 存一种渴望

第四章 蓄一种力量

第一章

念一段记忆

游园惊梦

白先勇

流离的“异乡者”，永远的“台北人”。

钱夫人到达台北近郊天母窦公馆的时候，窦公馆门前两旁的汽车已经排满了，大多是官家的黑色小轿车。钱夫人坐的计程车开到门口，她便命令司机停了下来，窦公馆的两扇铁门大敞，门灯高烧，大门两侧一边站了一个卫士，门口有个随从打扮的人正在那儿忙着招呼宾客的司机。钱夫人一下车，那个随从便赶紧迎了上来，他穿了一身藏青哔叽的中山装，两鬓花白。钱夫人从皮包里掏出了一张名片递给他，那个随从接过名片，即忙向钱夫人深深地行了一个礼，操了苏北口音，满面堆着笑容说道：

“钱夫人，我是刘副官，夫人大概不记得了？”

“是刘副官？”钱夫人打量了他一下，微带惊愕地说道，“对了，那时在南京到你们公馆见过你的。你好，刘副官。”

“托夫人的福。”刘副官又深深地行了一礼，赶忙把钱夫人让了进去，然后抢在前面用手电筒照路，引着钱夫人走上一条水泥砌的汽车过道，绕着花园直往正屋里去。

“夫人这向好？”刘副官一行引着路，回头笑着向钱夫人说道。

“还好，谢谢你，”钱夫人答道，“你们长官夫人都好呀？我有好些年没见着他们了。”

“我们夫人好，长官最近为了公事忙一些。”刘副官应道。

窦公馆的花园十分深阔，钱夫人打量了一下，满园子里影影绰绰，都是些树木花草，围过周遭，却密密地栽了一圈椰子树，一片秋后的清月，已经升过高大的椰子树干子来了。钱夫人跟着刘副官绕过了几丛棕榈树，窦公馆那座两层楼的房子便赫然出现在眼前，整座大楼，上上下下灯火通明，亮得好像烧着了一般，一条宽敞的石级引上了楼前一个弧形的大露台，露台的石栏边沿上却整整齐齐地置了十来盆一排齐胸的桂花，钱夫人一踏上露台，一阵桂花的浓香便侵袭过来了。楼前正门大开，里面有几个仆人穿梭一般来往着。刘副官停在门口，哈着身子，做了个手势，毕恭毕敬地说了声：

“夫人请。”

钱夫人一走入门内前厅，刘副官便对一个女仆说道：

“快去报告夫人，钱将军夫人到了。”

前厅只摆了一堂精巧的红木几椅，几案上搁着一套景泰蓝的瓶樽，一只鱼篓瓶里斜插了几枝万年青；右侧壁上，嵌了一面鹅卵形的大穿衣镜。钱夫人走到镜前，把身上那件玄色秋大衣卸下，一个女仆赶忙上前把大衣接了过去。钱夫人往镜里瞟了一眼，很快地用手把右鬓一绺松弛的头发抿了一下，下午六点钟才去西门町红玫瑰做的头发，刚才穿过花园，吃风一撩，就乱了。钱夫人往镜子又凑近了一步，身上那件墨绿杭绸的旗袍，她也觉得颜色有点不对劲儿。她记得这种丝绸，在灯光底下照起来，绿汪汪翡翠似的，大概这间前厅不够亮，镜子里看起来竟有点发乌。难道真的是料子旧了？这份杭绸还是从南京带出来的呢。这些年都没舍得穿，为了赴这场宴才从箱子底拿出来裁了的。早知如此，还不如到鸿翔绸缎庄买份新的。可是她总觉得台湾的衣料粗糙，光泽扎眼，尤其是丝绸，哪里及得上大陆货那么细致、那么柔熟？

“五妹妹到底来了！”一阵脚步声，窦夫人走了出来，一把便搀住了钱夫人的双手笑道。

“三阿姊，”钱夫人也笑着叫道，“来晚了，累你们好等。”

“哪里的话，恰是时候，我们正要入席呢。”

窦夫人说着，便挽着钱夫人往正厅走去。在走廊上，钱夫人用眼角扫了窦夫人两下，她心中不禁觑敲起来：桂枝香果然还没有老。临离开南京那年，自己明明还在梅园新村的公馆替桂枝香请过三十岁的生日酒，得月台的几个姊妹淘都差不多到齐了——桂枝香的妹子后来嫁给任主席任子久做小的十三天辣椒，还有她自己的亲妹妹十七月月红——几个人还学洋派凑份子替桂枝香订制了一个三十寸两层楼的大寿糕，上面足足插了三十根蜡烛。现在她总该有四十大几了吧？钱夫人又朝窦夫人瞄了一下。窦夫人穿了一身银灰洒朱砂的薄纱旗袍，足上也配了一双银灰闪光的高跟鞋，右手的无名指上戴了一只莲子大的钻戒，左腕也笼了一副白金镶碎钻的手串，发上却插了一把珊瑚缺月钗，一对寸把长的紫瑛坠子直吊下发脚外来，衬得她丰白的面庞愈加雍容矜贵起来。在南京那时，桂枝香可没有这般风光，她记得她那时还做小，窦瑞生也不过是个次长，现在窦瑞生的官大了，桂枝香也扶了正，难为她熬了这些年，到底给她熬出了头了。

“瑞生到南部开会去了，他听说五妹妹今晚要来，还特地着我向你问好呢。”窦夫人笑着侧过头来向钱夫人说道。

“哦，难为窦大哥还那么有心。”钱夫人笑道。一走近正厅，里面一阵人语喧笑便传了出来。窦夫人在正厅门口停了下来，又握住钱夫人的双手笑道：

“五妹妹，你早就该搬来台北了，我一直都挂着，现在你一个人住在南部那种地方有多冷清呢？今夜你是无论如何缺不得席的——十三也来了。”

“她也在这儿吗？”钱夫人问道。

“你知道呀，任子久一死，她便搬出了任家，”窦夫人说着又凑到钱夫人耳边笑道，“任子久是有几份家当的，十三一个人也算过得舒服了。今晚就是她起的哄，来到台湾还是头一遭呢。她把天香票房里的几位朋友搬了来，锣鼓笙箫都是全的，他们还巴望着你上去显两手呢。”

“罢了，罢了，哪里还能来这个玩意儿！”钱夫人急忙挣脱了窦夫人，摆着手笑道。

“客气话不必说了，五妹妹，连你蓝田玉都说不能，别人还敢开腔吗？”窦夫人笑道，也不等钱夫人分辩便挽了她往正厅里走去。

正厅里东一堆西一堆，锦簇绣丛一般，早坐满了衣裙明艳的客人。厅堂异常宽大，呈凸字形，是个中西合璧的款式。左半边置着一堂软垫沙发，右半边置着一堂紫檀硬木桌椅，中间地板上却隔着一张两寸厚刷着二龙抢珠的大地毯。沙发两长四短，对开围着，黑绒底子洒满了醉红的海棠叶儿，中间一张长方矮几上摆了一只两尺高天青细瓷胆瓶，瓶里冒着一大蓬金骨红肉的龙鬓菊。右半边八张紫檀椅子团团围着一张嵌纹石桌面的八仙桌，桌上早布满了各式的糖盒茶具。听堂凸字尖端，也摆着六张一式的红木靠椅，椅子三三分开，圈了个半圆，中间缺口处却高高竖了一档乌木架流云蝙蝠镶云母片的屏风。钱夫人看见那些椅子上搁满了铙钹琴弦，椅子前端有两个木架，一个架着一只小鼓，另一个却齐齐地插了一排笙箫管笛。厅堂里灯光辉煌，两旁的座灯从地面斜射上来，照得一面大铜锣金光闪烁。

窦夫人把钱夫人先引到厅堂左半边，然后走到一张沙发跟前对一位五十多岁，穿了珠灰旗袍，戴了一身玉器的女客说道：

“赖夫人，这是钱夫人，你们大概见过面的吧？”

钱夫人认得那位女客是赖祥云的太太，以前在南京时，社交场合里见过几面。那时赖祥云大概是个司令官，来到台湾，报纸上倒常见到他的名字。

“这位大概就是钱鹏公的夫人了？”赖夫人本来正和身旁一位男客在说话，这下才转过身来，打量了钱夫人半晌，款款地立了起来笑着说道。一面和钱夫人握手，一面又扶了头，说道：

“我是说面熟得很！”

然后转向身边一位黑红脸身材硕肥头顶光秃穿了宝蓝丝葛长袍的男客说：

“刚才我还和余参军长聊天，梅兰芳第三次南下到上海在丹桂第一台唱的是什么戏，再也想不起来了。你们瞧，我的记性！”

余参军长老早立了起来，朝着钱夫人笑嘻嘻地行了一个礼，说道：

“夫人久违了。那年在南京励志社大会串瞻仰过夫人的风采的。我还记得夫人票的是《游园惊梦》呢！”

“是呀，”赖夫人接嘴道，“我一直听说钱夫人的盛名，今天晚上总算有耳福要领教了。”

钱夫人赶忙向余参军长谦谢了一番，她记得余参军长在南京时来过她公馆一次，可是她又仿佛记得他后来好像犯了什么大案子被革了职退休了。接着窦夫人又引着她过去把在座的几位客人都一一介绍一轮。几位夫人太太她一个也不认识，她们的年纪都相当轻，大概来到台湾才兴起来的。

“我们到那边去吧，十三和几位票友都在那儿。”

窦夫人说着又把钱夫人领到厅堂的右手边去。她们两人一过去，一位穿红旗袍的女客便踏着碎步迎了上来，一把便将钱夫人的手臂勾了过去，笑得全身乱颤，说道：

“五阿姊，刚才三阿姊告诉我你也要来，我就喜得叫道：‘好哇，今晚可真把名角儿给抬了出来了！’”

钱夫人方才听窦夫人说天辣椒蒋碧月也在这里，她心中就踌躇了一番，不知天辣椒嫁了人这些年，可收敛了一些没有。那时大伙儿在南京夫子庙得月台清唱的时候，有风头总是她占先，扭着她们师傅专拣讨好的戏唱。一出台，也不管清唱的规矩，就脸朝了那些捧角的，一双眼睛钩子一般，直伸到台下去。同是一个娘生的，性格儿却差得那么远。论到懂世故、有担待，除了她姊姊桂枝香，再也找不出第二个人来。桂枝香那儿的便宜，天辣椒也算捡尽了。任子久连她姊姊的聘礼都下定了，天辣椒却有本事拦腰一把给夺了过去。也亏桂枝香有涵养，等了多少年才委委屈屈做了窦瑞生的三房。难怪桂枝香老叹息说：是亲妹子才专拣自己的姊姊往脚下踹呢！钱夫人又打量了一下天辣椒蒋碧月，蒋碧月穿了一身火红的缎子旗袍，两只手腕上，铮铮锵锵，直戴了八只扭花金丝镯，脸上勾得十分入时，眼皮上抹了眼圈膏，眼角儿也着了墨，一头蓬得像鸟窝似的头发，两鬓上却刷出几只俏皮的月牙钩来。任子久一死，这个天辣椒比从前反而愈更标劲、愈更佻达了，这些年的动乱，在这个女人身上，竟找不出半丝痕迹来。

“哪，你们见识见识吧，这位钱夫人才是真正的女梅兰芳呢！”

蒋碧月挽了钱夫人向座上的几位男女票友客人介绍道。几位男客都慌忙不迭站了起来朝了钱夫人含笑施礼。

“碧月，不要胡说，给这几位内行听了笑话。”

钱夫人一行还礼，一行轻轻责怪蒋碧月道。

“碧月的话倒没有说差，”窦夫人也插嘴笑道，“你的昆曲也算是得了梅派的真传了。”

“三阿姊——”

钱夫人含糊地叫了一声，想分辩几句。可是若论到昆曲，连钱鹏志也对她说过：

“老五，南北名角我都听过，你的‘昆腔’也算是个好的了。”

钱鹏志说，就是为着在南京得月台听了她的《游园惊梦》，回到上海去，日思夜想，心里怎么也丢不下，才又转了回来娶她的。钱鹏志一径对她讲，能得她在身边，唱几句“昆腔”作娱，他的下半辈子也就无所求了。那时她刚在得月台冒红，一句“昆腔”，台下一声满堂彩，得月台的师傅说：一个夫子庙算起来，就数蓝田玉唱得最正派。

“就是说呀，五阿姊。你来见见，这位徐太太也是个昆曲大王呢，”蒋碧月把钱夫人引到一位着黑旗袍、十分净扮的年轻女客跟前说道，然后又笑着向窦夫人说，“三阿姊，回头我们让徐太太唱《游园》，五阿姊唱《惊梦》，把这出昆腔的戏祖宗搬出来，让两位名角上去较量较量，也好给我们饱饱耳福。”

那位徐太太连忙立了起来，道了不敢。钱夫人也赶忙谦让了几句，心中却着实嗔怪天辣椒太过冒失，今天晚上这些人，大概没有一个不懂戏的，恐怕这位徐太太就现放着是个好角色，回头要真给抬了上去，倒不可以大意呢。运腔转调，这些人都不足畏，倒是在南部这么久，嗓子一直没有认真吊过，却不知如何了。而且裁缝师傅的话果然说中：台北不兴长旗袍喽。在座的——连那个老得脸上起了鸡皮皱的赖夫人在内，个个的旗袍下摆都缩得差不多到膝盖上去了，露出大半截腿子来。在南京时，哪个夫人的旗袍不是长得快拖到脚面上来了的？后悔没有听从裁缝师傅，回头穿了这身长旗袍站出去，不晓得还登不登样。

一上台，一亮相，最要紧了。那时在南京梅园新村请客唱戏，每次一站上去，还没有开腔就先把那台下压住了。

“程参谋，我把钱夫人交给你了。你不替我好好伺候着，明天罚你做东。”窦夫人把钱夫人引到一位三十多岁的军官面前笑着说道，然后转身悄声对钱夫人说，“五妹妹，你在这里聊聊，程参谋最懂戏的，我得进去招呼着上席了。”

“钱夫人久仰了。”

程参谋朝着钱夫人立了正，利落地一鞠躬，行了一个军礼。他穿了一身浅泥色凡立丁的军礼服，外套的翻领上别了一副金亮的两朵梅花中校领章，一双短筒皮鞋靠在一起，乌光水滑的。钱夫人看见他笑起来时，咧着一口齐垛垛净白的牙齿，容长的面孔，下巴剃得青亮，眼睛细长上挑，随一双飞扬的眉毛往两鬓插去，一杆葱的鼻梁，鼻尖却微微下佝，一头墨浓的头发，处处都抿得妥妥帖帖的。他的身段颀长，着了军服分外英发，可是钱夫人觉得他这一声招呼里却又透着几分温柔，半点也没带武人的粗糙。

“夫人请坐。”

程参谋把自己的椅子让了出来，将椅子上那张海绵椅垫挪挪正，请钱夫人就了座，然后立即走到那张八仙桌旁端了一盅茉莉香片及一个四色糖盒来，钱夫人正要伸出手去接过那盅石榴红的瓷杯，程参谋却低声笑道：

“小心烫了手，夫人。”

然后打开了那个描金乌漆糖盒，佝下身去，双手捧到钱夫人面前，笑吟吟地望着钱夫人，等她挑选。钱夫人随手抓了一把松瓤，程参谋忙劝止道：

“夫人，这个东西顶伤嗓子。我看夫人还是尝颗蜜枣，润润喉吧。”

随着便拈起一根牙签挑了一枚蜜枣，递给钱夫人，钱夫人道了谢，将那枚蜜枣接了过来，塞到嘴里，一阵沁甜的蜜味，果然十分甘芳。程参谋另多搬了一张椅子，在钱夫人右侧坐了下来。

“夫人最近看戏没有？”程参谋坐定后笑着问道。他说话时，身子总是微微倾斜过来，十分专注似的，钱夫人看见他又露了一口白净的牙齿来，灯光下，照得莹亮。

“好久没看了，”钱夫人答道，她低下头去，细细地啜了一口手里那盅香片，“住在南部，难得有好戏。”

“张爱云这几天正在国光戏院演《洛神》呢，夫人。”

“是吗？”钱夫人应道，一直俯着首在饮茶，沉吟了半晌才说道，“我还是在上海天蟾舞台看她演过这出戏——那是好久以前了。”

“她的做功还是在的，到底不愧是‘青衣祭酒’，把个宓妃和曹子建两个人那段情意，演得细腻到了十分。”

钱夫人抬起头来，触到了程参谋的目光，她即刻侧过了头去，程参谋那双细长的眼睛，好像把人都罩住了似的。

“谁演得这般细腻呀？”天辣椒蒋碧月插了进来笑道，程参谋赶忙立起来，让了座。蒋碧月抓了一把朝阳瓜子，跷起腿嗑着瓜子笑道：“程参谋，人人说你懂戏，钱夫人可是戏里的通天教主，我看你趁早别在这儿班门弄斧了。”

“我正在和钱夫人讲究张爱云的《洛神》，向钱夫人讨教呢。”程参谋对蒋碧月说着，眼睛却瞟向了钱夫人。

“哦，原来是说张爱云吗？”蒋碧月扑哧笑了一下，“她在台湾教教戏也就罢了，偏偏又要去唱《洛神》，扮起宓妃来也不像呀！上礼拜六我才去国光看来，买到了后排，只见她嘴巴动，声音也听不到，半出戏还没唱完，她嗓子先就哑掉了——哎哟，三阿姊来请上席了。”

一个仆人拉开了客厅通到饭厅的一扇镂空卍字的桃花心木推门。窦夫人已经从饭厅里走了出来。整座饭厅银素装饰，明亮得像雪洞一般，两桌席上，却是猩红的细布桌面，盆碗羹箸一律都是银的。客人们进去后都你推我让，不肯上座。

“还是我占先吧！这般让法，这餐饭也吃不成了，倒是辜负了主人这番心意！”

赖夫人走到第一桌的主位坐了下来，然后又招呼着余参军长说道：

“参军长，你也来我旁边坐下吧。刚才梅兰芳的戏，我们还没有论出头绪来呢。”

余参军长把手一拱，笑嘻嘻地道了一声：“遵命。”客人们哄然一笑便都相随入了席。到了第二桌，大家又推让起来了，赖夫人隔着桌子向钱夫人笑着叫道：

“钱夫人，我看你也学学我吧。”

窦夫人便过来拥着钱夫人走到第二桌主位上，低声在她耳边说道：

“五妹妹，你就坐下吧。你不占先，别人不好入座的。”

钱夫人环视了一下，第二桌的客人都站在那儿带笑瞅着她。钱夫人赶忙含糊地推辞了两句，坐了下去，一阵心跳，连她的脸都有点发热了。倒不是她没经过这种场面，好久没有应酬，竟有点不惯了。从前钱鹏志在的时候，筵席之间，十有八九的主位倒是她占先的。钱鹏志的夫人当然上座，她从来也不必推让。南京那起夫人太太们，能僭过她辈分的，还数不出几个来。她可不能跟那些官儿的姨太太们去比，她可是钱鹏志明公正道迎回去做填房夫人的。可怜桂枝香那时出面请客都没份儿，连生日酒还是她替桂枝香做的呢。到了台湾，桂枝香才敢这么出头摆场面，而她那时才冒二十岁，一个清唱的姑娘，一夜间便成了将军夫人了。卖唱的嫁给小户人家还遭多少议论，又何况是入了侯门？连她亲妹子十七月月红还刻薄过她两句：姊姊，你的辫子也该铰了，明日你和钱将军走在一起，人家还以为你是他的孙女儿呢！钱鹏志娶她那年已经六十靠边了，然而怎么说她也是他正正经经的填房夫人啊。她明白她的身份，她也珍惜她的身份。跟了钱鹏志那十几年，筵前酒后，哪次她不是捏着一把冷汗，恁是多大的场面，总是应付得妥妥帖帖的？走在人前，一样风华蹁跹，谁又敢议论她是秦淮河得月台的蓝田玉了？

“难为你了，老五。”

钱鹏志常常抚着她的腮对她这样说道。她听了总是心里一酸，许多的委屈却是没法诉的。难道她还能怨钱鹏志吗？是她自己心甘情愿的。钱鹏志娶她的时候就分明和她说清楚了。他是为着听了她的《游园惊梦》才想把她接回去伴他的晚年的。可是她妹子月月红说的呢，钱鹏志好当她的爷爷了，她还要希冀什么？到底应了得月台瞎子师娘那把铁嘴：五姑娘，你们这种人只有嫁给年纪大的，当女儿一般疼惜算了。年轻的，哪里靠得住？可是师娘偏偏又捏着她的手，眨巴着一双青光眼叹息道：荣华富贵你是享定了，蓝田玉，只可惜你长错了一根骨头，也是你前世的冤孽！不是冤孽还是什么？除却天上的月亮摘不到，世上的金银财宝，钱鹏志怕不都设法捧了来讨她的欢心。她体验得出钱鹏志那番苦心。钱鹏志怕她念着出身低微，在达官贵人面前气馁胆怯，总是百般怂恿着她，讲排场，要派头。梅园新村钱夫人宴客的款式怕不噪反了整个南京城，钱公馆里的酒席钱，“袁大头”就用得罪过花啦的。单就替桂枝香请生日酒那天吧，梅园新村的公馆里一摆就是十台，擫笛是仙霓社里的第一把笛子吴声豪，大厨师却是花了十块大洋特别从桃叶渡的绿柳居接来的。

“窦夫人，你们大师傅是哪儿请来的呀？来到台湾我还是头一次吃到这么讲究的鱼翅呢。”赖夫人说道。

“他原是黄钦之黄部长家在上海时候的厨子，来台湾才到我们这儿的。”窦夫人答道。

“那就难怪了，”余参军长接口道，“黄钦公是有名的吃家呢。”

“哪天要能借到府上的大师傅去烧个翅，请起客来就风光了。”赖夫人说道。

“那还不容易？我也乐得去白吃一餐呢！”窦夫人说，客人们都笑了起来。

“钱夫人，请用碗翅吧，”程参谋盛了一碗红烧鱼翅，加了一匙羹镇江醋，搁在钱夫人面前，然后又低声笑道，“这道菜，是我们公馆里出了名的。”

钱夫人还没来得及尝鱼翅，窦夫人却从隔壁桌子走了过来，敬了一轮酒，特别又叫程参谋替她斟满了，走到钱夫人身边，按着她的肩膀笑道：

“五妹妹，我们俩好久没对过杯了。”

说完便和钱夫人碰了一下杯，一口喝尽，钱夫人也细细地干掉了。窦夫人离开时又对程参谋说道：

“程参谋，好好替我劝酒啊。你长官不在，你就在那一桌替他做主人吧。”

程参谋立起来，执了一把银酒壶，弯了身，笑吟吟便往钱夫人杯里筛酒，钱夫人忙阻止道：

“程参谋，你替别人斟吧，我的酒量有限得很。”

程参谋却站着不动，望着钱夫人笑道：

“夫人，花雕不比别的酒，最易发散。我知道夫人回头还要用嗓子，这个酒暖过了，少喝点儿，不会伤喉咙的。”

“钱夫人是海量，不要饶过她！”

坐在钱夫人对面的蒋碧月却走了过来，也不用人让，自己先斟满了一杯，举到钱夫人面前笑道：

“五阿姊，我也好久没有和你喝过双盅儿了。”

钱夫人推开了蒋碧月的手，轻轻咳了一下说道：

“碧月，这样喝法要醉了。”

“到底是不赏妹子的脸，我喝双份儿好了，回头醉了，最多让他们抬回去就是啦。”

蒋碧月一仰头便干了一杯，程参谋连忙捧上另一杯，她也接过去一气干了，然后把个银酒杯倒过来，在钱夫人脸上一晃。客人们都鼓起掌来喝道：

“到底是蒋小姐豪兴！”

钱夫人只得举起了杯子，缓缓地将一杯花雕饮尽。酒倒是烫得暖暖的，一下喉，就像一股热流般，周身游荡起来了。可是台湾的花雕到底不及大陆的那么醇厚，饮下去终究有点割喉。虽说花雕容易发散，饮急了，后劲才凶呢。没想到真正从绍兴办来的那些陈年花雕也那么伤人。那晚到底中了她们的道儿！她们大伙儿都说，几杯花雕哪里就能把嗓子喝哑了？难得是桂枝香的好日子，姊妹们不知何日才能聚得齐，主人尚且不开怀，客人哪能恣意呢？连月月红十七也夹在里面起哄：姊姊，我们姊妹俩儿也来干一杯，亲热亲热一下。月月红穿了一身大金大红的缎子旗袍，艳得像只鹦哥儿，一双眼睛，鹘伶伶地净是水光。姊姊不赏脸，她说姊姊到底不赏妹子的脸，她说道。逞够了强，拣够了便宜，还要赶着说风凉话。难怪桂枝香叹息：是亲妹子才专拣自己的姊姊往脚下踹呢。月月红——就算她年轻不懂事，可是他郑彦青就不该也跟了来胡闹了。他也捧了满满的一杯酒，咧着一口雪白的牙齿说道：“夫人，我也来敬夫人一杯。”他喝得两颧鲜红，眼睛烧得像两团黑火，一双带刺的马靴“啪嗒”一声并在一起，弯着身腰柔柔地叫道：夫人——

“这下该轮到我了，夫人。”程参谋立起身，双手举起了酒杯，笑吟吟地说道。

“真的不行了，程参谋。”钱夫人微俯着首，喃喃说道。

“我先干三杯，表示敬意，夫人请随意好了。”

程参谋一连便喝了三杯，一片酒晕把他整张脸都盖了过去了。他的额头发出了亮光，鼻尖上也冒出几颗汗珠子来。钱夫人端起了酒杯，在唇边略略沾了一下。程参谋替钱夫人拈了一只贵妃鸡的肉翅，自己也夹了一个鸡头来过酒。

“哎哟，你敬的是什么酒呀？”

对面蒋碧月站起来，伸头前去嗅了一下余参军长手里那杯酒，尖着嗓门叫了起来，余参军长正捧着一只与众不同的金色鸡缸杯在敬蒋碧月的酒。

“小姐，这杯是‘通宵酒’哪。”余参军长笑嘻嘻地说道，他那张黑红脸早已喝得像猪肝似的了。

“呀呀啐，何人与你们通宵哪！”蒋碧月把手一挥，打起京白说道。

“蒋小姐，百花亭里还没摆起来，你先就‘醉酒’了。”赖夫人隔着桌子笑着叫道，客人们又一声哄笑起来。窦夫人也站了起来对客人们说道：

“我们也该上场了，请各位到客厅那边去吧。”

客人们都立了起来，赖夫人带头，鱼贯而入进到客厅里，分别坐下。几位男票友却走到那档屏风面前几张红木椅子就了座，一边调弄起管弦来。六个人，除了胡琴外，一个拉二胡，一个弹月琴，一个管小鼓拍板，另外两个人立着，一个擎了一对铙钹，一个手里却吊了一面大铜锣。

“夫人，那位杨先生真是把好胡琴，他的笛子，台湾还找不出第二个人呢，回头你听他一吹，就知道了。”

程参谋指着那位操胡琴姓杨的票友，在钱夫人耳根下说道。钱夫人微微斜靠在一张单人沙发上，程参谋在她身旁一张皮垫矮圆凳上坐了下来。他又替钱夫人沏了一盅茉莉香片，钱夫人一面品着茶，一面顺着程参谋的手，朝那位姓杨的票友望去。那位姓杨的票友约莫五十上下，穿了一件古铜色起暗团花的熟罗长衫，面貌十分清癯，一双手指修长，洁白得像十管白玉一般，他将一柄胡琴从布袋子里抽了出来，腿上垫上一块青搭布，将胡琴搁在上面，架上了弦弓，随便咿哑地调了一下，微微将头一垂，一扬手，猛地一声胡琴，便像抛线一般蹿了起来，一段《夜深沉》，奏得十分清脆滑溜。一奏毕，余参军长头一个便跳了起来叫了声：“好胡琴！”客人们便也都鼓起掌来。接着锣鼓齐鸣，奏出了一支《将军令》的上场牌子来。窦夫人也跟着满客厅一一去延请客人们上场演唱，正当客人们互相推让间，余参军长已经拥着蒋碧月走到胡琴那边，然后打起丑腔叫道：

“启娘娘，这便是百花亭了。”

蒋碧月双手捂着嘴，笑得前俯后仰，两只腕上几个扭花金镯子，铮铮锵锵地抖响着。客人们都跟着喝彩，胡琴便奏出了《贵妃醉酒》里的四平调。蒋碧月身也不转，面朝了客人便唱了起来。唱到过门的时候，余参军长跑出去托了一个朱红茶盘进来，上面搁了那只金色的鸡缸杯，一手撩了袍子，在蒋碧月跟前做了个半跪的姿势，效那高力士叫道：

“启娘娘，奴婢敬酒。”

蒋碧月果然装了醉态，东歪西倒地做出了种种身段，一个卧鱼弯下身去，用嘴将那只酒杯衔了起来，然后又把杯子当啷一声掷到地上，唱出了两句：

人生在世如春梦

且自开怀饮几盅

客人们早笑得滚作了一团，窦夫人笑得岔了气，沙着喉咙对赖夫人喊道：

“我看我们碧月今晚真的醉了！”

赖夫人笑得直用绢子揩眼泪，一面大声叫道：

“蒋小姐醉了倒不要紧，只是莫学那杨玉环又去喝一缸醋就行了。”

客人们正在闹着要蒋碧月唱下去，蒋碧月却摇摇摆摆地走了下来，把那位徐太太给抬了上去，然后对客人们宣布道：

“昆曲大王来给我们唱《游园》了，回头再请另一位昆曲泰斗——钱夫人来接唱《惊梦》。”

钱夫人赶忙抬起了头来，将手里的茶杯搁到左边的矮几上，她看见徐太太已经站到了那档屏风前面，半背着身子，一只手却扶在插笙箫的那个乌木架上。她穿了一身净黑的丝绒旗袍，脑后松松地挽了一个贵妇髻，半面脸微微向外，莹白的耳垂露在发外，上面吊着一丸翠绿的坠子。客厅里几只喇叭形的座灯像数道注光，把徐太太那细挑的身影，袅袅娜娜地推送到那档云母屏风上去。

“五阿姊，你仔细听听，看看徐太太的《游园》跟你唱的可有个高下。”

蒋碧月走了过来，一下子便坐到了程参谋的身边，伸过头来，一只手拍着钱夫人的肩，悄声笑着说道。

“夫人，今晚总算我有缘，能领教夫人的‘昆腔’了。”

程参谋也转过头来，望着钱夫人笑道。钱夫人睇着蒋碧月手腕上那几只金光乱窜的扭花镯子，她忽然感到一阵微微的晕眩，一股酒意涌上了她的脑门似的，刚才灌下去的那几杯花雕好像渐渐着力了，她觉得两眼发热，视线都有点朦胧起来。蒋碧月身上那袭红旗袍如同一团火焰，一下子明晃晃地烧到了程参谋的身上，程参谋衣领上那几枚金梅花，便像火星子般，跳跃了起来。蒋碧月的一对眼睛像两丸黑水银在她醉红的脸上溜转着，程参谋那双细长的眼睛却眯成了一条缝，射出了逼人的锐光，两张脸都向着她，一齐咧着整齐的白牙，朝她微笑着，两张红得发油光的面靥渐渐地靠拢起来，凑在一块儿，咧着白牙，朝她笑着。笛子和洞箫都鸣了起来，笛音如同流水，把靡靡下沉的箫声又托了起来，送进《游园》的《皂罗袍》中去——

原来姹紫嫣红开遍
似这般都付与断井颓垣
良辰美景奈何天
赏心乐事谁家院……

杜丽娘唱的这段“昆腔”便算是昆曲里的警句了。连吴声豪也说：钱夫人，您这段《皂罗袍》便是梅兰芳也不能过的。可是吴声豪的笛子却偏偏吹得那么高。（吴师傅，今晚让她们灌多了，嗓子靠不住，吹低些吧。）吴声豪说，练嗓子的人，第一要忌酒。然而月月红十七却端着那杯花雕过来说道：姊姊，我们姊妹俩儿也来干一杯。她穿得大金大红的，还要说：姊姊，你不赏脸。不是这样说，妹子，不是姊姊不赏脸，实在为着他是姊姊命中的冤孽。瞎子师娘不是说过：荣华富贵——蓝田玉，可惜你长错了一根骨头。冤孽呵。他可不就是姊姊命中招的冤孽了？懂吗？妹子，冤孽。然而他也捧着酒杯过来叫道：夫人。他笼着斜皮带，戴着金亮的领章，腰杆子扎得挺细，一双带白铜刺的长筒马靴乌光水滑的“啪嗒”一声靠在一起，眼皮都喝得泛了桃花，却叫道：夫人。谁不知道南京梅园新村的钱夫人呢？钱鹏公，钱将军的夫人啊。钱鹏志的夫人。钱鹏志的随从参谋。钱将军的夫人。钱将军的参谋。钱将军。难为你了，老五，钱鹏志说道，可怜你还那么年轻。然而年轻人哪里会有良心呢？瞎子师娘说，你们这种人，只有年纪大的才懂得疼惜啊。荣华富贵——只可惜长错了一根骨头。懂吗？妹子，他就是姊姊命中招的冤孽了。钱将军的夫人。钱将军的随从参谋。将军夫人。随从参谋。冤孽，我说。冤孽，我说。（吴师傅，吹得低一些，我的嗓子有点不行了。唉，这段《山坡羊》。）

没乱里春情难遣
蓦地里怀人幽怨
则为俺生小婵娟
拣名门一例一例里神仙眷
甚良缘把青春抛得远
俺的睡情谁见……

那团红火焰又熊熊地冒了起来了，烧得那两道飞扬的眉毛，发出了青湿的汗光。两张醉红的脸又渐渐地靠拢在一处，一齐咧着白牙，笑了起来。笛子上那几根玉管子似的手指，上下飞跃着。那袭袅袅的身影儿，在那档雪青的云母屏风上，随着灯光，仿仿佛佛地摇曳起来。笛声愈来愈低沉，愈来愈凄咽，好像把杜丽娘满腔的怨情都吹了出来似的。杜丽娘快要入梦了，柳梦梅也该上场了。可是吴声豪却说，《惊梦》里幽会那一段，最是露骨不过的。（吴师傅吹低一点，今晚我喝多了酒。）然而他却偏捧着酒杯过来叫道："夫人。"他那双乌光水滑的马靴"啪嗒"一声靠在一处，一双白铜马刺扎得人的眼睛都发疼了。他喝得眼皮泛了桃花，还要那么叫道：夫人。我来扶你上马，夫人。他说道。他的马裤把两条修长的腿子绷得滚圆，夹在马肚子上，像一双钳子。他的马是白的，路也是白的，树杆子也是白的，他那匹白马在猛烈的太阳底下照得发了亮。他们说：到中山陵的那条路上两旁种满了白桦树。他那匹白马在桦树林子里奔跑起来，活像一只麦秆丛中乱窜的兔儿。太阳照在马背上，蒸出了一缕缕的白烟来。一匹白的，一匹黑的——两匹马都在流汗了。而他身上却沾满了触鼻的马汗。他的眉毛变得碧青，眼睛像两团烧着了的黑火，汗珠子一行行从他额上流到他鲜红的颧上来。太阳，我叫道。太阳照得人的眼睛都睁不开了。那些树杆子，又白净，又细滑，一层层的树皮都卸掉了，露出里面赤裸裸的嫩肉来。他们说：那条路上种满了白桦树。太阳，我叫道，太阳直射到人的眼睛上来了。于是他便放柔了声音唤道：夫人。钱将军的夫人。钱将军的随从参谋。钱将军的——老五，钱鹏志叫道，他的喉咙已经咽住了。老五，他喑哑地喊道，你要珍重吓。他的头发乱得像一丛枯白的茅草，他的眼睛坑出了两只黑窟窿，他从白床单下伸出他那只瘦黑的手来，说道，珍重吓，老五。他抖索索地打开了那只描金的百宝匣儿，这是祖母绿，他取出了第一层抽屉。这是猫儿眼。这是翡翠叶子。珍重吓，老五，他那乌青的嘴皮颤抖着，可怜你还这么年轻。荣华富贵——只可惜你长错了一根骨头。冤孽，妹子，他就是姊姊命中招的冤孽了。你听我说，妹子，冤孽呵。荣华富贵——可是我只活过那么一次。懂吗？妹子，他就是我的冤孽了。荣华富贵——只有那一次。荣华富贵——

我只活过一次。懂吗？妹子，你听我说，妹子。姊姊不赏脸，月月红却端着酒过来说道，她的眼睛亮得剩了两泡水。姊姊到底不赏妹子的脸，她穿得一身大金大红的，像一团火一般，坐到了他的身边去。（吴师傅，我喝多了花雕。）

迁延，这衷怀哪处言
淹煎，泼残生除问天——

就在那一刻，泼残生——就在那一刻，她坐到他身边，一身大金大红的，就是那一刻，那两张醉红的面孔渐渐地凑拢在一起，就在那一刻，我看到了他们的眼睛：她的眼睛，他的眼睛。完了。我知道，就在那一刻，除问天——（吴师傅，我的嗓子。）完了，我的喉咙，摸摸我的喉咙，在发抖吗？完了，在发抖吗？天——（吴师傅，我唱不出来了。）天——完了，荣华富贵——可是我只活过一次——冤孽、冤孽、冤孽——天——（吴师傅，我的嗓子。）——就在那一刻，就在那一刻，哑掉了——天——天——天————

“五阿姊，该是你‘惊梦’的时候了。”蒋碧月站了起来，走到钱夫人面前，伸出了她那一双戴满了扭花金丝镯的手臂，笑吟吟地说道。

“夫人——”程参谋也立了起来，站在钱夫人跟前，微微倾着身子，轻轻地叫道。

“五妹妹，请你上场吧。”窦夫人走了过来，一面向钱夫人伸出手说道。

锣鼓笙箫一齐鸣了起来，奏出了一只《万年欢》的牌子。客人们都倏地离了座，钱夫人看见满客厅里都是些手臂交挥拍击，把徐太太团团围在客厅中央。笙箫管笛愈吹愈急切，那面铜锣高高地举了起来，敲得金光乱闪。

“我不能唱了。”钱夫人望着蒋碧月，微微摇了摇两下头，喃喃说道。

“那可不行，”蒋碧月一把捉住了钱夫人的双手，“五阿姊，你这位名角儿今晚无论如何逃不掉的。”

“我的嗓子哑了。”钱夫人突然用力摔开了蒋碧月的双手，嘎声说道，她觉得全身的血液一下子都涌到头上来了似的，两腮滚热，喉头好像让刀片猛割了一下，一阵阵地刺痛起来，她听见窦夫人插进来说：

“五妹妹不唱算了——余参军长，我看今晚还是你这位名黑头来压轴吧。”

“好呀，好呀，”那边赖夫人马上响应道，“我有好久没有领教余参军长的《八大锤》了。”

说着赖夫人便把余参军长推到了锣鼓那边。余参军长一站上去，便拱了手朝下面道了一声“献丑”，客人们一阵哄笑，他便开始唱了一段金兀术上场时的《点绛唇》；一面唱着，一面又撩起了袍子，做了个上马的姿势，踏着马步便在客厅中央环走起来，他那张宽肥的醉脸涨得紫红，双眼圆睁，两道粗眉一齐竖起，几声呐喊，把胡琴都压了下去。赖夫人笑得弯了腰，跑上去，跟在余参军长后头直拍着手，蒋碧月即刻上去加入了他们的行列，不停地尖起嗓子叫着：“好黑头！好黑头！”另外几位女客也上去跟了她们喝彩，团团围走，于是客厅里的笑声便一阵比一阵暴涨了起来。余参军长一唱毕，几个着白衣黑裤的女佣已经端了一碗碗的红枣桂圆汤进来让客人们润喉了。

窦夫人引了客人们走出到屋外露台上的时候，外面的空气里早充满了风露，客人们都穿上了大衣，窦夫人却围了一张白丝大披肩，走到了台阶的下端去。钱夫人立在露台的石栏旁边，往天上望去，她看见那片秋月恰恰地升到中天，把窦公馆花园里的树木路阶都照得镀了一层白霜，露台上那十几盆桂花，香气却比先前浓了许多，像一阵湿雾似的，一下子罩到了她的面上来。

“赖将军夫人的车子来了。”刘副官站在台阶下面，往上大声通报各家的汽车。头一辆开进来的，便是赖夫人那辆黑色崭新的林肯，一个穿着制服的司机赶忙跳了下来，打开车门，弯了腰毕恭毕敬地候着。赖夫人走下台阶，和窦夫人道了别，把余参军长也带上了车，坐进去后，却伸出头来向窦夫人笑道：

“窦夫人，府上这一夜戏，就是当年梅兰芳和金少山也不能过的。”

“可是呢，”窦夫人笑着答道，“余参军长的黑头真是赛过金霸王了。”

立在台阶上的客人都笑了起来，一齐向赖夫人挥手作别。第二辆开进来的，却是窦夫人自己的小轿车，把几位票友客人都送走了。接着程参谋自己开了一辆军用吉普进来，蒋碧月马上走了下去，捞起旗袍，跨上车子上，程参谋赶着过来，把她扶上了司机旁边的座位上，蒋碧月却歪出半个身子来笑道：

“这辆吉普车连门都没有，回头怕不把我摔出马路上去呢。”

“小心点开啊，程参谋。”窦夫人说道，又把程参谋叫了过去，附耳嘱咐了几句，程参谋直点着头笑应道：

“夫人请放心。”

然后他朝钱夫人，立了正，深深地行了一个礼，抬起头来笑道：

“钱夫人，我先告辞了。”

说完便利落地跳上了车子，发了火，开动起来。

“三阿姊再见！五阿姊再见！”

蒋碧月从车门伸出手来，不停地招挥着，钱夫人看见她臂上那一串扭花镯子在空中划了几个金圈圈。

“钱夫人的车子呢？”客人快走尽的时候，窦夫人站在台阶下问刘副官道。

“报告夫人，钱将军夫人是坐计程车来的。”刘副官立了正答道。

“三阿姊——”钱夫人站在露台上叫了一声，她老早就想跟窦夫人说替她叫一辆计程车来了，可是刚才客人多，她总觉得有点堵口。

“那么我的汽车回来，立刻传进来送钱夫人吧。”窦夫人马上接口道。

“是，夫人。”刘副官接了命令便退走了。

窦夫人回转身，便向着露台走了上来，钱夫人看见她身上那块白披肩，在月光下，像朵云似的簇拥着她。一阵风掠过去，周遭的椰树都沙沙地鸣了起来，把窦夫人身上那块大披肩吹得姗姗扬起，钱夫人赶忙用手把大衣领子锁了起来，连连打了两个寒噤，刚才滚热的面腮，吃这阵凉风一逼，汗毛都张开了。

“我们进去吧，五妹妹，”窦夫人伸出手来，搂着钱夫人的肩膀往屋内走去，“我去叫人沏壶茶来，我们俩正好谈谈心——你这么久没来，可发觉台北变了些没有？”

钱夫人沉吟了半晌，侧过头来答道：

“变多喽。”

走到房子门口的时候，她又轻轻地加了一句：

“变得我都快不认识了——起了好多新的高楼大厦。”

【导读】

白先勇，广西桂林人，一九三七年生。台大外文系毕业，后赴美艾奥瓦大学作家工作室研究创作，获硕士学位后任教于加州大学圣塔芭芭拉分校。曾创办《现代文学》杂志，近年致力于推广昆曲，并筹划制作《牡丹亭》，在两岸广受好评。著有小说集《寂寞的十七岁》《台北人》《孽子》，散文集《蓦然回首》《第六只手指》《树犹如此》等。其中《台北人》更被《亚洲周刊》选入“二十世纪中文小说一百强”。

《游园惊梦》堪称白先勇小说中的名篇，小说取名自汤显祖昆曲名作《牡丹亭》中的《游园》与《惊梦》两出，而在小说中也大量以昆曲唱词互文，甚至也援引了《洛神》与《贵妃醉酒》，以作为小说情节上的隐喻。

小说中最为人称道的一段，便是钱夫人酒醉之后，在徐夫人唱《游园》的当下，自己过去的记忆纷至沓来，尤其是勾起了她一段无疾而终的爱恋，《游园》中杜丽娘与柳梦梅的梦中缱绻，正是用来隐喻钱夫人当年与郑参谋的肉体欢爱。在此段白先勇采用的意识流手法，把钱夫人记忆中闪动的瞎子师娘预言、丈夫钱鹏志的感叹、郑参谋的笑语、钱夫人对妹子月月红的倾吐、对笛手吴师傅的降调要求，与当下程参谋与蒋碧月的暧昧、在场众人拱她唱《惊梦》，以及花雕入喉的烧痛感，全部交织在一起。最后冲撞开已被封锁许多年的，当年因亲眼看见郑参谋与月月红有了私情，而大受刺激导致倒嗓的噩梦。透过意识流的叙述方式，再现的过去与当下现实被并置于同一个平面，产生了对照的意义，既丰富了小说的情节，也为人物制造了戏剧性的高潮。

除此之外，《游园惊梦》也运用了精彩的象征手法，增添小说文本的美学意象与文学意义。小说中一段郑参谋与钱夫人两人奔马的画面，实际上象征两人性的欢爱，如“他的马裤把两条修长的腿子绷得滚圆，夹在马肚子上，像一双钳子”“眼睛像两团烧着了的黑火”散发出浓厚的男性性征，而“两匹马都在流汗了。而他身上却沾满了触鼻的马汗”“那些树杆子，又白净，又细滑，一层层的树皮都卸掉了，露出里面赤裸裸的嫩肉来”则是具有肉体及性爱的指涉意义。透过这样的现代主义美学手法，白先勇将人物过往的身体记忆转化为梦境般的象征，而与《游园》中的梦中欢爱做了巧妙的对位。

小说最后，透过已经没有专人接送的钱夫人，点出了今非昔比的失落意涵。“人生在世如春梦，且自开怀饮几盅。”欢宴结束了，好梦惊醒了，只能继续面对苦痛的人生活下去。白先勇通过这些具有典型意义的人物，记录了这些因战乱而流离至台湾的“异乡人”，如何在原乡与情感的失落下，让自己活在过去记忆的时空结界里，而搁浅在时间之流中，成为大时代动荡下被历史牺牲的一群“台北人”。

——陈国伟撰文

儿子的大玩偶

黄春明

那些在小说舞台中央的卑微的小人物。

在外国有一种活儿，他们把它叫作“Sandwich-man”。小镇上，有一天突然也出现了这种活儿，但是在此地却找不到一个专有的名词，也没有人知道这活儿应该叫什么。经过一段时日，不知道哪一个人先叫起的，叫这活儿作“广告的”。等到有人发觉这活儿已经有了名字的时候，小镇里大大小小的都管它叫“广告的”了。甚至于连手抱的小孩，一听到母亲的哄骗说：“看哪！广告的来了！”马上就停止吵闹，而举头东张西望。

一团火球在头顶上滚动着，紧随每一个人，逼得人不住发汗。一身从头到脚都很怪异的，仿十九世纪欧洲军官模样打扮的坤树，实在难熬这种热天。除了他的打扮令人注意之外，在这种大热天，那样厚厚的穿着也是特别引人的；反正这活儿就是要吸引人注意。

脸上的粉墨，教汗水给冲得像一尊逐渐融化的蜡像，塞在鼻孔的小胡子，吸满了汗水，逼得他不得不张着嘴巴呼吸，头顶上圆筒高帽的羽毛，倒是显得凉快地飘颤着。他何尝不想走进走廊避避热？但是举在肩上的电影广告牌，叫他走进不得。新近，身前身后又多挂了两张广告牌：前面的是百草茶，后面的是蛔虫药。这样子他走路的姿态就得像木偶般地受拘束了。累倒是累多了，能多要到几个钱，总比不累的好。他一直安慰着自己。

从干这活儿开始的那一天，他就后悔得急着想另找一样活儿干。对这种活儿他愈想愈觉得可笑，如果别人不笑话他，他自己也要笑的；这种精神上的自虐，时时萦绕在脑际，尤其在他觉得受累的时候倒逞强得很。另换一样活儿吧。单单这般地想，也有一年多了。

近前光晃晃的柏油路面，热得实在看不到什么了。稍远一点的地方的景象，都给蒙在一层黄疸色的空气的背后，他再也不敢望穿那一层带有颜色的空气看远处。万一真的如脑子里那样晃动着倒下去，那不是都完了吗？他用意志去和眼前的那一层将置他于死地的色彩挣扎着。这简直就不是人干的。但是这该怪谁？

“老板，你的电影院是新开的，不妨试试看，试一个月如果没有效果，不用给钱算了。海报的广告总不会比我把上演的消息带到每一个人的面前好吧？”

“那么你说的服装呢？”

（与其说我的话打动了他，倒不如说是我那幅可怜相令人同情吧。）

“只要你答应，别的都包在我身上。”

（为这件活儿，我把生平最兴奋的情绪都付给了它。）

“你总算找到工作了。”

（阿珠还为这活儿喜极而泣呢。）

“阿珠，小孩子不要打掉了。”

（为这事情哭泣倒是很应该的。阿珠不能不算是一个很坚强的女人吧。我第一次看到她那么软弱而号啕地大哭起来。我知道她太高兴了。）

想到这里，坤树禁不住也掉下泪来。一方面他没有多余的手擦拭，一方面他这样想：管他的！谁知道我是流汗或是流泪。经这么一想，泪似乎受到怂恿而不断地滚出来。在这大热天底下，他的脸肌还可以感到两行热热的泪水簌簌地滑落。不抑制泪水涌出的感受，竟然是这般痛快，他还是头一次发觉的哪。

“坤树！你看你！你这像什么鬼样子！人不像人，鬼不像鬼，你！你怎么会变成这个模样来呢？！”

（干这活的第二天晚上，阿珠说他白天就来了好几趟了。那时正在卸装，他一进门就嚷了起来。）

“大伯仔……”

（早就不该叫他大伯仔。大伯仔，屁大伯仔哩！）

“你这样的打扮，谁是你的大伯仔！”

“大伯仔听我说……”

“还有什么可说的！难道没有别的活儿干啦？我就不相信，敢做牛还怕没有犁拖？我话给你说在前面，你要现世给我滚到别的地方去！不要在这里污秽人家的地头。你不听话，到时候不要说我这个大伯仔翻脸不认人！”

“我一直到处找工作……”

“怎么？到处找就找到这没出息的鸟活干了？！”

“实在没有办法，向你借米也借不到……”

“怎么？那是我应该的？我应该的？我，我也没有多余的米，我的米都是零星买的，怎么？这和你的鸟活何干？你少废话！你！”

（废话？谁废话？真气人。大伯仔，大伯仔又怎么样？娘哩！）

“那你就不要管！不要管不要管不要管——”

（呵呵，逼得我差点发疯。）

“畜生！好，好！你这个畜生！你竟敢忤逆我，你敢忤逆我。从今以后我不是你坤树的大伯！切断！”

“切断就切断。我有你这样的大伯仔反而会饿死。”

（应得好，怎么去想出这样的话来？他离开时还暴跳地骂了一大堆话。隔日，真不想去干活儿了。倒不是怕得罪大伯仔，就不知道为什么灰心得提不起精神来。要不是看到阿珠的眼泪，使我想到我答应她说“阿珠，小孩子不要打掉了”的话，还有那两帖原先准备打胎用的柴头仔也都扔掉了，我真不会再有勇气走出门。）

想是坤树唯一能打发时间的办法，不然，从天亮到夜晚，小镇里所有的大街小巷，那得走上几十趟，每天同样地绕圈子，如此的时间，真是漫长得怕人。寂寞与孤独自然而然地叫他去做脑子里的活动；对于未来他很少去想象，纵使有的话，也是几天以后的现实问题，除此之外，大半都是过去的回忆，以及以现在的想法去批判。

头顶上的一团火球紧跟着他离开柏油路，稍前面一点的那一层黄疸色的空气并没有消失，他恹恹地感到被裹在里面，令他着急。而这种被迫的焦灼的情绪，有一点类似每天天亮时给他的感觉；躺在床上，看到曙光从壁缝漏进来，整个屋里四周的昏暗与寂静，还有那家里特有的潮湿的气味，他的情绪骤然地即从宁静中跃出，虽然是一种习惯的现象，但是，每天都像一个新的事件发生。真的，每月的收入并不好，不过和其他工作比起来，还算是不差的啦。工作的枯燥和可笑，激人欲狂。可是现在家里没有这些钱，起码的生活就马上成问题。怎么样？最后，他说服了自己，不安地还带着某种的惭愧爬了起来，坐在阿珠的小梳妆台前，从抽屉里拿出粉块，望着镜子，涂抹他的脸。望着镜子，凄然地留半边脸苦笑，白茫茫的波涛在脑子里翻腾。

他想他身体里面一定一滴水都没有，向来就没有这般地渴过。育英学校旁的那条花街，妓女们穿着睡衣，拖着木屐，围着零食摊吃零食，有的坐在门口施粉，有的就茫然地倚在门边，也有埋首在连环图画里面，看那样子倒是很逍遥。其中夹在花街的几户人家，紧紧地闭着门户，不然即是用栅栏横在门口，并且这些人家的门边的墙壁上，很醒目地用红漆大大地写着“平家”两个字。

“呀！广告来了！”围在零食摊里面的一个妓女叫了出来。其余的人纷纷转过脸来，看着坤树头顶上的那一块广告牌子。

他机械地走近零食摊。

“喂！乐宫演什么啊？”有一个妓女等广告的走过她们的身边时问。

他机械地走过去。

“你发了什么神经病，这个人向来都不讲话的。”有人对着向坤树问话的那个妓女这样地笑她。

“他是不是哑巴？”妓女们谈着。

“谁知道他？”

“也没看他笑过，那幅脸永远都是那么死死的。”

他才离开她们没有几步，她们的话他都听在心里。

“喂，广告的，来呀！我等你。”有一个妓女的吆喝向他追过来，在笑声中有人说：

“如果他真的来了不把你吓死才怪。”

他走远了，还听到那一个妓女又一句挑拨的吆喝。在巷尾，他笑了。

要的，要是我有了钱我一定要。我要找仙乐那一家刚才依在门旁发呆的那一个。他这样想着。

走过这条花街，倒一时令他忘了许多劳累。

看看人家的钟，也快三点十五分了。他得赶到火车站和那一班从北来的旅客冲个照面；这都是和老板事先订的约，例如在工厂下班、中学放学等时候都得去和人潮冲个照面。

时间也控制得很好，不必放快脚步，也不必故意绕近，当他走出东明里转向站前路，那一班下车的旅客正好纷纷地从栅口走出来，靠着马路的左边迎前走去；这是他干这活的原则，阳光仍然热得可以烤番薯，下车的旅客匆忙地穿过空地，一下子就钻进货运公司这边的走廊。除了少数几个外来的旅客，再也没有人对他感兴趣，要不是那几张生疏而好奇的面孔对他有所鼓励的话，他真不知怎么办才好；他是有把握的，随便捉一个人，他都可以辨认是外地的或是镇上的，甚至于可以说出那个人大部分在什么时间、什么地方出现。

无论怎么，单靠几张生疏的面孔，这个饭碗是保不住的。老板迟早也会发现。他为了目前反应，心都颓了。

（我得另做打算吧。）

此刻，他心里极端地矛盾着。

“看哪！看哪！”

（开始那一段日子，路上人群的那种惊奇，真像见了鬼似的。）

“他是谁呀？”

“哪儿来的？”

“咱们镇里的人吗？”

“不是吧！”

“唷！是乐宫戏院的广告。”

“到底是哪里的人呢？”

（真莫名其妙，注意我干什么？怎么不多看看广告牌？那一阵子，人们对我的兴趣真大，我是他们的谜。现在他们知道我是坤树仔，谜底一揭穿就不理了。这干我什么事？广告不是经常在变换吗？那些冷酷和好奇的眼睛，还亮着哪！）

反正干这种活，引起人注意和被疏落，对坤树同样是一种苦恼。

他在车站打了一回转，游离般地走回站前路。心里和体外的那种无法调和的冷热，向他挑战。坤树的反抗只止于内心里面的咒诅而已。五六米外的那一层黄疸色的空气又隐约地显现，他口渴得喉咙就要裂开。这时候，家，强有力地吸引着他回去。

（不会为昨晚的事情，今天就不为我泡茶吧？唉！中午没回去吃饭就太不应该了，上午也应该回去喝茶。阿珠一定有更深一层的误会。该死！）

“你到底生什么气，气到我身上来？小声一点怎么样？阿龙在睡觉。”

（我不应该迁怒于她。都是那吝啬鬼不好，建议他给我换一套服装他不干，他说：“那是你自己的事！”我的事？真是狗屎！这件消防衣改的衣服，已经引不起别人的兴趣了，同时也不是这种大热天能穿的呀！）

“我就这么大声！”

（啧！太过分了。但是一肚子气怎么办？我又累得很，阿珠真笨，怎么不替我想想，还向我顶嘴。）

“你真的要这样逼人吗？”

“逼人就逼人！”

（该死，阿珠？我是无心的。）

“真的？”

“不要说了！”撕着喉咙叫，“住嘴！我！我打人啦啊！”当时把拳头握得很紧，然后猛力地往桌子捶击。

（总算生效了，她住嘴了，我真怕她逞强。我想我会无法压制地打阿珠。但是我绝对是无心的。把阿龙吓醒过来真不应该。阿珠那样紧紧地抱着阿龙哭的样子，真叫人可怜。我的喉咙受不了，我看今天喝不到茶了吧？活该！不，我真渴着哪。）

坤树一路想着昨晚的事情，不觉中已经到了家门口，一股悸动把他引回到现实。门掩着，他先用脚去碰它，板门轻轻地开了。他放下广告牌子，把帽子抱在一边走了进去。饭桌上罩着竹筐，大茶壶搁在旁边，嘴上还套着那个绿色的大塑胶杯子。她泡了！一阵温暖流过坤树的心头，觉得宽舒了起来。他倒满了大杯茶，直着喉咙灌。这是阿珠从今年夏天开始，每天为他准备的姜母茶，里头还下了赤糖，等坤树每次路过家门进来喝的。阿珠曾听别人说，姜母茶对劳累的人很有裨益。他渴得倒满了第二杯，同时心里的惊疑也满了起来。平时回来喝茶不见阿珠倒不怎样，但为了昨晚无理地发了一阵子牛脾气的联想，使他焦灼而不安。他放下茶，打开桌罩和锅盖，发觉菜饭都没动，床上不见阿龙睡觉，阿珠替人洗的衣服叠得好好的。哪里去了？阿珠从坤树不吃早饭就出门后，心也跟着悬得高高的放不下来，本来想叫他吃饭的，但是她犹豫了一下，坤树已经过了马路了。他们一句话都没说。阿珠背着阿龙和平时一样地去替人家洗衣服。她不安得真不知怎么做才好，用力在水里搓着衣服，身体的摆动，使阿龙没有办法将握在手里的肥皂盒放在口里满足他的吸吮。小孩把肥皂盒丢开，气得放声哭了。阿珠还是用力地搓衣服。小孩愈哭愈大声，她似乎没听见；过去她没让阿龙这般可怜地哭着而不理。

“阿珠。”就在水龙头上头的厕所窗口，女主人喊她。

她仍然埋首搓衣服。

“阿珠。”这位一向和气的女主人，不能不更大声地叫她。

阿珠惊慌地停手，站起来想听清楚女主人的话时，同时也意识到阿龙的哭闹，她一边用湿湿的手温和地拍着阿龙的屁股，一边侧头望着女主人。

“小孩子在你的背上哭得死去活来，你都不知道吗？”虽然带有点责备，但是口气还是十分温和。

“这小孩子。”她实在也没什么话可说。“给了他肥皂盒玩他还哭！”她放斜左边的肩膀，回过头向小孩：“你的盒子呢？”她很快地发现掉在地上的肥皂盒，马上俯身拾过来在水盆里一蘸，然后甩了一下水，又往后拿给阿龙了。她蹲下来，拿起衣服还没搓的时候，女主人又说话了。

“你手上拿着的这一件纱是新买的，洗的时候轻一点搓。”

她实在记不起来她是怎么搓衣服，不过她觉得女主人的话是多余的。

好容易才把洗好的衣服晾起来，她匆匆忙忙地背着阿龙往街上跑。她穿过市场，她沿着闹区的街道奔走，两只焦灼的眼一直索寻到尽头，她什么都没发现。她脑子里忙乱地判断着可能寻找到他的路。最后终于在往镇公所的民权路上，远远地看到坤树高高地举在头顶上的广告牌，她高兴地再往前跑了一段，坤树的整个背影都收入她的眼里了。她斜放左肩，让阿龙的头和她的脸相贴在一起说：

“阿龙，你看！爸爸在那里。”她指着坤树的手和她讲话的声音一样，不能公然的而带有某种自卑的畏缩。他们距离得很远，阿龙什么都不知道。她站在路旁目送着坤树的背影消失在岔路口，这时，内心的忧虑剥了其中最外的一层。她不能明白坤树这个时候在想些什么，他不吃饭就表示有什么。不过，看他还是和平常一样地举着广告牌走；唯有这一点叫她安心。但是这和其他令她不安的情形糅杂在一起，比原先的恐惧变得更难负荷的复杂，充塞在整个脑际里。见了坤树的前后，阿珠只是变换了不同的情绪：心里仍然是焦灼的。她想她该回去替第二家人家洗衣服去了。

当她又替人洗完衣服回到家里，马上就去打开壶盖。茶还是整壶满满的，稀饭也没动，这证明坤树还是没回来过。他一定有什么的。她想。本来想把睡着了的阿龙放下来，现在她不能够。她匆忙地把门一掩，又跑到外头去了。

头顶上的火球正开始猛烈地烧着，大部分路上的行人，都已纷纷地躲进走廊，所以阿珠要找坤树容易得多了。她站在路上，往两端看看，很快地就可以知道他不在这一条路上。这次阿珠在中正北路的锯木厂附近看到他了，他正向妈祖庙那边走去。她距离坤树有七八个房子那么远，偷偷地跟在后头，还小心地提防他可能回过头来。在背后始终看不出坤树有什么异样。有几次，阿珠借着走廊的柱子遮蔽，她赶到前面距离坤树背后两三间房的地方观察他，仍然看不出有什么异样的地方。但是，不吃饭、不喝茶的事，却令阿珠大大地不安。她一直不能相信她所观察的结果，而深信一定有什么。她担忧着什么事将在他们之间发生。这时阿珠突然想看看坤树的正面，她想，也许在坤树的脸上可以看到什么。她跟到十字路口的地方，看坤树并没拐弯而直走。于是她半跑地穿过几段路，就躲在妈祖庙附近的摊位背后，等坤树从前面走过来。她急促忐忑的心，跟着坤树的逼近，逐渐地高亢起来。面临着自己适才的意愿的顷刻，她竟不顾旁人对她的惊奇，她很快地蹲到摊位底下，然后连接着侧过头，看从她旁边闪过的坤树。在这刹那间，她只看到不堪熬热的坤树的侧脸，那汗水的流迹，使她也意识到自己的额头亦不断地发汗。阿龙也流了一身汗。

那包扎着一个核心的多层的忧虑，虽然经她这么跟踪而剥去了一些，而接近里层的核心，却敏感得只稍一触及即感到痛楚。阿珠又把自己不能确知什么的期待放在中午饭的时候。她把最后的一家衣服也洗了。接着准备好中午饭，一边给阿龙喂奶一边等着坤树。但是过了些时，还不见坤树的影子踏进门，这使得她又激起极大的不安。

她背着阿龙在公园的路上找到坤树。有几次，她真想鼓起勇气，跟上前恳求他回家吃饭，但是她稍微一走近坤树，突然就感到所有的勇气又消失了。于是，她只好保持一段距离，默默地且伤心地跟着坤树。这条路走过那一条路，这条巷子转到另一条巷子，沿途她还责备自己，说昨晚根本就不该顶嘴，害得他今天这么辛苦，两顿饭没吃，茶水也没喝，在这样的大热天，不断地走路……她流着泪，走几步路，总得牵背巾头擦拭一下。

最后看到坤树转向往家里走的路，她高兴得有点紧张。她从另一条路先赶回到家门口的另一条巷口的地方，在那里可以看到坤树怎么走进屋子里，看他有没有吃饭。坤树走过来了，终于在门口停下来了。阿珠看到他走进屋子里的时候，流出了更多眼泪，她只好用双手掩面，而将头顶在巷口的墙上，支住放松她的心绪。坤树在屋里的一举一动，她都看在眼里了。她也猜测到坤树的心里正焦急地找她，这种想法，使她觉得多少还是幸福的。

当坤树在屋里纳闷而急不可待地想踏出外面，阿珠背着阿龙低着头闪了进来。阿珠在对面窃视到坤树喝了茶，满怀一股喜悦地跨过来的时间，正好是坤树纳闷的整段。看到妻子回来了，另一边看到丈夫喝了茶了，两个人的心头像同时一下子放了重担。阿珠还是低着头，忙把桌罩掀掉，接着替坤树添饭。坤树把前后的广告牌子卸下来放在一边，将胸口的扣子解开，坐下来拿起碗筷默默地吃了，阿珠也添了饭，坐在坤树的对面用饭。他们一直沉默着，整个屋子里面，只能听到类似猪圈里喂猪时的嚼嚼的声音。坤树站起来添饭，阿珠赶快地抬起头看看他的背后，又很快地低下头扒饭。等阿珠站起来，坤树迅速地看了看她的背后，在她转身过来之前，亦将视线移到别的地方。坤树终于耐不住这种沉默了：

“阿龙睡了？”他明知道阿龙在母亲背后睡着了。

“睡了。”她还是低着头。

又是一段沉默。

坤树看着阿珠，但是以为阿珠这一动将抬头时，他马上又把视线移开。他又说话了：

“今天早上红瓦厝的打铁店着火了你知道不知道？”

“知道。”

这样的回答，使坤树的话又被阻塞了。又停了一会儿。

“上午米粉间那里的路上死了两个小孩。”

“唷！”她猛一抬头，看到坤树也正从饭碗里将要抬头时，很快地又把头低了下去，“怎么死的？”她内心是急切想知道这问题的，但调语上已经没有开始的惊叹那么来得激动。

“一辆运米的牛车，滑下来几包米，把吊在车尾的小孩压死了。”

坤树从干了这活以后，几乎变成了阿珠专属的地方新闻记者，将他每天在小镇里所发现的事情，一五一十地告诉她，有时也有号外的消息。例如有一次，坤树在公园路看到一排长龙从天主教教堂的侧门排到路上，他很快地专程地赶回家，告诉阿珠说天主教堂又在赈济面粉了。等他晚上回来，两大口的面粉和一听奶粉好好地摆在桌上。

虽然某种尴尬影响了他们谈话的投机，但总算和和气气地沟通了。坤树把胸扣扣好，打点了一下道具，不耐沉默地又说：

“阿龙睡了？”

（废话，刚才不是说了！）

“睡着了。”她说。

但是，坤树为了前句话，窘得没听到阿珠的回答。他有点匆忙地走出门外，连头也不回地走了。这时阿珠才站在门口，摇晃着背后的阿龙，一边轻拍小孩的屁股目送着丈夫消失。这一段和解的时间约有半个小时的光景，然而他们之间的目光却没有真正地接触过。

农会的米仓，不但墙筑得很高，同时长得令人感到怪异。这里的空气因巨墙的关系，有一团气流在这里旋转，墙的巨影盖住了另一边的矮房，坤树正向这边走过来。他的精神好多了，眼前直穿到尽头，再也看不到那一层黄疸色的阻隔了，那麻木不觉的臂膀，重新恢复了举在头顶上的广告牌子的重量感。他估量天色的时分和晚上的时间，埋怨此刻不是晚上，他实在想睡觉的事。他有这种经验，只要这么经过，他和阿珠之间的尴尬即可全消。其实为了消融夫妻之间的尴尬算是附带的，不知怎么，夫妻之间有了尴尬，而到了某一种程度的时候，性欲就勃发起来。这么白亮的时光，真受坤树咒诅。仓库的四周，麻雀叽叽喳喳地叫个不停，他想到自己的童年，那时这一排矮房子还是一片空地，他常常和几个小朋友跑到这里打麻雀；当时他练得一手好弹弓。电线上的几只麻雀有的正劈着头望他，他略微侧着头望上去，仍旧不变脚步地走着，侧仰的头和眼球的角度，跟着他每一步的步伐在变，突然后面有人跑过来的脚步声，使他惊吓地回转过头。这和他以前提防看仓库的那位老头子一样。他为他这动作感到好笑。那位老头，早在他在这里来打麻雀的时候就死掉了，尸体还是他们在仓库边的井旁发现的。想啊想地，电线上的麻雀已落在他的后头了。

一群在路旁玩土的小孩，放弃他们的游戏，嘻嘻哈哈地向他这边跑来，他们和他保持警戒的距离跟着他走，有的在他的前面，面向着他倒退着走。在阿龙还没有出生以前，街童的缠绕曾经引起他的气恼。

但是现在不然了，对小孩他还会向他们做做鬼脸，这不但使小孩子高兴，无意中他也得到了莫大的愉快。每次逗着阿龙笑的时候，都可以得到这种感觉。

“阿龙——阿龙——”

“你管你自己走吧，谁要你撒娇。”

“阿龙——再见，再见……”

他们几乎每天都是这样在门口分手。阿龙看到坤树走了他总是要哭闹一场，有时从母亲的怀抱中，将身体往后仰翻过去，想挽留去工作的父亲。这时，坤树往往由阿珠再说一句“孩子是你的，你回来他还在”之类的话，他才死心走开。

（这孩子这样喜欢我。）

坤树十分高兴。这份活儿使他有了阿龙，有了阿龙叫他忍耐这活儿的艰苦。

“鬼咧！你以为阿龙真正喜欢你吗？这孩子以为真的有你现在的这样一个人哪！”

（那时我差一点听错阿珠的这句话。）

“你早上出门，不是他睡觉，就是我背出去洗衣服。醒着的时候，大半的时间你都打扮好这般模样，晚上你回来他又睡了。”

（不至于吧。但孩子愈来愈怕生了。）

“他喜欢你这般打扮做鬼脸，那还用说，你是他的大玩偶。”

（呵呵，我是阿龙的大玩偶，大玩偶？！）

那位在坤树前面倒退着走的小街童，指着他嚷：

“哈哈，你们快来看，广告的笑了，广告的眼睛和嘴巴这样这样地歪着哪！”

几个在后头的都跑到前面来看他。

（我是大玩偶，我是大玩偶。）

他笑着。影子长长地投在前面，有了头顶上的牌子，看起来不像人的影子。街童踩着他的影子玩，远远的背后有一位小孩子的母亲在喊，小孩子即时停下来，以惋惜的眼睛目送他，而也以羡慕的眼睛注视其他没有母亲出来阻止的朋友，坤树心里暗地里赞赏阿珠的聪明，他一再地回味着她的比喻："大玩具娃娃，大玩具娃娃。"

"龙年生的，叫阿龙不是很好吗？"

（阿珠如果读了书一定是不错的。但是读了书也就不会是坤树的妻子了。）

"许阿龙。"

"是不是这个龙？"

（户籍课的人也真是，明知道我不太熟悉字才请他替我填表，他还那么大声地问。）

"鼠牛虎兔龙的龙。"

"六月生的，怎么不早来报出生？"

"今天才取到名字。"

"超出三个月未报出生要罚十五元。"

"连要报出生我们都不知道咧。"

"不知道？那你们怎么知道生小孩？"

（真不该这样挖苦我，那么大声引得整个公所里面的人都望着我笑。）

中学生放学了，至少他们比一般人好奇，他们读着广告牌的片名，有的拿电影当着话题，甚至于有人对他说："有什么用？教官又不让我们看！"他不能明白他的意思，但是他很愉快，看到每一个中学生的书包胀得鼓鼓的，心里由衷地敬佩。

（我们有三代人没读过书了。阿龙总不至于吧！就怕他不长进。听说注册需要很多钱哪！他们真是幸福的一群！）

两排高大的路树，有一边的影子斑花地映在路面，从那一端工业地区走出来的人，他们没有中学生那么兴奋，满脸带着疲倦的神色，默默地犁着空气，即使有人谈笑也只是那么小声和轻淡。找这活干以前，坤树亦曾到纸厂、锯木厂、肥料厂去应征过，他很羡慕这群人的工作，每天规律地在这个时候通过这凉爽的高桉路回家休息。除此之外，他们还有礼拜天哪。他始终不明白为什么被拒绝，他检讨过，但是无论如何也想不通的：

“你家里几个人？”

“我和我的妻子，父母早就去世了。我的……”

“好了好了，我知道。”

（真莫名其妙！他知道什么？我还没说完咧。好容易排了半天队轮到我就问这几句话？有些人连问都没问，他只是点点头笑一笑，那个应征的人随即显得那么得意。）

黄昏了。

坤树向将坠入海里的太阳瞟了一眼，自然而然不经心地快乐起来。等他回到乐宫戏院的门口，经理正在外面看着橱窗。他转过脸来说：

“你回来得正好，我找你。”

对坤树来说，这是很不寻常的。他愣了一下，不安地说：

“什么事？”

“有事和你商量。”

他脑子里一时忙乱地推测着经理的话和此时那冷淡的表情。他小心地将广告牌子靠着橱窗的空墙，把前后两块广告也卸下来，抱着高帽子的手有点发颤。他真想多拖延一点时间，但能拖延的动作都做了，是他该说话了。他忧虑重重地转过身来，那湿了后又干的头发，牢牢地贴在头皮，额头和颧骨两边的白粉，早已被汗水冲淤在眉毛和内凹入的两颊的上沿，露出来的皮肤粗糙得像患了病。最后，他无意地把小胡子也摘下来，眼巴巴地站在那里，那模样就像不能说话的怪异的人型。

经理问他说：

“你觉得这样的广告还有效果吗？”

“我，我……”他急得说不出话来。

（终料到了。完了！）

“是不是应该换个方式？”

“我想是的。”坤树毫无意义地说。

（完了也好！这样的工作有什么出息？）

“你会不会踏三轮车？”

“三轮车！”他很失望。

（糟糕！）

坤树又说：“我，我不大会。”

“没什么困难吧，骑一两趟就熟了。”

“是。”

“我们的宣传想改用三轮车。你除了踏三轮车以外，晚上还是照样帮忙到散场。薪水照旧。”

“好！”

（嗨！好紧张呀！我以为完了。）

“明天早上和我到车行把车子骑回来。”

“这个不要了？”他指着靠墙的那张广告牌，那意思是说不用再这样打扮了？

经理装着没听到他的话，走进去了。

（傻瓜！还用问？）

他觉得很好笑。然而到底有什么好笑，他不能确知。他张大着嘴巴没出声地笑着。回家的途中，他随便地将道具扛在肩上，反而引起路人惊讶地注视，还有那顶高帽掖在他的腋下的样子，也是小镇里的人所没见过的。

“看吧！这是你们最后的一次。”他禁不住内心的愉快，真像飞起来的感觉。

是很可笑的一种活儿哪！他想：记得小时候，不知道哪里来的巡回电影。对了，是教会的，就在教会的门口，和阿星他们爬到相思树上看的。其中就有这样打扮着广告的人的镜头，一群小孩子缠绕着他。那印象给我们小孩太深刻了，日后我们还打扮成类似的模样做游戏，想不到长大了却成了事实。太可笑了。

“那么短短的镜头，竟这样可笑。”坤树沿途想着，且喃喃自言自语地说个没完。

往事一幕一幕地又重现在脑际。

“阿珠，如果再找不到工作，肚子里的小孩就不能留了。这些柴头药据说一个月的孕期还有效。不用怕，所有的都化成血水流出来而已。”

（好险哪！）

“阿珠，小孩子不要打掉了。”

（那么说，那时候没赶上看那场露天的电影，有没有阿龙还是一个问题哪！幸亏我爬上相思树看。）

奇怪的是，他对这本来想抛也抛不掉的活，每天受他咒诅不停，现在他倒有些敬爱起来。不过敬爱还是归于敬爱，他内心的新的喜悦总比其他的情绪强烈得多。

“坤树，你回来了！”站在路上远远望到丈夫回来的阿珠，出于寻常地兴奋地叫了起来。

坤树惊讶极了。他想不透阿珠怎么知道了。如果不是这么回事，阿珠这般亲热的表现，坤树认为太突然而过于大胆了；在平时他遇到这种情形，一定会窘上半天。

当坤树走近，到他觉得还不适于说话的距离时，阿珠抢先地说：

“我就知道你走运了。”她好像恨不得把所有的话都说出来。坤树却真正地吓了一跳。她接着说，“你会不会踏三轮车？其实不会也没关系，骑一两趟就会熟的。金池想把三轮车顶让给你咧。详细的情形……”

他听到此地才明白过来，他想索性就和她开个玩笑吧。于是他说：

“我都知道了。”

“刚看到你回来的样子，我猜想你也知道了。你觉得怎么样？我想不会错吧！”

“不错是不错，但是——”他差一点也抑不住那令他快乐的情绪，欲言又作罢了。

阿珠不安地逼着问：

“有什么问题吗？”

“如果经理不高兴我们这样做的话，我想就不能接受金池的好意了。”

“为什么？”

“你想想，当时我们要是没有这件差事，那真是不堪想象，说不定阿龙就不会有。现在我们一有其他工作，一下子就把这工作丢了，这未免太过分吧！”这完全是他临时想出来的话。但经他说了出来之后，马上觉察到话的严肃与重要性，他突然变得很正经，与其说阿珠了解他的话，倒不如说是被他此刻的态度慑住了。她显然是失望的，但至少有一点义理支持她。她沉默地跟着坤树走进屋子里。在一团困惑的思绪中，清楚地意识到对坤树有一种新的尊敬。可能提到和阿龙有关系的缘故吧，她很容易地接受了这种说法。

晚饭，他们和平常一样地吃着，所不同的是坤树常常很神秘地望着阿珠不说话，除了有一点奇怪之外，阿珠倒是很安心，她在对方的眼神中，隐约地看到善良的笑意。在意识里，阿珠觉得她好像把坤树踏三轮车以后的生活计划都说了出来，而不顾虑有欠恩情于对方的利益，似乎自责得厉害。坤树有意要把真正好的消息，留在散场回来时告诉她。他放下饭碗，走过去看看熟睡的阿龙。

“这孩子一天到晚就是睡。”

“能睡总是好的啰。不然，我什么事情都不能做，注生娘娘算很帮我们忙，给我们这么乖的孩子。”

他又到戏院去工作了。

他后悔没即时将事情告诉阿珠，因此他觉得还有三个小时才散场的时间是不可耐的。也许在别人看来这是一件平凡中的小事情。但是，对坤树来说，无论如何是装不了的，像什么东西一直溢出来般令他焦急。

（在洗澡的时候，差点说出来。说了出来不就好了吗？）

“你怎么把帽子弄扁了呢？”那时阿珠问。

（阿珠一向是聪明的，她是嗅出一点味道来了。）

“噢！是吗？”

“要不要我替你弄平？”

“不用了。”

（她的眼睛想望穿帽子，看看有什么秘密。）

“好，把它弄平吧。”

“你怎么这样不小心，把帽子弄得这么糟糕。”

（干脆说了算了。啧！就是。）

这样错综地去想过去的事情，已经变成了坤树的习惯。纵使他用心提防再不这样去想也是枉然的了。

他失神地坐在工作室，思索着过去生活的片段，即使是当时感到痛苦与苦恼的事情，现在浮现在脑际里亦能博得他的笑意。

“坤树。”

他出神地没有动。

“坤树。”比前一句大声地问。

他受惊地转过身，露出尴尬的笑容望着经理。

“快散场了，去把太平门打开，然后到寄车间帮忙。”

一天总算真正地过去了。他不像过去那样觉得疲倦。回到家，阿珠抱着阿龙在外。

“怎么还没睡？”

“屋子里太热了，阿龙睡不着。”

“来，阿龙——爸爸抱。”

阿珠把小孩子递给他，跟着走进屋子里。但是阿龙竟突然地哭起来，不管坤树怎么摇、怎么逗他都没用，阿龙愈哭愈大声。

“傻孩子，爸爸抱有什么不好？你不是喜欢爸爸了吗？乖乖，不哭不哭。”

阿龙不但哭得大声，还挣扎着将身子往后倒翻过去，像早上坤树打扮好要出门之前，在阿珠的怀抱中想挣脱到坤树这边来的情形一样。

“不乖不乖，爸爸抱还哭什么。你不喜欢爸爸了？傻孩子，是爸爸啊！是爸爸啊！”坤树一再提醒阿龙似的，“是爸爸啊，爸爸抱阿龙，看！”他扮鬼脸，他“呜噜呜噜”地怪叫，但是一点用处都没有。阿龙哭得很可怜。

“来啦，我抱。”

坤树把小孩子还给阿珠，心突然沉下来。他走到阿珠的小梳妆台，坐下来，踌躇地打开抽屉，取出粉块，深深地望着镜子，慢慢地把脸涂抹起来。

“你疯了！现在你打脸干什么？”阿珠真的被坤树的这种举动吓坏了。

沉默了片刻。

“我，”因为抑制着什么的原因，坤树的话有点颤然，“我要阿龙，认出我……”

【导读】

黄春明，一九三九年生于宜兰罗东。师范学校毕业后，历任教师、记者、编剧、纪录片导演、制作人、广告企划等职，生活经验的丰富、多样，充分反映在他的作品里。二十世纪六十年代初开始发表作品，不论是讽刺社会现实，或者同情被时代、社会遗弃的小人物，无一不是出自满腔的淑世热情，人间尘土味是他作品最明显的标志。他曾经说：“我毕竟是个写小说的，有很多事情，我常常想拿小说来解决。”出版有《锣》《莎哟娜啦，再见》《小寡妇》《我爱玛琍》等短篇小说集。

《儿子的大玩偶》是作者比较早期的作品，取材于台湾社会急速转型的前夕，许多行业随着生活形态的改变，势必要有所调整、改变，不能紧紧跟上时代脚步的人或事，无可避免地就得面临被淘汰的命运。黄春明有不少作品，就是建筑在对这些人物的悲悯情怀上。这样的悲悯，无法避免是一种人间的无奈，悲悯可能只是隔岸观火、落空的情怀，不过，也许也正因为如此，才更凸显出作家看到的是人间无尽的悲哀。

主角“坤树”从事的活动广告人行业，是一种极端辛苦难熬的行业，更重要的是“丑化”自己。他不得不干上这一行，当然是被“生活”逼得走投无路之后的“下策”，丑化自己，不可能不伤到自己的人格、尊严——这是人不像人、鬼不像鬼的“没出息的鸟活”。真正的悲哀是，戏院的经理觉得活动广告人的效果有限，决定改用三轮车当宣传车，“坤树”再也不必打扮成小丑招徕观众，不料自己的小孩不认得不扮小丑的爸爸，拒绝他抱，悲哀之余，他竟拿起粉块画起脸来，由此道尽了“坤树”的悲哀。

黄春明的早期小说，大体展现的是写实主义具有的人道悲悯情怀，偶然也见批判精神。不过，黄春明写“坤树”这种人物的背景，要放到二十世纪六七十年代的台湾小说史里去看，才能发现他对待卑微的社会底层人物的独特方式。他用具有美德的词汇来概括他们的行为，相反的，这些人物在日常生活中的举止常显得有点滑稽、可笑。这些人物，也不具备令人为之落泪伤心的悲剧性本质，他们遭遇的生命、生活困境，并没有立即而迫切的危险，充其量只能引起人们淡淡的哀愁。不容忽略的是，作者一再地把这样卑微的小人物放在小说舞台的中央，所汇聚的文学史意义高于一切。《儿子的大玩偶》里，除了“坤树”父子的应对情节攸关主题的呈现之外，“坤树”和“阿珠”的鹣鲽情深，写小人物夫妻的感情，也具有独到的人物描写视角。

——彭瑞金撰文

欠缺

王文兴

生活中掺杂有“欠缺”这回事，以后还
需面对更多“欠缺”的来临。

那年我大概十一岁，因为我刚刚考进了师院附中的初中部。那时节我们的家还住在同安街，这是我们在台北的最早居处；还不曾搬到后来的通化街，通化街以后又曾搬到过连云街，但似乎在我的印象中还是每一先住的地方较以后的为好，每迁移一次便降差一等。也许是对愈远童年的偏爱造成的这个错觉。

同安街是一条安静的小街，住着不满一百户人家，街的中腰微微地收进一点弯曲，尽头通到灰灰的大河那里。其实若从河堤上看下来，同安街上没有几个行人，白的街身，弯弯的走向，其实也是一条小河。这是我十一岁那年的安静相貌，以后小型的汽车允许开到这一条街中来了，便失去了这份寂寞了。我现在回忆的还是通行汽车以前的时代。

总之，在那个时候的同安街，可以看到花猫犹在短墙头懒懒地散着步，从一家步到另一家。街中是满眼的绿翠，清芬的花气扑鼻，因为在人家的短墙背后植满了花木，其中包含百里香、杜鹃、木芙蓉、夹竹桃、金雀花等等。花是最爱同安街的“居民”了，春天时开花，秋天也开花。而尤教人无从忘怀的还是那小街的夜晚，当黑暗的街衖点上静穆的路灯的时候，夜晚似乎更静了一些。卖杂货的小铺子，不同于闹市里的商店，九点半钟便打烊了。子夜从九点半钟便开始了。夜在这一条街上有着极安稳的睡眠，且有着最长久的睡眠。风摇动着萧萧的夹竹桃尖叶，天空里的细小星辰眨着眼睛，几个时辰以后，黑夜过去，黎明到来。在早雾中，仍不同于闹市里的商店，小杂货铺子的头家便卸下门板了。

一个少妇，在那一年的春天，在靠近大河的街尾的地段，开出一家裁缝店来。那时正是朴素淡雅的台北市开始步向经济繁荣的初期，可以看到一些三层楼台的洋楼在这里那里叠落起来。从前一个冬季开始，我们小孩子便有趣地看着我们家对面的空地上筑叠起一座洋楼了，我们那时觉得心中又兴奋又悲哀，兴奋是孩童的我们对一切新奇的经验，新的声音，新的颜色，新的物体，新的遭遇，均感到是对无恁大的胃纳的一种满足，悲哀的是一场可以踢球的蔓草空地从此失落掉了。楼房在春天盖成，妇人便搬迁进来。这是一座横三间、高三层的房子，妇人和她的家占右边的一组，上中下都归他们，楼下便是开店，二楼和三楼住家。据说这一个少妇是这幢高楼的房主，整幢的房屋都属于她，我们小孩子都以为房主便要将整个的楼上下都拿来自己住，但她只住它的一部分，泰半租出去给别人。租出去后不满一个星期，她又将那泰半转售给别人。我们心中难免不觉地为她只住到一部分感到惋惜。

我那时候是一个早熟的孩子，虽然我的个子看起来较我的年龄还低两岁，但正如一般普通发育不全的孩子那样：心智在另外方面做着脱镞的补偿，比年龄还高两岁。有一天，我发现我爱上这一个妇人了。发现的时节是在春假里，绵延不息的春雨过后，百花竞开的四月。

我是一个敏感而又内向的孩子，对于冶艳妖娆的女人，心中存着惧怕的心念，只喜欢那容貌善良的女人（唉，到今天还是这样），裁缝店的这位女主人便是我最易倾心的那类。

她大约三十五六模样，不大爱打扮（这点很重要），脸上不抹胭脂也不擦粉，只在嘴唇上涂一层唇膏。那一张唇又是经常咧开露出雪白牙齿和恳切笑容的。还有她的一对眼睛，不仅美丽，露出的善良更重要。我对于她的爱不仅出于对她风姿的赞叹，也诚出于对她美德的一份景慕之忱。

爱在一个早熟的孩子身上，仿佛一朵过重的花开在一枝太纤细的梗茎上，不胜其负荷。我才体味到爱原来是一种燃烧，光亮的火光如果是爱的快乐，造成这火光的却是燃料它自己的烧灼。我实在不能相信这种用烧灼自己来换取快乐的自虐状的倒错是种快乐。我虽则那时的人生体验还不足短短的十一年，但我已经从若许过往的微细痛苦里得出一条躲避苦痛的方法，便是你若欢喜上某件东西或某个人，你即刻寻出他的缺点来，这样你便能不再爱他，减却你的负重。我在往后的几天，便时常潜伏在她的店铺的对面，极为冷酷地想要看出她的丑貌来。然而我察看得愈久，愈觉得她的容貌美丽。因是我知道爱已陷进体内得更深，已经不能起出它，只有听任它留在身体内了。

春假已经是最后一天，我预备着要尽这一天在外边把假期玩满。一早我便到新的踢球场那里（改在杂货店旁边的垃圾堆前面），去等候其他孩子的聚集。我们这一天玩得比平时提早得多，那时大概才八点钟不到，我们吵闹的尖亮嗓音吵醒了一座木楼上的一个公务员，他打开小窗子，身穿睡衣，探出头来大声地骂。我们的皮球又不时打到垃圾堆旁边摆着烟摊的穷老太婆头上，她提着一柄扫把想打走我们，但因为她老得实在没有追上我们的气力，只有像个卫兵一样横着扫把站在烟摊的前面，谁要跑过那里就吃她的一枪，但大家都小心地不跑过那里。阿久的小狗也跟疯了似的跟着我们乱跑，它不知为什么更是要跟定了我，不断地跳到我身上，害我绊倒了好几跤。直玩到阿久的妈妈出来将他们五个兄弟喊回家去吃烧饼，我们才把游戏结束，悻悻然地散了开去。那时好太阳已经照了一街，人家墙头的树丛绿茵茵的，买菜去的妈妈们已打着接近夏天的遮阳伞，因为几天以来阳光已经增加了好一些热度，热得已经把打蕾的金雀花和夹竹桃都提早热开了。我觉得口干，便钻到刘小冬家的院子里，到他们的水龙头上去喝水。水流得我一脸一脖子都是，我就让阳光去自行地晒干它。我从那裁缝店经过，看见那妇人在店门口和一位太太在聊天，并在逗弄那太太手中的孩子玩。我爬上同安街尾的斜坡，下了台阶，到大河去。

这河在阳光下闪出粼粼的波光，像有千万个图钉在一上一落。河的对岸，两辆牛车在沙滩上缓缓地爬着。站在一棵新才吐芽的小树底下，我闻到岸上烘干了的泥土的香味，吹到还凉冷着的河风。从小树下走开时，我不禁拉开了喉咙，高声地唱起“夏天里过海洋”。我边唱着歌，手里边打着拍子，向河的上游走去。我走到一片竹林子里，找到了一块较平坦的地方，躺了下去。

前面是竹叶间闪闪发光的河流，后面是织锦得像波斯地毯的河边农地，上面大块大块的翠绿是稻秧；大块的黧褐是新翻未种的春土；小长条的浅绿，像那医生用的玻璃试片的，是豆苗；金黄的方块是油菜花。这一切都在春风里跛动。农夫的短小黑影，可以看见都在远处工作中。田中不时传来一阵阵轻粪的薄味。

我静静地躺着，想着各式不着实际的事情，但都是快乐的事情，让幻想跟着天上被轻风吹送的白云跑。我翻过一个身，把下颊枕在交叠的双肘上，凝望着竹叶隙缝外头的河。我想到那裁缝店中的妇人身上。我的爱情找不到任何的人可以告诉，只有向河诉说。后来这条河又成为我后一年学习游泳的痛苦所在，现在想起来，我的童年可以说是在这一条河的旁边长大的。我后来瞒着我的母亲，一人到暑日下的河水中，怀着对溺毙的恐惧，独自去寻求浮在水面的技术，但终未成功。从此我未有再学，因为失去了去挣扎的勇气。

河流似也不懂回答我的细诉，我翻回原来仰卧的姿势，用一面手帕盖起了脸。

直到日头行到当午的时候，我才揭开手帕坐起来。我想起我的母亲在家中等我吃饭，便离身站起，走回家去。这时田中的农夫都已不在，大概也都回家吃饭去了。

我在家里遇到那个台湾的莪芭尚，她还没有走，仍在替我们熨烫衣服。莪芭尚看到我便问：

“少爷，你看到我的春雄了没有？”

我说没有。

“你不是在外面和他一同玩的吗？”

我说不是。

“不晓得死哪里去了，我叫他快点来帮我拖地板的，可一直就没看到他的影。我的春雄远比不上你们的少爷呵，太太，你们少爷又聪明，又用功，小小的年纪就念初中了，以后就念高中了，念完高中就要做大官了。”她抖着一件父亲的白衬衫说。

莪芭尚时常这样地赞誉我，说我念完了初中便念高中，高中念完了后她不知道尚有大学，所以念完高中，就做大官了。

母亲操着生硬的台湾话回答她道：

“你还不也是一样，春雄将来也念书，也挣钱给你用，孝顺着你。”

“多谢，多谢。可我是苦命人啊，太太，春雄的爹早早死了，剩下我一个人来带着春雄。是，我别的都不希望了，只希望春雄也跟你们的少爷一样，好好念书，以后考进初中，进完初中高中……我可是怎么地苦，洗衣服洗到了老，也要挣够钱让他读书。”

“他会好好地念书的。”母亲说。

莪芭尚喟然叹了一口气。

啊，这善良的老妇人，我还能记得她那深褐宽大的脸庞，像一块黑面包，温软而又有光泽，那是一种单纯的善和纯正的爱的糅合。后来她不知到哪里去了，没有人晓得。像这一种类型的温良人物，随着我年龄的逐渐长大，愈见愈减少了。我想他们是不易生存在日趋工业化的社会里的。关于她我记得清楚的还有另一件细事，那是出于童年时的怪异的观察力：我常常注意到她的一双光脚板，那是踏在我们家的亮油油的地板上的，十个肥脚趾跋踁开来。我注意到这件事大概是因为家里的人都穿拖鞋，我们放在玄关的门口也有许多双请别人穿的拖鞋。莪芭尚大约还不习惯我们这种外省人的习惯，所以总是不穿。那时我在小小脑筋里想，就是我们的莪芭尚肯穿上拖鞋了，我们又上哪里去找那样大的一双送给她穿呢?

那春假的最后一天，我记得的另一件事是，下午我去买回了一本日记。某种对周围的新奇，对自身内心生活的兴趣，对于新萌芽的爱，以及未始不对春天，使我想到要模仿刘小冬的大哥的模样，存一本日记。以上所回忆的当日旧事，便记在我当夜的头篇日记里。

春假过后，爱情痛苦着我，似乎在催促着我去做一件什么事，一件能使我至少感觉上更接近她一步的事。我便想到要拿一件衣服到她的店里去补（一种可悲的求爱方式，我承认），但她的店又是只收女装的。我想不出其他的办法，一天，（当一切都无办法时，唯一想就的办法便成为可行的办法）我终于拿了一件童军的上装，脱了只扣子的，到她的店里。

她的店内摆设得十分雅致，四面的墙上贴着日本女装杂志上的妇人照片，墙角的几上并设着鲜红的玫瑰花，店中坐着四个少女，低着头踏车，并说笑着，彩色炫丽的衣料铺在机车上。

“你要做什么，小弟弟？”一个圆脸孔，挂着假珠项圈的少女抬起头问我。

“我要缝扣子，”我说，转向那一个妇人，她正站在一张长桌边尺量衣服，“你会缝吗？”

这妇人便过来接过了我的衣服，然后她说：

“阿秀，你现在给他缝一下。”说毕她就将衣服交给了那圆脸的少女，然后转回身继续尺量她的衣服。

我觉得被冷待的悲伤。

“哪一个扣子？”那圆脸的少女问我。

我告诉了她，眼睛望着那妇人。

“多少钱？”我问那妇人。

“一块。”那少女说。

妇人似乎没有听见我问她的话，因为她连头都没有抬。我的悲伤遂种到心的根底里去。但过了一会儿，我看到这个妇人戴起了一副眼镜，于是我的悲哀便逐渐被我渐高的好奇心代替了。我奇怪她居然也戴眼镜，仿佛这是一件最不可能的事。我不欢喜她戴了眼镜的模样，那似乎不再像她，她的眼镜戴得太低，看起来太老，而且有一种猫头鹰的表情。

然后我蓦然觉得自己在店里呆望得太久，于是便问那圆脸的少女：

“我等一下来拿好吗？”

“不，就好了，你再等一会儿。”

我便不安地站在店中等她缝好。我又看了看挂在四壁的日本妇人照片，她们都很美丽，露着皓齿巧笑着，但我很奇怪为何她们的眼皮都是单眼皮。我又看了看那瓶放在墙角的玫瑰花，它们仍是那样的鲜红，我觉得似乎比普通的玫瑰花还要鲜红些，于是仔细地再看一下，发现原来是一瓶假花。

不久，一个男孩子从店后的楼梯上下来，一边走，一边咬嚼一只阳桃。他的个子比我高，也穿着童子军制服，鼻梁上还架一副眼镜。我突然领悟，这是她的孩子。我见过她有两个才学步的小孩，但一直未见到过这一个；平时又不见他出来和我们玩的；新搬来的孩子都如此。万分惊愕中，我——私恋他母亲的人，目送他提着一只水瓶上楼。

缝好了纽扣后我便不多逗留地挟了衣服走出门。在门口我遇见莪芭尚正也跨步进来，我因为怕她告母亲知道（我是瞒着母亲出来缝纽扣的），便一溜烟从她的身边溜掉。

虽然我觉得在她的店里受冷待了，虽然我看见她的远比我还大的儿子，我的爱情仍旧没有改变，一个孩子的爱是不易变更的。我仍旧把我十一岁时心中的少年全部的爱情热烈献送给她。

于是我便忠心地继续这件无希望、无发展，也无人知道的爱情。这种绝望，反而替我的爱情染上了一层忧郁的美。实在地说，我分不清楚当初这绝望到底是给了我苦恼还是快乐。然而我能确定一件事情，便是在这样的爱情里，有一件我比成年人更快乐，我可以不必做无谓的担忧，不必像成年人一样无时地杞忧它一日会突时告结；我豁免了这层忧虑，只要一日我的思慕存在，爱也便存在。现在看起来，那时候应当算作十分快乐。

那一次到她的店铺里去，我记得，是我唯一去她店铺的一次。此后我寻不到其他的机会，而且，我不知道什么原因，我变得十分胆小起来，我并且为那一次的到她店中感觉无比的羞赧。想到只是借着缝一颗纽扣的借口去她店中，我的羞赧愈回想愈增多，终于那一次的事情变成为一种恐怖一般呈现在眼前，使我出汗。勇气是一种奇怪的东西：第一次不应当算作勇气，第二次以上方才能算。

我虽然未去她的店中，但我时常去她的店前。她的正对面是一家杂货店，那里卖孩子们吃的零食的，我时常到那里去眺望她了。每每是我衔着半块饼干，望着她在她的店里走动。有时我也看到她的丈夫，一个三十多岁的男人，骑着机器脚踏车，据说是在一家商业银行里做事。奇怪的一件事是，我竟然对这个男人了无妒意。从这点大约便可以知道我离成长还差得甚远。我似乎不大明了丈夫的意义，以为他只是她的家中的一分子，定义就跟她的哥哥、她的叔叔、她的姊夫等一样。但是假如她和一个别的男人谈话，譬如她和隔壁的理发匠闲聊一会儿，我的嫉妒会使我看到这个理发匠倒在地上，胸口插一把刀。

于是日子便一天又一天地这样过下去，像我的一页翻过一页的日记簿一样。不久盛夏莅至，学期的结束眼看就在前面了。我开始为我的功课担心，因为我的代数念得非常之糟，我非常忧虑我能不能在大考中考及格。代数的老师已经向我幽默地威胁过，说下学期他还要和我碰头。我受惊得发抖，因为我读书以来还没有留过级，但这一年似乎留级的常数很大。然而即便是忧虑，也含着无限的期望，期望那自由并快乐、海阔天空的暑假的解脱。大考的乌云便如是笼阴着我，我镇日地手中捧拿代数，但我并没有去看它，只是端着它忧虑着。我变得苍白复消瘦了。

终于那沉重的、压迫人的大考过去了。所有的学生都像小鸟一样逃出了囚笼，奔向自由的暑假的天空。快乐的我只是他们之中的一个，多少的孩子受到考试的折磨，多少的孩子等待他们的暑假，等待之中他们都以为暑假不会实现，或者所受的磨难将那期望时的快乐都销尽了——噢，考试，噢，暑假。

那头一天的假期的早上，我睁开了十一岁的眼睛，听着好鸟的乱唱，看这个阳光灿烂的世界。考试已经丢在背后了，不管考得多么坏，我已经完全忘记；也许孩子都没有替过去担忧的能力。坐在小床上，我能够感觉到“这”是暑假，不是日历上得来的指示，是一种声音、一道气味、一片阳光，与以前不同的提出来的暗示。我听到蝉的知了知了，我发现天花板上印着洗脸盆的水影，闻到昨夜母亲新打开冬衣皮箱准备拿出来“过”日的樟脑丸的香味——我知道这是暑假。快乐是那一个孩子，他从床上跳下来。

年年到觉醒暑期的时候，也就是提醒我们该整理钓鱼竿的时候。这时矮小的我们便到厨房的旧炭篓里，把那曾被母亲扔掷在里面的一根细竹竿找出（那是我们自己做的），将它拿到洗澡间里，费了很大的一番功夫洗干净它，以为今年又可以用它钓到大鱼了，虽则以后多半都是用它钓田鸡。

这一天我同样地寻出了“钓竿”，洗好了它，但拿在手上时，我突然觉得它太不中看了。这曾是我矜傲过的手艺，今年我看出它的粗陋来。我觉得我需要一根新的钓竿，而且须是一根真的钓竿，不能再是这样自个儿手削的蹩脚一根。我要一根装轮子的，有铃铛的，细软得像鞭子的，挥出去时呼的一声的——要问父亲去买。我有希望得到这样的一根，因为我可以告诉他那最充足的理由——我十一岁了。

我依旧把这根“钓竿”丢进旧炭篓里。

我便去垃圾场寻找我的伙伴，我们都因为大考，已经隔了两周未出来踢球过了。我们的妈妈禁止我们。

我从裁缝店经过，希望看到她的脸，但今天她的店铺没有开门。想是她和一家出去玩了。我有些怅然若失，虽然每一天我都看到她，只一天未看也令我怅惘。

我的伙伴们早已经玩起来了，我急忙加入了进去，卷进了吵声动天的战团。我们快乐地直玩到日近傍午时方散。我的那一边输了，他们怪我不好，我怪加错了这边。但我们都骁勇十足地决定明天再来，一定要打败他们。走回家去时，裁缝店依旧关着门，我又觉得了一次惘怅。

我回家时我的母亲正在抱怨着说为什么莪芭尚今天不来洗衣服，有事情也应该叫春雄过来通知一声。然后她便说着我一上午像撒放出了的鸽子一样，玩得没有了影子，本想叫我去找莪芭尚的，但找我先就找不到了；说我这样会把心玩野掉的，不要以为是暑假便贪玩哩。这些当然是我最不爱听的。

午日过后，我十分地瞌睡，外边的太阳白亮得让人睁不开眼，屋子里几只苍蝇在没有抹净的餐桌面上停停歇歇地飞。我约莫盹了十分钟，自己还不知道。醒觉来时，望着窗外的烈阳和屋内桌上的苍蝇，一种很熟悉的感觉回到我的心臆。我为什么早先忘记了它呢？原来暑假原都是烦闷的。

这时隔壁的刘伯母又惯例地来找妈妈聊天了。她顶着满头像蛋卷似的发卷子跨进门来，问我说：

“你妈妈在家么，小弟？”

“我在厨房里啊，刘太太，”妈妈应道，“你坐就来。”

刘伯母已经寻着声音到厨房里去了。

不一会儿她们从厨房里出来，妈妈的手上面满是胰子的泡沫，找了一块布来揩拭着。

“要死，你怎么自己洗衣服了呢？”刘伯母坐了下来说。

“不是啊，今天那个莪芭尚不晓得为什么没有来，只好先自个儿洗一下啰。”

“就是嘛，我就要告诉你的，”刘伯母说，摇着她一头花枝乱颤的发卷，“你知道莪芭尚怎么了吧？她的钱全部倒光了。一共两万块钱的积蓄，全部倒得光光的。这回子她病了哩。”

“哦？是吗？我都不知道她有积蓄。”母亲说，觉得很诧异。

“是她辛辛苦苦洗衣服积起来的呵，她都说是积了给她的孩子以后念书用的。真作孽哦，倒了她的。不过，这一回我们街上吃亏的人也多着哩。叶太太就倒了一万，听说还是大前天刚刚放进去的，且还是叶先生办公厅里的煤球代金哩。吴太太也埋了三千下去。哼，那个害人的妖怪女人呵，现在一家都逃了。”

“谁啊？”

“那个开裁缝店的女人啊！你不知道她好厉害，一倒就是十五万。谁也没有想到她会来上这样一手。人家都是看她店业好，信任她，也贪她的利息不弱，哪知她扑突倒了。”

“真没有想到，”母亲说，“看她平时人蛮好的嘛，唉，那莪芭尚这回也怪可怜的……”

我已经没有听清楚母亲下面说的什么。我转过身跑出了屋子，向着那一家裁缝店跑。

裁缝店仍然关闭着门，门口多了几个抱臂站在那闲聊天的妇人。我望着那店铺，发呆了半晌。那几个妇人的谈话我能够听得到。

“昨天晚上溜走的啊，不晓得现在在哪里。”

“可以去告诉警察吗，捉她回来。”

“没有用处的，捉到了后她只需宣告一声破产，便什么责任也没有了。况且她有了钱，官司就吃不到头上。”

“是早就有计划的啊，”一个说，“你看她来这里不到一个月就急着把大半个楼先卖出去。”

“听说留下的这爿店面子上一个星期也变卖掉了。”

有几个下女站在店的右边向内中张望，我也过去张望了一下，从一块小玻璃窗望进去，里边已经空无一物了，缝纫机和桌椅都已经搬走了。

“真是的，连那几个女工的工钱都不发就溜走了，真是好意思！”

听到这一句话，我的耳朵也突然愤怒地发热起来。

我回到家里，刘伯母已经走掉了，母亲看见我进来便喃声说道：

“真是没有想到，真是没有想到。人心一年不如一年。市上发财的人多了，诈财欺骗的事也多了。市面的景象固闹热，但要人心坏了，要这样的闹热做什么？这回幸亏得我们是没有钱的人家，否则也放了进去，不也吃了她的亏！”

我们是没有钱的人家，我的父亲那时在一所中学里教书，教书在台湾，是应当归为清贫的一类的。但莪芭尚又是有钱的人家吗？我这么想。为何也倒她钱？还有那几个未领到工资的女工，为什么吞她们的？

那一天的傍晚，我拿了一本书登到屋顶的晒衣服阳台上，我预备听从我母亲的话温一点功课了。天空是宁谧的柔蓝色，我头倚着阳台的栏杆，坐在灰格子的砖地上。

楼底下街的斜对面，我能够瞥得见那家裁缝店，仍掩闭着门，但门口聊天的妇人已经离散了。

想起这一个妇人，想起她那一张美丽而慈善的脸，我一时还不能相信这一个妇人是一个骗子。但她委确是一个骗子。每想到这里，我的心便忍受一遍阵痛的痉挛。

我还眷恋着我对她的爱情，我期望保存住它。我闭拢上眼睑，想象她的那张如白兰花一般的面貌——然而每次我都会想起她的这一种缺憾；我便在那一张脸上看出丑恶来；花便枯萎地低下了头。

暮霭已渐渐地合上了同安街，人家的烟囱顶已缭起了淡白的炊烟，我发觉眼前的景致渐渐地模糊了，原来我的眼中盛满了盈盈的泪水。

啊，少年，也许那时我悲伤的不纯是一个女人使我失望，而是因为感悲于发现生命中有一种什么存在欺骗了我，而且长久地欺骗我，发现的悲伤和愤怒使我不能自已。

自那一天以后，我仿佛多懂了一些什么，我新晓得了生活中掺杂有“欠缺”这回事，同时晓得以后还需面对更多“欠缺”的来临。自那一天以后，我忘却了那一个女人的美丽，虽然我一直未能忘却这一件事的前后和始末。难怪的，那是我最初一次的恋情。

【导读】

王文兴，一九三九年生于福建福州，一九四六年举家迁台。台大外文系毕业，大三时与白先勇、陈若曦、欧阳子等人创组《现代文学》杂志，被认为是成员中较为冷静、理智者。一九六三年赴美国艾奥瓦大学小说创作班就读，获艺术硕士学位。一九六五年回台，任教于台湾大学外文系，现已退休。著有《十五篇小说》《家变》《背海的人》《书和影》《小说墨余》《星雨楼随想》等。其创作内容及文字实验都时受争议，他提倡文学应精读，创作速度则日不超过千字，至《背海的人》更坚持日写三十字，杨照称此种文学态度是“缓慢有理”的美学偏执。

《欠缺》收录于《十五篇小说》中，透过十一岁孩童的细琐记忆书写，呈现出早熟男孩对于邻家少妇的爱慕，以及暗恋情愫的幻灭历程。小说以时序的推移，带动小男孩情绪上的转变。男孩初见少妇，是在春天、近大河地段的新楼房；男孩发现自己爱上妇人，是在“春假里，绵延不息的春雨过后，百花竞开的四月”，此中风景的明丽与思春情怀的萌发互为表里，不言而喻。而在少妇卷款而去，东窗事发前夕，则正是暑假的开端，男孩意识到“暑假原都是烦闷的”，此段时序描写也预示了成长的苦闷与愁烦。

在男孩的心理描摹方面，《欠缺》展现出作者细腻的书写功力：以“善良的美德”为最大倾慕理由，显示了男孩早熟而独特的审美观（也加深了其后幻灭冲击之大的合理性）；写男孩对于爱的担负以及挣脱之徒劳（潜伏于店铺对面，想寻出妇人的丑貌与缺点，但愈观察则愈陷入爱中）；写暗恋之美的绝望忧郁中又充斥了纯粹狂喜的心境；等等这些都相当委婉动人。而在此种细腻的铺陈中，现实的丑恶却于无预警下横空而来，妇人一夕之间倒会卷款，举家迁离，影响了善良的莪芭尚及店里女工的生计，也深深斫伤了男孩的信仰。小说借由景物的书写屡屡预示：妇人店铺里的鲜红玫瑰原来是“假花”；“我”对河流爱的倾诉无人能懂，河流承载了“我”所有快乐与恐惧（游泳）的回忆，从此以后，“我”未曾往学游泳，“因为失去了去挣扎的勇气”。

爱情幻灭，导致对于人的信仰崩毁、对于存在的欠缺有所认知，这是回顾青少年成长历程中，自我常常会遭逢的真实体验。王文兴小说中有颇多关于成长的书写与探讨，长篇小说《家变》基本上便是描写 C 大历史系助教范晔，于成长过程中所遭遇的精神冲突，从而检讨家庭和社会问题。《十五篇小说》里，亦有颇多类似的成长启蒙书写，如《寒流》写少男对于性的探触、好奇与恐惧，《命运的迹线》写男孩对命运的抗搏，以及《母亲》等，读者亦可与此篇参看。

——石晓枫撰文

第二章

想一个人

贫贱夫妻

钟理和

行走在人生路上，许多在平常人看来极不相干的事情，穷人便必须用全副精力去想，去对付。

一

下了糖厂的五分车，眼睛往四下里搜寻，却看不见平妹的影子。我稍感到意外。也许她没有接到我的信，我这样想，否则她是不能不来的，她是我的妻，我知道她最清楚。也许她没有赶上时间，我又这样想，那么我在路上可以看见她。

于是我提着包袱，慢慢向东面山下自己的家里走去。已经几年不走路了，一场病，使我元气尽丧，这时走起来有点吃力。

我离开家住到医院里，整三年了，除开第二年平妹来医院探病见过一次，就没有见过她，三年间无日不在想念和怀念中挨过。我不知道这三年的日子他们在家里怎样度过，过得好？或不好？虽然长期的医药费差不多已把一份家产荡光，但我总是往好里想她，也许并不是想，而只是这样希望着也说不定。我愿他们过得非常好，必须如此，我才放心。

固然我是这样地爱她，但是除开爱，还有别种理由。

我和平妹的结合遭遇到家庭和旧社会的猛烈反对，我们几经艰苦奋斗，不惜和家庭决裂，方始结成今日的夫妻。我们的爱得来不易，唯其如此，我们甘苦与共，十数年来相爱无间。我们不要高官厚禄，不要良田千顷，但愿一所竹篱茅舍，夫妻俩不受干扰，静静地生活着，相亲相爱，白头偕老，如此足矣。

我们起初在外面，光复第二年（一九四六年）又回到台湾，至今十数年夫妻形影相随，很少分开。想不到这次因病入院，一住三年。我可以想象在这期间平妹是多么怀念和焦虑，就像我怀念和焦虑一样。

一出村庄，一条康庄大道一直向东伸去，一过学校，落个小坡，有一条小路岔向东北。那是我回家的捷径。我走下小坡，发现在那小路旁——那里有一堆树荫，就在那树荫下有一个女人带一个孩子向这边频频抬头张望。

那是平妹呢！

我走到那里，平妹迎上来接过我手中的行李。

“平妹！”我压抑不住心中的激动。

平妹俯首。我看见她脸上有眼泪滚落，孩子紧紧地依在母亲怀中，望望我，又望望母亲。我离开时生下仅数个月的立儿，屈指算来已有四岁了。

我看着平妹和孩子，心中悲喜交集，感慨万千。

平妹以袖揩泪，我让她哭一会儿。三年间，她已消瘦了许多了。

“平妹，”在她稍平静下来时我开口问她，“你没有接到我的信吗？”

平妹静静地抬起眼睛：眼泪收住了，但仍闪着湿光。

“接到了。”她说。

“那你为什么不到车站接我呢？”

“我不去，”她嗫嚅地说，又把头低下，“车站里很多人。”

“你怕人呀？”

我又想起有一次我要到外面去旅行，其间三周，平妹送我上车站时竟哭起来，好像我要出远洋，我们之间有好多年的分离，弄得我的心情十分沉重。

“你不要别人看见你哭，是不是？”

平妹无言，把头俯得更低了。

我默然良久，又问：

“我回来了，你伤心吗？”

“我太高兴了！”她抬首，攀着孩子的下巴，“爸爸呢，你怎么不叫爸爸？在家里你答应了要叫爸爸的！”

这时我们已渐渐地把激动的情绪平抑下来，她脸上已有几分喜意了。

我又问平妹：

“你在家里过得好不好？”

平妹凄然一笑。“过得很好！”

我茫然看着，一份愧歉之情油然而生。

我拿起她的手反复抚摸。这手很瘦，创伤密布，新旧皆有；手掌有满满厚厚的茧儿。我愈看愈难过。

“你好像很辛苦。”我说。

平妹抽回自己的手。“不算什么，”她说，停停，又说，“只要你病好，我吃点苦，没关系。”

二

家里，里里外外，大小器具，都收拾得净洁而明亮，一切井然有序，一种发自女人的审慎聪慧的心思的安详、和平、温柔的气息支配着整个的家，使我一脚踏进来便发生一种亲切、温暖、舒适之感。这种感觉是当一个人久别回家后才会有的，它让漂泊的灵魂宁静下来。

然而在另一面，我又发觉我们的处境是多么困难、多么恶劣，我看清楚我一场病实际荡去多少财产，我几乎剥夺了平妹和两个孩子的生存依据。这思想使我痛苦。

“也许我应该给你们留下财产，”晚上上床就寝时我这样说，“有那些财产，你和两个孩子日后的生活是不成问题的。”

“你这是什么话，”平妹颇为不乐，“我巴不得你病好退院回来，现在回来了，我就高兴了。你快别说这样的话，我听了要生气。”

我十分感动，我把她拉过来，她顺势伏在我的肩上。

“人家都说你不会好了，劝我不要卖地，不如留起来母子好过日子。可是我不相信你会死，”过了一会儿之后她又温静地开口，“我们受了那么多的苦难，上天会可怜我们。我要你活到长命百岁，看着我们的孩子长大成人，看着我在你跟前舒舒服服地死去；有福之人夫前死，我不愿意自己死时你不在身边，那会使我伤心。”

我们留下来的唯一产业，是屋东边三分余薄田，在这数年间，平妹已学会了庄稼人的全副本领：犁、耙、莳、割。如果田事做完，她便给大户人家或林管局造林地做工。我回来那几天，她正给寺里开垦山地。她把家里大小杂务料理清楚，然后拿了镰刀上工，到了晌午或晚边，再匆匆赶回家来生火做饭。她两边来回忙着，虽然如此，她总是挂着微笑做完这一切。

有一天，她由寺里回来，这时天已黑下来，她不及坐下喘息，随手端起饭锅进厨房。我自后边看着她这份忙碌，心中着实不忍，于是自问：为什么我不可以自己做饭?

翌日我就动手做，好在要做大小四口人吃的饭并不难，待平妹回来时我已把午膳预备好了。开始，平妹有些吃惊，继之以担心。

“不会累坏的，”我极力堆笑，要让她相信她的忧虑是多余的，“我想帮点忙，省得你回来赶。”

由是以后，慢慢地我也学会了一个家庭主妇的各种职务：做饭、洗碗筷、洒扫、喂猪、缝纫和照顾孩子；除开洗衣服一项始终没有学好。于是在不知不觉中我们完成了彼此地位和责任的调换：她主外，我主内，就像她原来是个好丈夫，我又是个好妻子。

假使平妹在做自己田里的活儿，那么上下午我便要沏壶热茶送到田里去，一来给她喝，也可让她借此休息。我想一个人在做活流汗之后一定喜欢喝热茶的。

我看着她喝热茶时那种愉快和幸福的表情，自己也不禁高兴起来。虽然我不能不让她男人似的做活，但仍然希望她有好看的笑颜给我看；只要她快乐，我也就快乐。

三

物质上的享受，我们没有份儿，但靠着两个心灵真诚坚贞的结合，在某一个限度上说，我们的日子也过得相当快乐、相当美满。我们的困难主要是经济上的。我们那点田要维持一个四口之家是很难的，而平妹又不是时常有工可做，所以生活始终摇摆不定。

有天傍晚，我们在庭中闲坐。庭上边的路上这时走过几十个捎木头的人，里面居然还有少数女人。他们就是报上时常提到的盗伐山林的人。他们清早潜入中央山脉的奥地去砍取林管局的柚木，于午后日落时分掮出来卖与贩子。

我们静静地看着这些人走过，忽然平妹对我说她想明天跟他们一块去掮木头。

我不禁愕然。“你？掮木头？”

随着掮木头人浑身透湿、涨红面孔、呼吸如牛喘的惨象在我面前浮起，我的心脏立刻像被刺上一针，感到抽痛。那是可怕的事。

“平妹，”我用心疼的口气说，但我听得出我在哀求，“我们不用那样做，我们吃稀点就对付过去了。”

话虽如此，但我们的日子有多难，我自己明白。最可悲的是：我们似乎又没有改善的机会，加之事情往往又不是“吃稀点”便可以熬过去的。

柴米油盐酱醋茶，对于他人是一种享受，但对我们，每一件就是一种负担，常人不会明白一个穷人之家对这些事有着怎样的想法。我到这把年纪也就是到了现在才明白，有许多在平常人看来极不相干的事情，穷人便必须用全副精力去想，去对付。

到了孩子入学，教育费又是我们必须去想去对付的另一件事。此外还有医药费等，虽然我已用不着每天吃药了。压力来自各方。

终于有一天，平妹掮木头去了！

我默然目送平妹和那班人一道走上山路，有如目送心爱的人让狱卒押上囚室一样：心中悲痛万分。我从来没有像这时一样地怨恨自己的软弱无能。我清楚觉到我们之间有一种不可抗拒的力量在残酷无情地支配着我们的生活和行动，我们的意志已被砍去了手和脚。

日头落山后不久，平妹很顺利地掮着木头由后门回来了。她的上衣没有一块是干燥的，连下面的裤子也湿了大半截；满头满脸冒着汗水，连头发也湿了；这头发蓬乱异常，有些被汗水粘在脸上，看上去，显得凶狠剽悍。平妹看见我便咧开嘴巴，但那已不是笑，压在肩上的木头把它扭歪得不知像什么。霎时我心中有股东西迫得我几乎喊出来。但实际我只一言不发地把头别开；我不忍看，也不敢问。

她把木头掮进屋里，依着壁斜放着。那是一根柚木，带皮，三寸半尾，丈三尺长，市价可值二十几元。平妹一出来，我就把门关上，至晚不提一个字——我怕提起“木头”两个字。

“你不高兴我掮木头呢？”

平妹终于开口问我，我的缄默似乎使她难过。

“不是我喜欢掮木头，”她向我解释，但那声音却是凄怆的，“为了生活，没有办法！”

事实，我也不清楚自己此时的心境如何，那是相当复杂而矛盾的，这里面似乎有恨，有悲哀，也有忧惧。恨的是自己为人丈夫不但不能保育妻子，反要赖其赡养；悲哀的是妻子竟须去掮木头；而木头那端，我仿佛看到有一个深渊，我们正向那里一步一步地接近，这又是我所惧怕的。

四

第三天，平妹又去掮木头。我给她捏了两丸饭团，用麻竹叶包好后包在她洋巾里让她带去，这就无须带饭盒，吃完扔掉，省得身上多一份累赘；在这种场合，身子愈轻快愈好。

这天一到中午，我便频频向东面山坡看望，一来盼望平妹回来心切，二来也要看看有无异样的人进出。那是很重要的，因为这关系着捎木头人的安危。

本地工作站，虽经常派有数名林警驻扎，但如果上头林管机关不来人，平日便不大出动，出动了也不甚认真。这样的日子大抵是安全的。但如果上头来人，情形就两样了。为了安全，捎木头的人共同雇有专人打听消息，一有不稳，立刻潜进山里送信。他的神通广大，时常林管机关还不曾动身，他就先知道了。可惜的是：他爱喝酒和赌博，一喝起来或一赌起来，就什么都不管了，这是捎木头的人所最不能放心的。

中午一过，忽有三四个白衣人由南边进来了。我伏在窗格上足足看了几分钟。糟了，林管机关的人呢！

由此发现以后，我走进走出，起坐不宁，我时常走到庭边朝东面山上察看动静。那有两条路，在寺下边分岔，一向东，一稍偏东北；向东那条须经过工作站门口，所以捎木头的人都愿意走另一条。如果风声不好，两条路都不能走，他们便须翻越山岭由别处遁走。果真这样，那就可怜了，但愿不致如此。

我想起送信的人，我不知道这酒鬼做什么去了，到现在还不见影子，真真该死！

太阳向西边斜坠，时间渐渐接近黄昏。没有动静，也看不见送信人的身姿。我的心加倍焦急，加倍不安。看看日头半隐入西边的山头了，黄昏的翳影向着四周慢慢流动，并在一点点加深、加浓。又是生火做饭的时候了。

突然，庭外面的路上有粗重的脚步声匆匆走过。我一看，正是那该死的酒鬼，走得很急，几乎是跑。

“平妹去了，阿和？”他边走边向我这里喊。

“去了。他们在哪里？”我问。

“枋寮。”

“你——”

但酒鬼已走远了。

我一边做事，一边关心东面山口。这是紧要关头，是林警出动拿人，而掮木头的人偷越防线的时候，如果不幸碰着，小则把辛苦掮出来的木头扔掉，人可以幸免；大则人赃俱获，那么除开罚钱，还要坐牢三个月，赖以扶养的家族在这期间如何撑过，那只有天晓得了。

天，眼看要黑了，却一点动静都没有，事情显见得不比寻常了。掮木头的人怎么样？林警是否出动了？送信人是否及时赶到？他为什么这样迟才赶来呢？这酒鬼！

天已完全黑下来，新月在天。我让两个孩子吃饱饭，吩咐老大领着弟弟去睡，便向东面山口匆匆跑去，虽然明知自己此去也不会有用处。

走到寺下边弯入峡谷，过条河，再爬上坡，那里沿河路下有一片田。走完田垄，蓦然前边扬起一片呐喊。有人大声喝道：“别跑！别跑！”还有汇成一片的“哇呀！”，像一大群牛在惊骇奔突。

我奋不顾身地向前跑去，刚跑几步，迎面有一队人沿路奔来，肩上掮着木头。我一闪，闪进树荫，只见五六个男人急急惶惶跑过，气喘吁吁，两个林警在后面紧紧追赶，相距不到三丈，“别跑！别跑！”林警怒吼。嘣！嘣！嘣！显然男人们已把木头扔掉了。

我走出树荫，又向里面跑。沿路有数条木头抛在地上，里面一迭声在喊：“那里！那里！”只见对面小河那向空旷的田垄里有无数人影分头落荒逃走，后面三个人在追，有两个是便衣人物，前面的人的肩上已没有木头。

“站着，别跑！”有声音在叱喝，这是南方口音。

另一股声音发自身边小河里，小河就在四丈近远的路下边，在朦胧的月光下窜出两条人影，接着又是一条，又再一条。第三条，我看出是女人，和后面的林警相距不到二丈。小河乱石高低不平，四条人影在那上面跌跌撞撞，起落跳跃。俄而女人身子一踉跄，跌倒了，就在这一刹那后面的人影一纵身向那里猛扑。

哎呀！

我不禁失声惊叫，同时感到眼前一片漆黑，险些儿栽倒。

待我定神过来，周遭已静悄悄地寂然无声了，银灰色的月光领有了一切。方才那挣扎、追逐和骚动仿佛是一场噩梦。但那并不是梦，我脚边就有被扔掉的木头，狼藉一地。我带着剧烈的痛苦想起：平妹被捉去了！

五

我感到自己非常无力，我拖着两条发软的腿和一颗抽痛的心向回家的路上一步一步走去。在小河上，我碰见两个林警和三个便衣人物，他们都用奇异和猜疑的表情向我注视。

不知走了多少时间，终于走到自己的家，当我看见自窗口漏出的昏黄灯光时我感到无比的孤独和凄凉。但当我一脚踏进门时我又觉得我在做梦了，以至一时待在门边。呵，平妹竟好好地坐在凳子上！她没有被林警捉去，我心爱的妻！

“平妹！平妹！”

我趋前捉起她的手热情地呼唤，又拿到嘴上来吻，鼻上来闻，我感觉有块灼热的东西在胸口燃烧。

“你到哪里去啦？”平妹开口问我。

但是我听不见她的话，只顾说我自己的："我看见你被林警捉去。"

"我？"平妹仰着脸看我，"没有，"她缓缓地说，"我走在后边；我看见前边林警追人，就藏进树林里。不过我翻山时走滑了脚，跌了一跤，现在左边的饭匙骨跟绞骨有些作痛，待一会儿你用姜给我擦擦。"

我听说，再看她的脸，这才发觉她左边颠骨有一块擦伤，浑身，特别是左肩有很多泥土，头发有草屑。

我拿了块姜剖开，放进热灰里煨得烫热，又倒了半碗酒，让平妹躺在床上。解开衣服一看，使我大吃一惊：左边上自肩膀，下至腿骨，密密地布满轻重大小的擦破伤和瘀血伤。胯骨处有手掌大一块瘀血，肩胛则擦掉一层皮，血迹犹新。我看出这些都是新伤。擦伤，我给敷上盘尼西林；瘀血的地方，我用热姜片蘸上酒给来回擦搓；擦胯骨时，平妹时时低低地呻吟起来。

"平妹，你告诉我，"我问，"你是刚才小河里跌倒的，是不是？"

平妹不语。经我再三追问，她才承认确乎在小河跌倒。

"那你为什么要瞒住我？"我不满地说，"你的伤势跌得可并不轻。"

"我怕你又难过。"她说。

刚才那惊险紧张的一幕又重新浮上我的脑际，于是一直被我抑制着的热泪涔涔然滴落。

我一边擦着，一边想起我们由恋爱至"结婚"而迄现在十数年来坎坷不平的生活，那是两个灵魂的艰苦奋斗史，如今一个倒下了，一个在作孤军奋斗，此去困难重重，平妹一个女人如何支持下去？可怜的平妹！

我愈想愈伤心，眼泪也就不绝地滚落。

平妹猛地坐起来，温柔地说："你怎么啦？"

我把她抱在怀中，让热泪淋湿她的头发。

“你不要难过，”平妹用手抚摸我的头，一边更温柔地说，“我吃点苦没关系，只要你病好，一切就都会好起来。”

两个孩子就在我们身边无知地睡着，鼻息均匀，宁静。

第二天，无论如何我不让她再去捎木头，我和她说我们可以另想办法。

后来我在镇里找到一份适当的差事——给一家电影院每日写广告，工作轻松，只要两小时即可做完，余下的时间仍无妨疗养；虽然报酬微薄，但只要我们省吃俭用，已可以补贴家计之不足，平妹已无须出外做工了。

虽然如此，我解决了责任和问题的一半，还有一半须待解决，那就是——我的病。我必须早日把它治好，才对得起平妹，我的妻!

【导读】

钟理和，祖籍广东梅县，一九一五年生于屏东郡高树庄（俗称“新大路关”），一九六〇年逝世。十八岁时随父迁居美浓镇尖山。钟氏学历仅有小学毕业，外加一年半的村塾，但因爱好文学，毕生致力于创作，一九六〇年于改订中篇小说《雨》时咯血而死，张良泽先生因之喻其为“倒在血泊中的笔耕者”。作品有《夹竹桃》《雨》《做田》《笠山农场》《钟理和日记》《钟理和书简》《钟理和残集》等，收为《钟理和全集》。导演李行曾以其生平为本，拍摄了电影《原乡人》，钟理和纪念馆则于一九八三年于美浓落成启用。其子钟铁民亦为知名作家。

钟理和的短篇小说在其文学作品中地位重要，书写素材主要有三方面：大陆生活的回忆及对台湾人命运之思考、个人生活经验的书写、农民与乡居生活描绘。其中取材自个人生活经验，有浓厚自传色彩的篇章尤其动人；而钟台妹则是其小说中最鲜明的人物形象之一。钟理和于一九三二年迁居美浓，经营笠山农场时，认识农场女工钟台妹女士，由于爱上年纪较长又同姓的女子，不见容家族与当时社会，婚姻受阻，遂只身渡海到沈阳；一九四〇年返台，带领台妹前往东北三省；一九四一年迁北京；一九四六年再携妻、长子铁民返台。曾短暂于内埔中学代教，后因肺疾日渐恶化，辗转于医院和家乡之间，不再任职。

《贫贱夫妻》原题《鹣鲽之情》，完成于一九五九年，并于同年十一月发表在《联合报》副刊，写作背景即为钟氏肺炎痊愈后，返家无业的艰困时日，与《同姓之婚》并为写台妹的名作。

本文呈现出钟氏一贯精练的文字风格以及真挚动人的情感。钟理和出身富裕之家，为爱私奔后生活随即陷入困境，文中所谓“我长到这把年纪也就是到了现在才明白，有许多在平常人看来极不相干的事情，穷人便必须用全副精力去想，去对付”，意即在此。小说中写“我”对平妹日常操劳的不舍、对自己身体病弱的痛恨，其中心理挣扎的描绘深切而动人；而“我”对平妹的细腻体贴、彼此之间的相扶相惜，尤其在对话与动作中丝缕毕现。丈夫对妻子言“你好像很辛苦”的疼惜、在家中煮饭洒扫的心意，妻子表示“我吃点苦没关系，只要你病好，一切就都会好起来”的体贴，充分体现出两人爱情之坚毅。中段写平妹为生计故盗木掮木，因而被林警追捕一段，尤为全篇高潮，其间动作、声响的描绘惊险如在目前，加以景物的渲染，更平添生活之艰困无奈与读者的哀伤不舍。

钟理和在小说中塑造的“平妹”形象，可谓台湾文学中最能表现农村坚忍刻苦、勤俭善良的女性典型。本篇写其面对艰难生活、唇边永远挂着微笑的安详温柔的美好气质，以及面对生活的韧性，体现出人性中最为质朴真诚的美好情操。

——石晓枫撰文

嫁妆一牛车

王祯和

生命里总也有甚至修伯特都会无声以对的时候。

There are moments in our
Life when even Schubert has
Nothing to say to us…
Henry James “The Portrait of Lady”
……生命里总也有甚至修伯特
都会无声以对的时候……

村上的人都在背后讥笑着万发；当他的面也是一样，就不畏他恼忿，也或许就因他的耳朵的失聪吧！

万发并没有聋得完全：刃锐的、有腐蚀性的一语半言仍还能够穿进他坚防固御的耳膜里去。这实在是件遗憾得非常的事。

定到料理店呷顿崭底[1]，每次万发拉了牛车回来。今日他总算是个有牛有车的啦！用自己的牛车赶运趟别人的货件，三十块钱的样子。生意算过得去。同以前比量起，他现在过着舒松得相当的日子哩！尽赚来，尽花去，家里再不需要他供米给油，一点也没有这个必须。讵料出狱后他反倒闲适起来，想都想不到的。有钱便当归鸭去，一生莫曾口福得这等！村上无人不笑的，讥他入骨了。实实在在没有办法一个字都不听进去。双耳果然慷慨给全聩了，万发也或许会比较的心安理得，尤其现在手里拎着那姓简的敬慰他的酒。

坐定下来，料理店的头家[2]火忙趋近他，礼多招呼着，一句话都贴不到他的耳膜上，看无声电影的样子，只睹头家焦干的两片唇反复着开关的活动，一会儿促急得同饿狗啃咬刚抢来的骨头，一会儿又慢徐得似在打睡欠，不识呱啦个什么？！看来顶滑稽。万发几微地哂乐起来，算找到了一个可以让他讥笑的人。这是难得非常。嘴巴近上万发的耳，要密告着什么什么的样子，店主人将适才的话复了一遍，使用力壮得至极的嗓音，听着颇不类他这骸瘦的人的。

“炒盘露螺肉！一碗意面。”万发看着头家亮秃的头。

“来酒吧？有贮了十年的红露。”

将姓简的赠贿他的啤酒墩在桌上，万发的头上了发条的样子穷摇不已着，极像个聋人在拒绝什么的时候的形容了。

两张桌子隔远的地方，有四五个村人在那里打桌围[3]，吆天喝地地猜着拳。其中一个人斜视万发。不知他张口说了什么，其余的人立时不叫拳了，军训动作那样子齐一地掉头注目着万发，脸上神采都鄙夷得很过的，便没有那一味军训严穆。又有一个开口说话，讲毕大笑得整个人要折成两段。染患了怪异的传染病一般，其他的人跟着也哄笑得脱了人形。一位看起来很像头比他鼓饱了气的胸还大的，霍然手一伸警示大家声小点，眼睛紧张地瞟到万发这边来。首先睐眼万发的直腰上来，一只手揿自己的耳，夸张地歪嘴巴，歪得邪而狠。

“是这臭耳郎[4]咧！不怕他，他要能听见，也许就不会有这种事啦！”

一个字一响铜锣，轰进万发森森门禁的耳里去，余音袅长得何等哪！刚出狱那几天里，遇着有人指笑他，他会尔然红通整脸。现在他的脸赭都不赭一会儿的，对这些人的狎笑，很受之无愧的模样。

这些是非他的，将头各就各位了后，仍复穷凶恶极地饮喝起来。

桌上这瓶姓简的敬送他的酒给撬开了盖，满斟一杯，刚要啜饮的当口，万发胸口突然紧迫得要呕，每一次他饮啜姓简的酒，几乎都有这种感觉。

事情落到这个样子，都是姓简的一手作祟成的。

也或许前世倒人家太多的账，懂事以来，万发就一直地给钱困住；娶阿好后，日子过得尤其没见到好处来。阿爹死后，分了三四分园地，什么菜什么草他们都种过了，什么菜什么草都不肯长出土来。一年栽植肺炎草，很顺风的，一日茎高一日，瞧着要挖一笔了。那年爆发了一次狂澜得非常的雨水，园地给冲走。肺炎草水葬到哪里去，也不知识的。不久便忙着逃空袭。就在此时他患上耳病。洗身的时候耳朵进了污水，据他自己说。空袭中觅寻不到大夫，他也不以为有关紧要。后来痛得实在不堪，方去找一位医生帮忙，那大夫学妇科的，便运用医妇女那地方的方法大医特医起他的耳，算技术有一点的，只把他治得八分聋而已。每回找到职位，不久就让人辞退去。大家嫌他重听得太厉害，同他讲话得要吵架似的吼。后来便来到这村庄邻公墓的所在落户居下，白天里替人拉牛车，和牛车主平分一点稀粥的酬金，生活可以勉强过得去。只是这个老婆阿好好赌，输负多的时候就变卖女儿。三个女孩早已全部倾销尽了；只两个男的没发售，也或许准备留他们做种蓄息吧！他们的生活愈过愈回到原始，也是难怪的。

往坟场的小路的右手边立着的这间他们的草寮，仿佛站在寒极了的空气里的老人家，缩矮得多么！也并非独门户，隔远一丈些的地方还有一间茅房歪在那里。那茅房住着的一家人，心担不起晚间坟场特有的异骇，一年前就迁地为良到村里人气溺荣的地带去。就这样那房子寂空得异样极了，仿佛是鬼们歇脚的处所。

现在仅就剩下万发他们在这四荒里与鬼们为伍了。怪不得注意到有人东西搬进那空腾着的寮，阿好竟兴狂得那么地抢着报给万发这重要性得一等的新闻。

“有人住进去了！有伴了！莫再怕三更半暝[5]鬼来闹啦！”

这讯息不能心动万发的。一分毫都办不到的。半生来在无声的天地间惯习了——少一个人，多一位伴，都无所谓。

拖下张披在竿上风干了的汗衫，罩起赤裸的上身。也只这么一件汗衫。晚间脱下洗，隔天中午就水干得差不多可以穿出门。本有两件替换，新近老大上城里打工去，多带了他的一件。家贫不是贫，路贫贫死人，做爹的只得委屈了！也不去探访乍到的邻居，他便戴了斗笠赶牛车去。阿好追到门口，叉在腰上的双手，像算术里的小括号，括在弧内的只是竿瘦的I字，就没有加快心跳的曲折数字。

“做人厝边[6]不去看看人家去。也许人家正缺个手脚布置呢？”阿好的嘴咧到耳根边来啦！

装着听不见，万发大步伐走远去。

比及黄昏的时候，万发便回来。坐在门首的地上吸着很粗辣的烟，他仍复没有过去访看新街坊的意思，虽只有这么两步脚的路程。阿好的口气忽然变得很抱怨起来，谈起刚来的厝边隔壁时。

“干——没家没眷，罗汉脚[7]一个。鹿港仔，说话咿咿哦哦，简直在讲俄罗！伊娘的，我还以为会有个女人伴来！”

他不语地吞吐着烟。阿好认定他没听到适才精确的报告，身体磕近他，准备再做一番呈报的工作。

“莫再噜苏啦！我又不是聋子，听不见。”

“呵！还不是聋子呢？”阿好又把嘴咧到耳朵边，仿佛一口就可以把万发囫吞下肚的样子。“乌鸦笑猪黑，哼！”

以后的几星期里，万发仍复靡有访问那鹿港人的意念。实在怕自己的耳病丑了生分人对自己的印象。不知道什么原因，也不见这生分人过来混熟一下，例如到这边借只锤子，刚近移迁来，少不了钉钉锤锤的。晚间看他早早把门阖密死，是不是悚惧女鬼来黏缠他？虽然一面也莫识见过，万发对这鹿港仔倒有达至入门阶段那一类的稔熟。差不多天天阿好都有着关于这鹿港仔的情报供他研判。那新邻居，三十五六岁——比他轻少十稔的样子，单姓简，成衣贩子，行商到村里，租用这墓埔边空寮，不知究看透出了什么善益来？渐渐地，万发竟自分和姓简的已朋友得非常了，虽然仍旧一直都未谋面过他。

“他吃饭呢？”他问的声口渗有不少分量的关切。

“没注意到这事，”阿好偏头向姓简的住着的草房眺过去。“也许自己煮。伊娘，又要做生意，又要煮吃，单身人一双手，本领哪！”

终于他和姓简晤面了，颇一见如故地。

他看到姓简的趋前来，嘴巴一张一合地，像在嚼着东西，也或许是在说着话。姓简的鹤跃到跟前，脚不必落地的样子。嗯——狐臭得异常，掩鼻怕失礼，手又不住扤进肢窝深处，仿佛有癣租居他那里，长年不付租，下手撵赶吧！实也忍无可忍。只听他咿咿哦哦声发着，大馒头给塞住口里，一个字也叫人耳猜不出。万发把朴重的笑意很费力地在口角最当眼的地方高挂上，一久两唇僵麻，合不拢的样子啦！有时也回两句话的，瞥见姓简瘦脸上愣愣的形容，又所答非所问啦！干——这耳朵，这耳朵！突然万发对这位他耳熟能详得多么的鹿港人有了几微的憎厌。

阿好走出来，向那衣贩子招招手。衣贩子移近她，接去她手中的针线。阿好转近着万发：

“这就是简先生！他借针线来的。他说早应该过来和你话一番，只是生意忙不开，大黑早就得出门。”声音高扬，向千百人讲演一般。

旋过去向姓简的道了一些话，很声轻地，她手指到自己的耳朵，频频摇着头，很夸张地。说明他的耳的失听吧！必然是这般的！姓简的脸上彰亮着像发现了什么惊天动地的情事时的神色；眼光又瞟过来审视，有如万发脸上少了样器官。要在过去，这一时刻——身份给厘定的当口，最是恙恨得牙颤骨栗，现在倒又很习常。

“你生意好吧！”找出了一句话来。

“算可以过啦！”阿好将姓简的话转诵给万发，依字不依声。“简先生问你做什么事？”

“哦！”捧上手，万发投给衣贩子一味笑，自嘲的那类。“替人拉牛车。”

“好吧？！”触到电的样子，姓简的身子猛惊一抽，手捷迅地探入肢窝里，毛发给刮爪得响沙沙，痒入骨里去吧！嘴牵成斜线一杠。这简单的两个字，万发到底听审出来，头一遭不用阿好这部扩音器。

“挣三顿稀饭喝喝罢了。自己要有一台牛车，倒可以赚得实在一点。”阿好说姓简的在问一台牛车多少钱。“顶台旧的，大概三四千元的样子。什么？去顶一台？呵！哪里找钱款去？再说我快上五十了，怎么也挣不来这样多的钱。你没听过‘四十不积财，终生穷磨死’。”

以后差不多天天晚上都有着这样的团契，阿好坐在两位男子的中间，担当起万发的助听器来。姓简的依旧腋味浓辣；手老伸入腋下扒痒，有瘾一般。有时姓简的单只与阿好谈闲天；她总问询城中的华盛，声气低低地，近于呢喃。在这情形下，万发便陪着老五先睡去，未审他们俩谈到什么时更才散。

三不五时地[8]，阿好也造访姓简的寮，同他短谈长说，也帮他缝补洗涤的。姓简的自己说自小就爹娘见背了，半生都在外头流，向没人像阿好关心他到这等。常时地，他很坚执地要阿好携家了去那些沾染油渍、卖出颇有问题的衣服。万发再不必忧忡晚上脱下洗的汗衫第二日可否干一个完全了！

后来万发也常过去坐坐，为了答谢的吧？对姓简的异味，万发也已功夫练到嗅而无闻的化境。这实在很难得的。

姓简的生意似乎欣发得很，老感到缺个手脚。后来他就把心中盘划的说与阿好明白。聆了这样动她心的打算，她喜不胜地转家来报告：

“报给你一个好消息！”觑到万发躺睡在席上，她就手搭在他的肩上。“一个好讯息告知你！简的生意忙不过来，要我们阿五帮他，两百块的月给[9]，还管吃呢！伊娘！这模样快意事，哪里去找？干——你一个月挣的也不比这个多多少。你看怎么样？阿五，十一岁了，也该出去混混！”

一个月多上两百元的进项，生活自会宽松一些的，有什么不当的呢？“就央烦简先生提携我们这阿五吧！”说完，万发复又躺下来，一种悄悄的惧惊闪在嘴角边。

阿好屈腿坐到席上。“领到阿五的月给，我打算抓几只小猪养。干——自己种有番薯菜，可省俭多少饲料。伊娘，猪肉行情一直看好，不怕不赚。”

次日阿五便上工了，帮忙姓简的鹿港人推运一车的衣货到村里摆地摊卖。平常时阿好到村里走动得很稀，现在倒是常跟着他们去，也照料一点生意的。有时她还采一大束的姑婆叶带着，兜售给宰猪鸭的。泰半是这样，她一卖获了钱，就和人君仕相输赢着，不过很保密防谍的，万发就不知晓。姓简的倒了如指掌她的行藏。阿好不避讳他。即使他向万发举发，亦是徒然。万发怎么样也永远不清楚他在咿哦着什么！何况他自己也有一点喜欢这道艺能着。后来便常有人看见姓简的和阿好一起去车马炮，玩十副。

仿佛不过很久的以后，村上的人开始交口传流这则笑话啦！说王哥柳哥映画里便看不到这般好笑透顶的。姓简的衣贩子和阿好凹凸上了啦！就有人远视着他们俩在茔地附近，在人家养猪的地方的后边，很不大好看起来。下雨时，满天的水，满地的泥泞，据说他们俩照旧泥里倒，泥里起得很精湛哩！有句俗话，斗气的不顾命，贪爱的不顾病。

“不讲假的，阿好至少比那衣贩仔多上十根指头的岁数，都可以做他的娘啦！要有个人模样倒也罢了。偏——哼！阿好猪八嫂一位，瘦得没四两重，嘴巴有屎哈坑大[10]，呵！胸坎一块洗衣板的，压着不会嫌辛苦吗？就不知那个鹿港憨中意她哪一地处？”村里头的人都这等样地狎论得纷纷。

等到万发听清楚了，一个多半月的工夫早溜了去。他双耳的防御工事做得也不简单。消息攻进耳城来的当初，他惑慌得了不得，也难怪，以前就没有机缘碰上这样——这样——的事！之后，心中有一种奇异的惊喜泛滥着，总嘎嗟阿好丑得不便再丑的丑，垮陋了他一生的命；居然现在还有人与她暗暗偷偷地交好——而且是比她年少的，到底阿好还是丑得不简单咧！复之后，微妙地恨憎着姓简的来了，且也同时醒记上那股他得天独厚的腋狐味：姓简的太挫伤了他业已无力了的雄心啊！再之后，脸上腾闪杀气来，拿贼见赃，捉奸成双，姓简的你等着吧！复再之后，错听了吧！也或许根本没有这样的一宗情事！也许真是错听了；阿好和姓简的一些忌嫌都不避，谈笑自若，在他跟前。也或许他们作假着确不知道有流言如是，骤然间两地隔断，停有关系，更会引人心疑到必定首尾莫有干净的。心内山起山落得此等，万发对简姓鹿港人并无什么火爆的抗议，乃至革命发起。仅是再不臻往姓简的宿寮内杂闲天、雅天着。

鹿港人下半午近六点就收起生意，同老五在面摊点叫吃的。转家来，老五就在鹿港人的住所睡夜。晚间鹿港人习惯移蹲到万发他们这儿舌卷入喉地咿咿哦哦开讲，洋鬼子说话一般。借着耳聩的便当，万发不与鹿港人谈开，记怨着什么的模样，让姓简的也醒眼醒眼他不至于傻到什么都不知道。……身上这汗衣，这粗布工人裤，又忆记他好处着自己的种种。有时还问短着他，畏惧他道句“过河拆桥”那类的斥责话。再未曾让阿好和姓简的单独一处，强熬到姓简的打道回寮，才入室睡去，手很压重地横在阿好胸上，不是要爱，设防着呢！亡羊补牢，还来得及的吧！下午他都早早地归来，总少拉一趟牛车的。也或许他听过潘金莲的故事，学效武大少做买卖，多看住老婆！

每天夜里他都这般戒严着，除去那一晚——月亮很圆的那一晚。

身边袋着老五的两百元月给，阿好一直没去抓小猪仔养饲，忘记提过这件事样的。深明她的忘性是很有意的，万发也不去强迫她努力忆回有这么样这么样的事一宗。除扣午饭和香烟的挂欠，万发往家里带的每月不过二百四十余几个零角子罢了。一个月三十天，早晚要吃顿可以的，不能说容易。水通通稀饭佐配萝卜干——一年吃到头。因此阿好拿着老五的薪资摆下几餐崭的，他便怡颜悦色了好些昼夜，也不忙稽查钱给怎样地支用。那一晚阿好准备下米饭、鲫鱼汤、炒白笋，万发一连虎食五大碗饭菜。瞧他狼吞得这般，阿好愣吓得“哦——哦——哦”喉里响怪声，仿佛在打饱嗝。

“哦！”把小锅内最后一匙的鲫鱼汤倒入将空的汤碗里，阿好肩一耸落。“现世哪——没有吃过饭一样啊你！哦！还要装饭哇？哦——”

万发吃得两颊烘烧，像酒后的情形。真的饭饱能醉人的，不到七点半的时辰，他就晕醉欲睡得厉害。不能睡呀！姓简的又过来啦！不能睡呵！姓简的两腿齐蹲着，仿佛在排泄的样子。无声地在一旁抽烟，万发瞌睆屡屡起来，有几次香烟脱掉下去，也无觉感出。

“睡去吧！怎么乏成这形样来！”阿好差不多要吮乳着他的耳，话讲上两遍。

惊睁开眼，姓简的还没有走！查审不出他有倦归的意思，“你们聊吧！不必管我！”讲着，一面俯身下去拾起烟，早火熄了。点上烟，他徐徐喷着，烟雾里有简姓的衣贩子和阿好语来言去，很投合得多么的。

月很圆亮，像初一、十五的晚夕。没有椅子，他们不是蹲着，便坐在石块上，似在赏着中秋月，烟里雾里，阿好和简姓的鹿港人比手兼画脚，嘴开复嘴合，不知情道什么说什么来。仿若听着一对鬼男女心毗邻着心交谈，用着另一天地的语法和词汇，一个字也不懂，万发走不进他们的世界！

一定又一次盹着了。

阿好站起来。“睡去吧！”仍复讲两次，沿着惯例吧！阿好套了一件庞宽得异常的洋装，奶黄色的，亮在月影里，变鼠灰的颜色。外国质料的，这是她去年上一次教堂听高鼻子蓝海色眼睛的讲道理的斩获；为什么会去，她也不记得。毫无更改过，只将衣服下摆太长的地方翻卷一道缝线过去。胸口有似锁的装饰品当中悬起，串在一条白铁链上；小腹的部位也有这样的装饰，仿佛是要把秘密得何等的那些要地封锁起来！

“睡去吧！”阿好坐回石块上，仍复和姓简的话新话旧着，在门口的月亮地里。

哈呵着睡欠，万发回房睡歇去。他的宽容若是也或许与阿好洋装上锁链式的装饰有着深不能臆测的关系吧！

他醒来的时候，外面的月更圆胖些，有若月在开颜地畅笑。伸手搜到草席的一方，荡空空，给百步蛇啮到的情形，万发骇惊得冷汗忘记出地跳高起来，火急中踢翻一只木箱子，响声抖震心，在这死寂的坟野里。拍打着头颅，万发恨责自己做事不敏慧，一定他们闻着声音了，还有什么能做的？

果然他们听见他掀翻东西。近靠门口处，一张席头都脱落了的草席展铺在地里。没有上拴，门大敞开着让进月光来。坐在席上，阿好浮亮在月色里的脸，水中淹泡久了的样子，苍白得可惧。也坐直上来，简姓的鹿港人面着声音来的方向，额头上有很细粒的汗光在那儿闪烁。

万发一句很刃利的“你们在做什么？”，走近上来，手做打拳状。新兵听到口令的样子，阿好和姓简的在二分之一秒内同时挺站起来，抢着应话，谁都不谦让一点点的，小学生比赛背书，看谁默念先完，哇啦哇啦，听不真切一个字。鹿港人汗出得盛，背心湿贴着身肉，乳头明显出来，结成颗粒状了。见到他全身这么样地总动员着，也或许于心忍不下吧，阿好搡他到屋角落去，不要他再多一嘴。高声地，咬文嚼字地，阿好自己一个人单独讲，眼睛不时瞟向姓简的，似乎说着：“我们只是这样这样……而已，是不是？是不是？”“是不是？”

不能信赖她！二三十年夫妇不清楚她的脾性？一口大嘴里容有两根长舌头，一根讲乏了，另外还有一根替班。不知道什么时间洋装上的两把锁给撬掉了去，阿好滔声地说着辩着，手牢抓着衣服当胸的所在，仿佛防它脱落的样子。充耳不闻她！继续唱念得口咧到耳边，阿好的字句开始不斯文了，很秽的：心必然急慌着。

“伊娘，你到底听着了没有？！讲这半天。伊娘，你说话，怎一句不讲？干——难不成又患哑巴？！”

姓简的插身过来，狐味激刺鼻，脸上有至极喜悦的形容，寻着生路一般。拍着阿好的肩，他指手到月亮照不到的屋内角落。有人蜷困在那里的样子。眼珠霍然光亮起来，阿好向姓简的不知吩咐了什么，就一步两步向那暗角落踅去，两手摇醒着眠在那里的人，推摇得很力。

“阿五起来！起来！给你简阿叔做个证！起来呀！伊娘，睡死到第十殿啦！”

“你这个人这样礼数不知。姓简的一番好心，莫谢他，还要跳人！[11] 阿五晚夕起床放尿，见着坟地有黑影，吓哭起来，”万发再睡卧的时候，阿好便不已絮聒着，嘴不情愿离开他的耳地，爱着他的耳很深的样子。“姓简的抱他过来。事情就这么样简单，干——你往哪里去想啦！阿五你可是问他清楚了，还凶脸着，不肯相信……”几句话翻来覆去，语势一回坚硬一回，仿佛火大地。

实在厌听极了——真希望能够聋得无一点瑕疵。“谁说不相信？”

“那你怎么一句话都不说？对姓简的就不会不好意思？你这无囊的，也会吃醋，哼！”

一阵子黯寂。外面传来一声两声的怪响。有人半夜哭坟来了吗？鬼打架着吧？也或许。

突然，“你衣服上的链子怎么一回事？”声音装着很自然。

她无言以对了吧？！也或许自己听不见回复？一头的倦昏，不问也罢！

“什么啊！”阿好嚼细了声音。“姓简的讲莫好看，拔了去。”

“啊？”这耳朵——这耳朵——这耳朵——应该听进去，避不听闻，临阵脱逃的兵。

“丢掉啦。”她张放嗓子。“伊娘，臭耳孔得这等样！”

身子贴挨过来，阿好逗要着他，向无近他若是，自他雄凶再不起的后来。

从窗口外睨去，月亮仍复哈嘻得一脸胖圆。他霍然忆记有人念过“月娘笑我憨大呆”的曲歌。

他就是这样一个憨大呆吧！

刚要眠下，适才姓简的比常刺鼻的腋味又浮飘到鼻前来，眼儿里是给解了禁的阿好衣上的地方；阿好和姓简的在席上做一处坐的情状，也或许他们诓欺了他，也或许他猜疑过量。这样思想着，他通一夜不曾睡入熟深里。

再无闲工夫推论这个是非了。几日后的样子，牛车主谕告他准备牛租出去犁田，要他歇一段时日。有意要给难处似的，在这紧要关里，姓简的突然宣布回趟鹿港，顺着方便到台北采办衣色来，前后耽迟要一整月的样子。也许姓简的从此远走高飞——趁现在走吧！免去将来泥陷深。当然老五得住回吃自家。

起初挖卖地瓜勉力三分之三弱地饱了个时期。到地瓜掘空一了，翻山穿野寻采姑婆叶的时刻，二分一饱而已了。还给平日专采姑婆叶存私房的村姑村婆娘们作践得人都成扁的，叶子都给万聋子采光啦！今年她们要少缝一套新装。什么都采撷不着，咽喉深似海——俗话说是填不完的无底洞，该怎么办？怎么办呢？没法可处，万发便帮忙掘墓坑去，挣点零的。并非天天有工作，有时熬等三两天都不见得有人仙逝。唉！这年头人们死得没有从前慷慨呀！人身不古呢！即或等着了，早有耳灵的人将工作抢去吃。等不是方法，日夜他都在村里刺探哪家有人重病着，便去应一个掘坟抑或是抬棺的职位，虽然病人尚未死得很圆满完全。后来有病人的人家瞥见他的瘦弱的影子现出，赶紧阖户闭门起，他是拘人的鬼判一般。现在他们拖挨着长如年的日子，十分之一饱地。

记起在城里打工的儿子，阿好饿颤颤走四个钟头的沙石路往城里去；来家的时候，只带着一斤肥猪肉，一尾草鱼，再也没有什么！城里挣生也一样不易呵！

有人荐介她给一家林姓的医院做烧饭清洁的工作，一月一百圆，管吃兼住宿。面试那日适巧家里莫有米粒一颗剩着；往别人菜园偷挖了番薯，她用火灰烘热便午饭下去了。这——这——这作祟作恶的番薯！林医师口试她到有子女几位的当时，五声很大响的屁竟事前不通报她地抢在她话的先头作答啦！

“有五位吗？”林医师掬着嘴笑，想给这空气一点幽默的样子。

羞上来，阿好肚内的二氧化碳愈是平平仄仄、仄平平得不可收拾，诗兴大发相似。工作自然也给屁丢了！

在外头摧眉折腰怨气受太多了些吧！万发和阿好在家里经常吵闹着，嘴顶嘴地。给乞缩得这等形状的生活压得这么气息奄奄，吵骂也是好的，至少日子过得还有一点生气！打架倒莫曾发生。大家都瘦骸骸，拳过去，碰着净是铁硬硬骨头，反疼了手，犯不着哪！

两月另十日的后来，姓简的鹿港人终究来归了。

“姓简的回来啦！”自自然然的模样没有装妥的样子，阿好的语势打四结起来，口吃得非常一样。“采办了许——许——多多的货色。人也——也——胖实多了——”不究详为什么话及此地，她要歇口一顿。

“他要阿五明早帮他摆摊去，看你意思怎么样？”她眼睛忽然一亮。“天！我还以为他不回来啦！”到底掩不住心中的激喜。

一个月多二百元进入，也或许不至于让肚皮饿叫得这么慌人，简直无时无准，像有了故障的闹钟。不能的——不能让她知悉也在欣跳姓简的家来，万万不能够给姓简的有上与了人家好处的以为！万发自己也奇怪着，怎么忽然之间会计斤较两得这般。人穷志不穷吧？看他缄耳无闻的样子，阿好又将话再语一道，声音起尖得怪异。

他指头爪入发心里痒起痒落一片片的头垢皮。“你要他去就叫他去吧！”很叵耐的声口，缩紧人的心。

“你不惧喜他去？”或许拖在句后的问号勾得太过长了，变成了惊叹号的形状，不知不答好，还是答才好？

“去就去啦！我惧不惧喜什么！”疏冷多么的回口，自己都意想不到！

阿好什么都不说，临出门时转头诌他一句似是很辣烈的，便人影远跑了。听不出她谬谩着什么！

晚夕她准备嗄饭等万发给人抬棺回来用。

“姓简的拿米过来？”盯住饭食，万发登时很不堪殍饿起来。

提到姓简的，阿好就必须“嗯”——“嗯”——地打通喉咙，仿佛刚吃下多量的甜的。“嗯——嗯——先向姓简的拨点应急。也好久没吃着米饭。嗯——嗯——”

口水趁张嘴要言语，赶着叽咕叽咕吞落下去，万发狠眼看阿好，不可让她看料出他的饿。“你怎么啦！以后少去噜苏人。莫老缠他麻烦，该有个分寸！”

果然阿好又缄口不语啦！很为之气结的样子。

以后在万发的耳根前，阿好话一点到简姓鹿港人，像说起神明的名一般，突然口气万万分谨慎起来。鹿港人回转后上万发这边问访得鲜稀，想还醒记着那一夕的尴尬；也或许生意忙，排不出空档。

自老五去帮扶姓简的衣贩子，每月薪金往家带，万发他们日子始过得有人样一些。番薯也挤着生长。姑婆叶又肥绿起来。不必天天到村上寻金求宝样地找死人去；万发自能多时间地守在家里，罩牢看住阿好和姓简的，不予他一点好合的方便。

后来情况移变了，急转直下地。人家准备收回鹿港人现租居着的寮厝。

“简先生这个打算不知你意思怎么样？”坐在两男子中间，阿好传简的话到万发耳里，每个字都用心秤称过，一两不少，一钱不多，外交官发表公报时相仿。“你若不依，他就在村里看间单门住户的，日暝起落都要便当一些。你的意思到底怎么样？”

不看万发一眼地，姓简的烟不离唇地抽喷着。天候有着凉转的意思。空气里嗅不到那股臭熟得多么的狐味来，万发忽然感到陈在前面的眼生得应付不过来，仿佛人家第一天上班的情形，尤其是洋机关。

“我考虑考虑看。”

“还考虑？伊娘！什么张致吗？！你这个人，干，就是三刁九怪要一辈子穷！”阿好瞪眼他，龂齿地。

莫驳斥她好，火里火发气着，什么龌龊的都会命拼着往外吐；万发一大声地“啊”起，示意听不清楚，多少遮盖过去了。能够恰当地运用聋耳，也是残而不废的。

“他准备贴多少钱？”姓简的刚起身走，万发就近嘴到阿好的颊边。

阿好站起来。“你想要多少啊？每月房钱米钱贴你四百八，少吗？这地带住惯了，才看上你这破草厝。伊娘，村上找房砖的，左不过一月两斗米。钱少哇？！你一个月挣过四百元没有。伊娘，生鸡蛋无，放鸡屎有！什么事都叫你碰砸稀碎！干！臭耳郎一个！”声音亢奋，晨早鸡喔，四野里都听分明了。

到底姓简的还是择吉搬进万发的寮里住。万发和阿好睡在后面；姓简的和老五在门口的地方铺草席宿夜；衣货堆放在后面的房间。

村里村外，又满天飞扬起：“阿娘喂！万发和姓简的和阿好同铺歇卧了啦！阿娘喂……”

万非得已，万发极不愿意到村上去的。村人的狎笑，使他尴尬难过！家有姓简的四百八，很有可吃的。老五的工钱由万发装着——这也是让鹿港人入室来的一项先决条件。万发再不必到外面苦作去。白日在番薯园里做活，阿好帮着他，晚间就精力集中地防着姓简的入侵他的妻。仿如她的影子，阿好行方到哪里，万发就尾到哪里。阿好到屋外方便，他也远远落在——算懂一点规矩——后头看望。有这么一回，阿好给影随得火恼上来：

“跟什么的！伊娘，没见这么不三不四，看人家放尿。再跟着，你爸[12]就撒一泡烧尿到你脸上。”

聚餐的时候，冷战得最热。万发一面吃着食物，一面冷厉地瞠瞪阿好和姓简的，愔愔不语地，连菜饭都不嚼的样子。不论风雨，他一定是最后一个用完膳的，贯彻始终着他的督察的大责大任。有几次阿好和姓简的攀谈开来，声音比常较低，两张脸有兴奋的笑施展在那里，万发耳力拼尽了，还是听不详。他干咳了几咳很严重性地警告，他们依旧笑春风地轻谈着，聩耳了一模样，简直目无本夫。斯能忍，孰不能忍？万发豁啷丢下碗筷，气盛气勃地走出来——纵金伐鼓，要厮斗一场。二十四小时不到，两汉子就不战而和啦！几乎都如此地，每当万发气愤走出来，在人瞧不到的地方，便解下紧缠在腰际上的长布袋，翻出纸票正倒着数，才——啊！离顶台牛车还距远一大截，多少容纵姓简的一点！这样的财神，何处找去！以后的几天万发就稍微眼糊一些。

原先鹿港人赁居的寮屋一家卖酱菜的住进来，像是这寮的主人的亲友。成天夜看他们晒曝萝卜、高丽菜，引着苍蝇移民到这地带。卖酱菜的有闲也常诣往万发这边聊天。他来时，总领队过来一群红头蝇，营营赶驱不开。蹲在地下说谈时，他一缝细的眼，老向寮内眯缭着，想鼠探点什么可以传笑出去。一脸刃钻刻薄的形样，身上老有散不完的酱缸味，很酸人耳目的。来者不善，善者不来，万发倚重着弱听不甚搭理他。他倒和姓简的有说谈，或许同气相投吧！

一夕他统率着一旅脏蝇来的时候，很巧姓简的趋至附近小溪里净身臭去了。听出是卖酱菜的声音——他鼻音重得这等样，仿佛嘴巴探入酱缸的口，一字一个嗡——万发便不出来招呼他。阿好在后面洗着碗。只老五在门外的地里手心捧着石子要。万发聆不出卖酱菜的和老五嗡语着什么，渐渐地，卖酱菜的声音提得很高，高得不必要，颇有用意的样子。

“奸[13]你母的上哪里去？”

“……”不详细老五怎么对口。

“简的，简的，那个奸你母的上哪里去……？”

“骗肖[14]。”万发冲刺出来，一身上下气抖着，揪上卖酱菜的胸就抡拳踢腿下去，像敲着空酱缸的样子，卖酱菜的膺膛嗡嗡痛叫着。脏蝇飞散了，或许也惊吓吃到了几分。

姓简的净身回来，门口四处有他食的，衣的，行的，卖的，乱掷在那里，仿佛有过火警，东西给抢着移出来。简姓的鹿港人有着给洗空一尽的感觉。

万发挡在门前，一眺目到姓简的捧着脸盆走近前，就揎拳捋袖得要赶尽杀绝他的形状。

“干伊娘，给你爸滚出去，干伊祖公，我饲老鼠咬布袋，干！还欺我聋耳不知情里！干伊祖啊！向天公伯借胆了啦！欺我聋耳，呵！我奸你母——奸你母！眼睛没有瞎，我观看不出？干——以为我不知情里？干——饲老鼠，咬布袋……”每句的句首差不多都押了雄浑浑的头韵，听起来颇能提神醒脑，像万金油涂进眼睛里一样。

当晚姓简的借了辆牛车便星夜赶搬到村上去，莫敢话别阿好，连瞅她一眼的胆量也给万发一声声“干”掉了。

村妇村夫们又有话啦。道什么万发向姓简的讨索银钱使用，给姓简的回拒了，就把姓简的烂打出去。有人带着有目的的善意去看万发，想挖点新闻来，都给万发装着聋耳得至极地打发走了。

日子又乞缩起来啦！番薯园地给他人向村公所租下准备种琼麻。未长熟的地瓜全给翻出土来，万发仅只拿了一百元的赔偿。也真不识趣地，老五在这时候患起严重的腹泻的症候；拴紧在腰际的钱袋内准备顶牛车的钱便倾袋一空了，在须臾之间。钱给大夫的当时，万发突然泪眼起，不知究为着什么：心疼着钱？抑或是叹悲他自家的命运？

终于以前的牛车主又来找他拉车去。一周不满就有那事故发生了。他拉的牛车，因为牛的发野性，撞碎了一个三岁的男孩的小头。牛是怎么撒野起来的？他概不知道。但他仍复给判了很有一段时间的狱刑。牛车主虽然不用赔命，但也赔钱得连叫着“天——天——天”！

在狱中每惦记着阿好和老五的日子如何打发，到很晚夕他还没有入眠。不详知为什么有一次突然反悔起自己攻讦驱撵姓简的那桩事，以后他总要花一点时间指责自己在这事件上的太粗鲁了一点的表现。有时又想象着姓简的趁着机会又回来和阿好一寮同居。听狱友说起做妻的可以休掉丈夫的，如若丈夫犯了监。男女平等得很真正的。也许阿好和姓简的早联合一气将他离缘掉了！这该怎么办？照狱友们提供的，应该可以向他们索要些钱的。妻让手出去，应该是要点钱。当初娶她，也花不少聘礼。要点钱，不为过分的。可笑！养不起老婆，还怕丢了老婆，哼！

阿好愈来愈少去探他的这事实，使他坚信着阿好和姓简的又凹在一起。有一次阿好来了，他问起她生活状况。起始阿好用别的话支去，最后经不起他坚执地追问，她才俯下首：

“姓简的回来了。”她抬上脸，眼望到很远的角落去。“多亏了姓简的照应着一家。”

万发没有说什么，实在是无话以对，只记得阿好讲这话，脸很酡红的。有人照应着家，总该是好的。

出狱那日阿好和老五来接。老五还穿上新衣。到家来他也见不到姓简的。晚上姓简的回来，带着两瓶啤酒要给他压惊。姓简的向他说着话，咿咿哦哦，实在听不分明。

阿好插身过来。“简先生给你顶了一台牛车。明天起你可以赚实在的啦！”

“顶给我。”万发有些错愕了，一生盼望着拥有的牛车竟在眼前实现！高兴了很有一会儿，就很生气起自己来——可悲的啊！真正可悲的啊！竟是用妻换来的！

不过他还是接下了牛车，盛情难却地。

几乎是一定的，每礼拜姓简的都给他一瓶啤酒着他晚间到料理店去享用一顿。颇能知趣地，他总盘桓到很夜才家来。有时回得太早了些，在门外张探，挨延到姓简的行事完毕出来到门口铺席的地方和睡熟了的老五一同歇卧，万发方才进家去，脸上漠冷，似乎没有看到姓简的，也没有嗅闻到那浓烈得非常的腋臭一般。

总是七天里送一次酒，从不多一回，姓简的保健知识也相当有一些的哩！

村里有一句话流行着：“在室女[15]一盒饼，二嫁的老娘一牛车！”流行了很广很久的一句话。

打桌围的那起争着起来付钞。他们离去的时候，那个头比鼓饱了气的胸还大的，朝万发的方向唾一口痰，差点吐在他脸上。

万发咕噜咕噜喝尽了酒，估量时间尚早，就拍着桌。“头家，来一碗当归鸭！”

不知悉为什么刚才打桌围的那些人又绕到料理店门口几双眼睛朝他瞪望，有说有笑，仿佛在讲他的臀倒长在他的头上。

——原载一九六七年三月《文学季刊》第三期

出自洪范书店《嫁妆一牛车》一书

【注释】

1. 呷顿崭底：吃顿好的。
2. 头家：老板。
3. 打桌围：聚餐。
4. 臭耳郎：聋人。
5. 半暝：半夜。
6. 厝边：邻居。
7. 罗汉脚：单身汉。
8. 三不五时：时常。
9. 月给：一个月的工资或薪水。
10. 屎哈坑：茅坑。
11. 跳人：责人不是。
12. 你爸：生气语如“老子我”。
13. 奸，简，闽南语同音。
14. 骗肖：混账。
15. 在室女：处女。

【导读】

王祯和，台湾花莲人，一九四〇年出生，一九九〇年逝世。台大外文系毕业，曾任职台湾电视公司，以小说闻名。著有《三春记》《嫁妆一牛车》《美人图》《香格里拉》《玫瑰玫瑰我爱你》《人生歌王》《两地相思》等长短篇小说，以及舞台剧剧本《大车拼》。

王祯和擅长以喜剧的形式，结合他的乡土背景来创作小说，一九六七年发表的《嫁妆一牛车》是其重要的代表作，他以悲、喜剧交杂的方式生动地刻画出人物所处的情境，并赋予人物戏剧性的情节发展，而在冲突中凸显人生的难题。小说开头所引述的美国心理现实主义大师亨利·詹姆斯的小说《一位女子的画像》中的“生命里总也有甚至修伯特都会无声以对的时候”作为开场，便是把这种人间两难的无奈处境，做最好的点题。

在故事中，王祯和让我们看到男子万发的人生困境：他已届中年，气力渐衰，渐渐没有雇主要雇用他拉牛车；在日常生活中，他也因为耳朵半聋，成为村人的笑柄，而那些嘲讽他却总听得一清二楚。他的妻子阿好，因缘巧合地与寄居隔邻的鹿港衣贩姓简的有了奸情，连儿子老五都依附过去，万发却浑然不觉，还是从村人的流言中才得知消息。到了最后，万发因拉车时牛失控踩死孩童，被关入牢中，阿好母子于是接受了简的照顾，甚至为出狱的万发顶了一台的牛车，无能为力的万发只能默默接受两人的奸情。

村人的一句：“在室女一盒饼，二嫁的老娘一牛车！”毋宁是最大的讽刺，万发像是以妻子交易一生盼望的牛车，拥有独立谋生的能力，但面对自己的年老、家计的负担，出事之后更无人愿意雇用，无一技之长的他，又能如何？所以他只能接受姓简的堂而皇之住进他们家的事实，不论是作为一个家长或丈夫，他的男性象征都有如被阉割一般，再也抬不起头来，只能迎向他命定的悲剧。

小说最后的场景，万发为让出阿好与姓简的在家中欢爱的空间，而接受姓简的给予的金钱，独自在小摊上喝酒，面对村人无情的嘲弄与蔑视，令人也不禁为他掬一把同情的眼泪。王祯和透过这样一个悲剧，除了呼应乡土文学中小人物对于环境的总是无力的主旋律外，也让我们去思考真实人生的难为：无可奈何似乎才是人生的常态。小说中虽然充满趣味的乡土语言，但那些笑声似乎都隐喻着对于生命困境的自我解嘲，背后的意义却沉重得让人低回再三，具有浓厚的启示意义，发人深省。

——陈国伟撰文

奔跑的母亲

郭松棻

记忆中母亲青年夜奔的姿势，如诗般地
流洄，音乐般形构。

把梦的眼集中在黑夜和海连接的那一片辽阔而成为无声的恐惧，这种感觉从幼时开始，经过少年和青年时代，一直保留到中年的现在，而常常苦于无法摆脱。

一提起慈爱之类的事就感到厌恶的自己，最惶惶不安的莫过于现在连自己也筑起一个已经有了两个孩子的家庭。

母亲说，我实在太沉默内向。于是，夜晚入睡以前，提着家里的温水罐，由母亲带领，跨过黑暗的马路，走到对街巷子口的面茶店去买开水，就成为幼时母亲训练我社会经验的一项工作了。

我买完了开水，把钱递过去，然后接过来那变得沉重的温水罐。

买水的时候，母亲总站在外面亭仔脚的石柱边等我。

这是我每天必上的一个夜课。即使十二月的天空开始落下毛毛雨，也没有旷过一堂课。

我从柜台上接过来温水罐，转身看到夜突然深了。

马路退得很远。路上没有一辆车，也没有一个行人。亭仔脚缩成细细长长的一条，伸入了莫测高深的漆黑里。

石柱旁边的母亲不见了。

我提着那过重的温水罐，准备一个人穿过黑夜的马路。然而胸口竟扑扑地跳起来。

“妈。”

我不由惊叫了一声。

平常是我买好了开水以后，母亲就走上来接去那温水罐的。

我正要穿过街的黑暗，母亲的半张脸从石柱的后面伸了出来。

“妈。”

然后那半张脸又缩了进去，不见了。

我要赶紧奔跑过街。

母亲又从另一根石柱的背后伸出她的半张脸来，那充满戏谑而又无语的脸。

我奔向母亲的方向。

然而，我每跑一步，母亲就后退一步。

母亲好像决意离我而去，又好像在跟我捉迷藏。

她在石柱后面，把自己藏起来，然后暗暗地笑着。

久久，才又伸出那半张捉弄的脸，无言地看着我。

“妈。”

我大叫了一声。

母亲干脆跑了起来。她在马路的中央奔跑。

她望着那更漆黑的远处跑去，好像奔向海。

那么拼命，那么固执，那么决绝，跑得一头长发都飞了起来。

她把我一个人留在黑夜的这一头。

“妈——”

我的叫喊穿入笔直的马路。现在我知道除了用自己尽量提高的声音来追赶行将隐没的母亲以外，我是毫无办法了。

我只能站在马路上，手里的温水罐顿时成为不再有必要的沉重的累赘。

柏油路上，母亲逐渐变小的脚印，一只一只跳跃起来，愈远愈小，愈跳愈模糊，最后跟着我的叫喊一起，完全消失在梦的那一端。

“怎么，来一下精神分析吧？”

我把这个幼时经常出现的梦，讲给现在是台大医院精神科医生的老朋友廖听，希望他能够为我解说一下。

我们坐在一座荷兰式的老洋房里，正抿尝着他新近突然热衷起来的工夫茶。

夕阳穿过茂密的桫椤叶，射入洋房东翼的窗口，射在案上那一组纤细的陶土茶具上。

廖在他这一座祖传的产业里，曾经专心投入他的医学工作。

几分钟以前，往双连方向的火车在空中留下了逐渐远去的鸣声，兜起了我午后的慵懒。

我舒适地陷在老藤椅里，任由那逝去的火车，引我走向梦中的那片海。

廖一边试着新茶一边说：对朋友是很难进行精神分析的，何况又是一个从小认识的朋友。

“记不记得你祖父抓起鸡毛掸子，从三楼追下来的样子？”

廖拿着他的小茶碗，也渐渐靠入了藤椅之后就这么说。

我们多年不见。现在一见面，竟然都在谈些幼时的趣事了。

廖氏三代以前就开始用心培植的花木，现在已经满满披盖着这座洋房的四周。墙外的火车因此显得遥远。

蝉已经弱了。干涩的鸣叫也不能连气，在这入秋的午后，除了催人入眠以外，好像别无其他用途。

记得祖父生前一直不喜欢廖，大概祖父把我小时候满头的瘌痢归咎于大我两岁的廖吧。

当然廖不在的时候，祖父就骂母亲不会带孩子，竟让我头上长出这种难看的东西。

暑假到了，廖在楼下招喊。我把饭碗放下来，就抓起空罐头，跟着他跑到学校去。

你想不到一棵挂满了气根的老榕树，如果你能够爬到树尖上，就可以摇下来将近百只的金龟。升旗台旁边的那棵莲雾，往往还可以摇下来铜色的，那就更稀罕了。

祖父说，就是那种铜色金龟的粪便栽到我的头上去才长出癞的。

廖还谈到，由于夏天过了，找不到金龟或蝉或天牛，我们那一代的小孩只好捉蟑螂来玩。用一条长线绑在蟑螂的大腿上，然后拉着线的另一端，好像拉风筝一般，让蟑螂在马路上飞起来。

“现在的儿童可不同了，”廖带着职业性的口气感慨地说，“他们要什么玩具就有什么玩具，但是他们并不格外快乐。”

他谈起这些儿童长大以后，都要经常跑精神病院，比起我们这一代显得更加脆弱。

“然而——”

我不同意他的看法。正想提出异议，却又一时感到语塞。

于是终于改了改口气说：

“你真的这么认为吗？”

每当入秋，黄昏将逝，那梦的眼就唤醒黑夜和海连接的那一片辽阔，而胸口倏地怦怦作跳起来。幼年的夜晚，就这样被莫名的恐惧所包围。于是拉上棉被，心慌地沉入睡眠。

那时，我们赁居的二楼当街有一段阳台。

我们站在阳台上，向马路上的父亲招手。

父亲戴着一顶灰色的呢帽，边走边回头，也频频向我们挥手。他慢慢走远。他已经快走到照相馆的门口，再走过去就是新舞台。新舞台过去就是后车站。

“爸爸去哪里？”

“爸爸去赚钱。”妈妈说。

现在父亲已经走过新舞台，过了一会儿，我们就看不清楚他是不是还回头向我们招手。

父亲的影子愈变愈小。

愈变愈小。

不见了。

从此，父亲没有再回来。

我模糊记得太原路上母亲的那次抚爱。

父亲走了以后，有一天下午在他的书桌下我不觉睡着了，被母亲抱上床后，依稀知道母亲正用热毛巾擦着我肮脏的赤脚。

那时，亭仔脚外的阴沟每天奔流着清澈的沟水。太阳照到沟里，沟壁的红虫就开始悠悠摇摆着尾巴，好像在淘沙。直到黄昏，太阳爬出水沟，它们才停止摇摆。

那时，太原路并不叫太原路，它叫下奎府町。

那时，整条街早晚都安静得像一个无人岛。

战争，使我们离开了下奎府町。再回来时，它就叫太原路。

而天井外头的那棵槟榔已经爬到厕所的窗口了。

“记得从疏散的乡下回来以后，我对这个家就学会了忧愁。”

“是失去了父亲以后，又怕失去母亲的缘故吧？”

战后，每天从国民学校回家，玻璃窗雨后的霉气，出箱的樟脑味，还有水槽旁边那株慢慢脱水的日日春，混合起来让我成天呼吸着忧愁的呛气。

“然而，以前并不这样。”我强调地说。

记得战前，一到夏天，厕所里总飞来一种叫着春米龟的飞虫，在窗口上顶着毛玻璃嗤嗤反飞。停下来，它的尾巴就像春米一般打着拍子。

记得那时候蹲在厕所里，看到春米龟在窗晖里映着宝蓝的彩色，心头也会感到无比的亢奋。

还有祖父那本万年历，翻起来一蓬一蓬有若前世的旧味，安静的马路汽车留下来的油香，也都同样让我对生活起了一种莫名的欢喜。

“那么，是什么时候开始……”

我没等廖说完，就自以为了解了他的问题，而迫不及待地说，第一次唤醒了那梦眼的，是在战争的末期。

一天早上，在疏散的乡下，我看到年轻的母亲腋下挟着面粉袋，像蚱蜢一般，一跃就跳上了徐徐驶开的卡车，去外乡买黑市米。

战争把高等女子学校毕业的母亲锻炼出一身如蚱蜢般的手脚，即使现在已经步入中年的我，每次想起来都还会感到悚然。

“然而这，和那个梦又有什么关系呢？”

“大概是母亲跳卡车那决绝的影子吧。”

“听起来，母亲是为了生活而跳卡车的啊。”

“但是，生活竟会那么可怕……”

“……”

“把一向娴静美丽的母亲变成一只蚱蜢似的……善于跳卡车。”

九月，祖父把那只后来死于轰炸的八哥拿出去，吊在天井晒太阳。

日日春如伞一般的花瓣在母亲的脚下落得满满一地。母亲弯下身，把一头用发钳子烫得鬈鬈如金鱼藻的长发泡在茶枯里，而露出了一截细白的后颈，任由檐瓦下的阳光照抚着。

夜里，我把头深深埋在母亲的枕头上。偶尔听到后车站远远传来火车的长鸣而想起了父亲。我便努力吸着枕头上母亲新发的气味，而黑夜和海连接的那一片辽阔就无声地出现到眼前。

然而事情有了意想不到的变化。

我口气吞吐，记忆变得千头万绪，不知哪里是头哪里是尾。

“说吧，说吧。”廖催着。

夜里梦到跟母亲争吵，是从青年时代开始的。

说吧，说吧。

我张着大口，厉声冲向母亲。

说吧，说吧。

有时连气都喘不过来，甚至在梦中还一边簌簌流着泪一边忙着争吵。我负荷不了那愤恨的重压而惊醒过来，往往是发现自己被棉被塞噎了胸口而做的梦。

母亲在梦里还是那么决绝地奔跑而去。

我赶到舅舅家找到了母亲是光复的那一年。

母亲把我叫到一边。一句话没说，用手指拧着我的腿肉。拧得那么认真，丝毫不肯放手，我反而不敢叫出声了。只是望着她，自己感到百惑不解。

母亲倒比我先滚出了泪水。

这一下我懂了。

我丢了她的脸，我知道了。我不守规矩，我偷吃了饭橱里的芋糕。舅母借机骂开了，隔着几层墙壁可以听到舅舅在劝阻她。我得守规矩，我知道了。尤其在舅舅家，我更得这样。

舅舅答应让赶过来的我留下来陪伴母亲，然而这毕竟逃不了祖父的逼婚。

母亲不像在自家那样，可以随便打骂我。她只能默默用手指拧我。她是那样害怕着舅母。她愈是伤心，手指愈是认真用力。我抿着嘴，把疼痛吞下去，过一下却禁不住从眼眶夺出豆大的泪珠。

舅舅决定留下我的那一天，他背着舅母，一个人从后门溜出去，悄悄向隔壁人家借了黑市米。

晚上，隔着几层墙壁又听到舅母和舅舅在他们的卧房吵架。

而母亲在梦里愈发奔跑得勤快了。

后来，她是害怕我厉声争吵的脸孔而跑离的。

夜里的梦往往还延续到白天。

在日常生活中，我对母亲极为冷酷，甚至一定要借着追想幼时的种种美好来抵偿对她的不满。

“譬如想些什么？”

“想着种种美丽的影子。”

“例如……”

“例如过桥时，母亲印花布的裙幅像海浪一样飘起来。”

“这样说来，母亲不是很让你想念的吗？”

廖这么说。紧接着，他多少又带着职业性的口吻问道：

“在你幼时的眼里，母亲美丽吗？”

“噢，”我说，“美丽，而且胜于美丽。”

母亲终于拗不过祖父，答应再嫁的那天晚上，突然从被窝里把我和妹妹抱起来。

我的双颊都沾到她的眼泪。

她没有说话。我只感到那怀抱已不再可能是抚爱。

“那爸回来怎么办？”

我学着她的口气这样反问。

那是母亲顶着祖父经常这样说的：“炎生回来，我怎么做人？”

和祖父吵过，母亲把我带出门。

我跑过石桥，在桥的这一头等她。

她则一时不想过来。她有许多事要想。她一个人在那一头，靠着桥，双手放在石栏上。脚下沟水已经涨满，月娘印出奔水的褶纹，像一条飘开的裙幅。

“炎生，炎生，每天把炎生挂在口上。你难道不知炎生早已不在人间了？”

祖父经常这样批驳母亲。

最后，祖父在他的历书上用朱笔记下了那可怕的日子。

我在桥的这一头，看着那一头即将再嫁的母亲。

听说母亲到处在找桥，午夜以后一个人悄悄溜出门。

她得走完七座桥，同一座桥不能重复走两次。

当时的台北，并没有这么多桥可以让她轻易走完。

每次出去寻桥，不能跟路上的熟人打招呼，不能走回头路，过桥不能说话，不能停步，不能眺望。只能一步步笔直地走过去。这样走完七座桥，心愿才可能得遂。

从阴历的八月十五午夜开始，不知花了多少个晚上才走完了七座桥。

我仍在石桥的这一头等着她。

她早已完成了她的乞愿。然而祖父逼她再婚那可怕的日子还是一天天逼近。

母亲的裙幅飘过石桥。

一步一步飘过来。

一步一步接近。

到了。

接着她的体温漫过来。

而其实是一步一步跑远了。

你在桥的这一头没有移动，你像一块呆木头。

你自知现在连一句“妈”都叫不出来了。

你只是用眼睛审视着美丽而胜于美丽的那即将重做新娘的母亲，一步一步迎向你一步一步离开你。

四年级的珠算课。级任老师叫我拿着书包到办公室，说是母亲在那里等着我。

“阿公过世了。”

在路上母亲告诉我。我一时还不懂得悲哀，只急着说：

“不是前天才梦见他那只八哥的吗？”

在梦里，祖父终于教会了早已死掉的那只鸟送客时说：“慢走，慢走。有闲再来坐啦。”

出外求学的前一天，母亲替我整装行李，不知从什么地方摸出来一些旧照片。

“不是说给八七水灾冲掉了吗？”

母亲没有应，只是低着头，一张一张慢慢看起来。

后来她对着照片只幽幽地自言自语。

“父亲倘在身边，看到你能出外求学，不知要多欢喜。”

你一直无法想象父亲已经不在人间。

那只是祖父在庙里抽的签。

“怕是在海外过世啦。”这是祖父对签上那四句诗文的一种解释。你无法领略。你从来就丝毫没有感到过父亲的死亡。

倒是祖父的过世，让光复以后因一再逼迫母亲再婚而凄惶不宁的日子终于一去不返了。

第二天在机场，就要上飞机了，母亲塞给我一样东西，吩咐我小心不要丢掉。

在飞机上我把它打开来看。

原来是用白手帕包着父亲的两张照片。

一张是父亲把约莫三岁的我掮在他的肩上，仰头望着我。那是在家后尾照的。另外一张也在后尾。父亲两手交叉，怡然靠着砖墙，眺望着远处在微笑，身边的那棵槟榔那时只高他半个头。

由于娘家在乡下的一块田变成养鳗场赚了一点钱，于是母亲动了念头，想实现从高女时代就怀有的环游世界的夙愿。这时，母亲已经是六十开外的女人了。

妹妹的信上说，母亲有意开春出外旅行。一直在海外教书的你就惶惶不安起来。

“生怕她又要奔跑起来。”我说。

“然而事实呢？”廖这样反问，从他急切的口气你知道这问话早就放在他的心头，只是等到现在才找到了机会，“其实跑的是你啊。”

我为廖的这话一时感到窘迫。

“是吗？”沉默了一会儿，然后我说，“算起来已经十七年了。”

“这次回来，感觉如何？”

“年纪虽然慢慢大了，但是还觉得整个人像一片台湾瓦那样容易打碎。”

“对母亲的感觉如何？”

“其实这次是深怕母亲跑掉才申请回来教书的。”

前些时，为了替一个女学生留学写介绍信而又苦恼了好一阵。

因为本来就要写的，却听到她原来已经是有了孩子的妈妈。

“结果介绍信写了没有？”

“你说，如果写了，会不会助长这个年轻的母亲奔跑呢？”

对于自己也有了两个孩子这件事，至今还是经常胆战不已。

总觉得孩子是比一片瓦更加脆弱的东西。我战战兢兢，生怕一不小心，把它丢在地上打碎了。

“然而，这实在不是办法啊，”廖说，“孩子怎么样了？”

“孩子倒是每天都过得无牵无挂。”

“那听来可就是你自己的问题了。”

“我想也是。”

“母亲还准备着环球旅行吗？”

“还没有。她似乎知道我是为了劝阻她而专程回来的。”

“当面没有谈过吗？”

“没有。”

“那么，见面谈些什么呢？”

“一见面，我只紧紧搂住她。”我说，“生怕她又跑起来，向着黑夜和海连接的那片辽阔绝尘而去。”

“难道把不幸教给你的不是别人，是母亲？”

廖有点踌躇，口气仿佛既是试探又是主张。你一时感到这句话毋宁是他亲身的体验，他要讲的是他自己。

不，也许是他作为一名精神科医生的临床观察所得吧。

“倘若你认为这是不幸，那就……”你想反驳，也想自辩。此刻更想去说服他同时也说服自己。

然而话头却被他接过去了。

“那既是幸又是不幸。”第一次你感到廖的雄辩，“那既是头又是尾，那是难分难别的——既是头又是尾，既是幸又是不幸。”

“你从哪一头说起，都是彼此衔接无间。”

“哪一头都是你精神的重荷。”他看你有意附和，就更加重了语气。十几年不见，你重新看到了他从幼时就有的执着。

“哪一头都足够取悦你一辈子。”

“即使你精神崩溃，来到我这里求诊？”

“即使那样。”

“说来世间所有儿子不都是一个命运？”

“所有的儿子。”

“因有了母子这样的牵扯，世间才洋溢着灿烂的光华。”

“……”

你一时的语塞不为别的，只因一时想到了眼前的廖这个人。

你再次怀疑，这些话说的莫非就是他自己？

因为是孤儿，母亲经常将小时候的他留在家里与我做伴。

廖的父亲突然死于光复后的第二年，他只身离开了嘉义来到台北，寄宿在这栋由他二叔经管的祖业。

他第一次由级任老师带着来到我们二年级甲班的教室门口时，他早已经非常苍老。不是因为他比我们大两岁，而也许是由于他刚刚丧父的缘故吧，我们看到他的手臂上还戴着孝。

级任老师为我们介绍这位插班的新生。他麻木地站在讲台上，眼神的漠然引起了我们的好奇。

现在，他靠着藤椅，三十多年后仍然留着漠然的那双眼穿过窗外的冬青，越过了围墙，越过了静卧的铁轨，而投向那已然黯淡的天空。小学毕业前夕，二叔的自杀也使他连续有好几天这样漠然地坐在藤椅上。

现在，他已是这栋老洋房的主人了。他是嘉义那个名望世家的唯一后嗣，也是整个家族的不幸和伤感的唯一继承者。

洋房那一层坚厚的泥墙，曾经使学生时代的他感到安适。墙的中央是两扇铁门，从小学到大学，这大门都由一个远亲在照料。我们来的时候，这世家的亲戚就一瘸一拐慢慢走出来，双手用力打开了门。两半铁门的滑轮就沿着地上两条抛物线的铁沟徐徐滑开，退到两边。于是前院三代培育的林木就显出了幽深的郁气。

现在，门边刻着“廖医院”的合金匾牌已经失去光泽。这里最旺时曾经容纳过十五名住院病人的所在，如今已呈休业状态。

他经常和这栋颓败的楼房一起毫无生趣地望着铁轨。人一动不动，好似他就是这无生命的房子本身。漠然穿越了时间，上一代的阴影盘踞在他的周围。他永远显得怠倦，即使现在他正与你雄辩。

我从小就经常在这栋楼房出进。就在我现在坐的这个地方，他第一次——记得那是小学四年级——掩掩遮遮道出了他父亲突然被枪毙在嘉义火车站而由他和祖母去收尸的往事。

现在，灰尘、阴影、病魔，混成难以解释的某种气息正附在廖本人的身上。他之选择了精神病学为其终身事业，是从小被迫离开了母亲的缘故，你这么以为。

他的祖父将自己儿子的横死怪罪于媳妇而将她逐出家门。自从廖来到台北，他就再没有见过自己的母亲。而他知道母亲总在什么地方设法想见他，正如他一直在设法寻找她。

然而，母亲毕竟没有见到他。他还没有找到母亲。

说吧，说吧。

在精神旺盛的年代，我们哪一个不曾梦想过母爱的单纯和可靠？随着身心的委顿，取悦于母亲的年代也一晃而去。

说吧，说吧。

谁说你在母爱的身上无法找到人间的遗憾？

“那是你自己成家以后的感想？”廖问道。

“母亲说她听到孙子在咳嗽，那声音让她睡不着。”

“隔着一个太平洋？”

“她嫌媳妇洗盘碗的声音太大，也让她睡不着。”

“那么，这就是为什么你躲到海外迟迟不归？”

“她甚至担心自己的儿子三餐不饱，而急着漂洋过海而来。”

“这回，母亲可是要向着你奔来啦。”

“她说她已经急遽衰老。”

天下的母亲莫非都是幻灭的野心家。想以慈爱统御着早已离家的儿女。

然而并非每个人都具备浸淫于这种爱的天赋。

有谁能够享受母亲比幼时的抚爱更为温婉的嫉妒？

在那牺牲自己也牺牲别人、牺牲别人也牺牲自己的慈爱中，你不经意撒下的有多少欢乐就会有多少灾难。

“噢，儿子的眼睛闪着母亲的嫉妒啦。”

廖瞬间出现的兴奋，鼓舞着你继续耽想下去。

嫉妒和允诺，敌视和慈祥，经常那样和睦毗邻，随时成为你精神的重荷。

说吧，说吧。

即使最安详最体贴的片刻都是暗中播下未来的遗恨。

这场母子相互摧残的战争是无休无止的啊。

“一下子离你奔跑而去，一下子又向着你奔跑而来。”

“而漫长的一生中，难得有一次是奔跑得恰到好处的。”

“方向与时机，经常是倒置错乱的。”

“该向你跑来的，她却离你而去；该离开你的，却又要奔跑而来。”

战争期间，母亲必然看清了父亲一去不返的厄运，而与身边仅有的儿女相依为命。难道这就从此播下了那最辛辣的慈爱？

在海外，脑海里经常出现的不是有了皱纹，老是俯身向前，两脚承载着时间重量的那老妪，而是随时向你奔来的美丽的母亲。

“这是我不能正视现实？”

“嗯，这未尝不是多余的操心。”廖自我宽解。

“希望你能分析分析我的恶境。”

“你思念着母亲。”

这几年实际上照顾着母亲的是廖。妹妹无法抽身时，陪伴着老人，甚至扶着她到医院看痛风的往往就是他。廖一直将她当成自己的母亲。

“这只是回想，”我想，“希望不带丝毫的惋惜或悔恨。”

“成为单纯的回想？”

“成为单纯的回想。”

“只让记忆引领着你。”

“让它引领着我。”

现在窗外完全黑下来了。茶，也已经冷涩。廖不打算开灯。

半小时以前，他只是勉强起身，踽过去打开了穿廊的一盏小灯。于是整个客厅隐没在明暗之间，好似这样的光线最能器重我们的回忆和谈天。

廖每天都独自坐在这里，将流汩的暮色一一收揽入目，听说这是他治疗自己精神疲倦最灵验的办法。

淡水线的最后夜车已经从门口驶过。飞扬而去的汽笛席卷了我们的思辨，留下广阔的空间显出我们自身的渺小。就像我们又回到了幼小时代，赤脚逗留在双连一带的稻田里。

每当火车来而复去，铁轨两旁的矮屋就显得更其矮小，苍郁的绿野舒展成为全部的天地。远去的笛声揭开了天空的奥秘。只有这时，你心甘情愿做成了小孩。长脚鹭不是被惊动，而是为了迎合急驶的火车，纷纷从田里飞起，在空中吐露了生命的寒弱。这时，即便太阳还在头顶，只要仔细望去，双连附近总有一团露霭在移动。凝聚了又扩散，扩散了又凝聚，从你的面前一直流荡到圆山铁桥。这正是进水沟去堵捉泥鳅和土虱的好时光。光复后每天总是和廖这样玩到天黑，才拖着泥脚回家，让母亲接去弄脏的衣裤。

一再惧怕的不再惧怕了。好几年前母亲的痛风已使她连起床都感到痛苦。环球旅行的梦想也渐渐打消。妹妹来信说，天井的后尾风吹进了木樨香，令母亲想起了外婆家的那条水沟。犀花落在涸干的沟床，引来成群成群的果蝇，挥都挥不走。天气一冷，蝇群无精打采，赖在花泥上也不怕被打死。唯有躺在床上一病不起才忆起了自己的娘家。

“城里住久了，看不到的东西愈来愈多。不知你外婆家还有没有那种果蝇。”

妹妹这样转述着母亲在病床上的话。

近来梦里慢慢忘记了 B29 的轰炸，而母亲比往常更加频频出现了。不过无论如何，出现的都不是缠绵病床的老妪，而是亭亭玉立的那个年轻的母亲。

对街桫椤木的树荫里，母亲拿着便当等待着。

十二点下课铃一响，我就冲出教室。

我在校门口顿着脚不肯过街。

于是母亲的裙幅飘过马路。

一步一步飘过来。

一步一步接近了。

到了。

接着母亲的体温漫过来。

我不情愿马上就把便当从母亲的手上接过来。

我争取瞬间的站立，而迟迟不肯让母亲离去。

于是同学们瞥见了母亲的美丽。

母亲有一头纤尘不染而鬖鬖如金鱼藻的头发。

那时我早已是中学生了。

平生第一次的温婉，在即将失去什么的惊悚中，不期然产生了奇妙的招喊，好像有人安然引领着你，走入丰饶和华丽的旋舞。

然而这只是回想，你对自己说。

无以抑制的昂奋之余，你只能找来自己的两个孩子。

你已经懂得了不能与自己的孩子争夺他们的母亲，你说：

“孩子呀，有一天你将记得你的母亲。”

在那牺牲自己也牺牲别人、牺牲别人也牺牲自己的眩晕中，不知道有谁能够安然跻身于幸福天军的行列。在那精神旺盛的年代，哪一个不曾梦想过欢乐的无限？随着火车尾声的离去而悠然出现的黑夜与海连接的那片辽阔，也许就是你安身的好所在。你将流泪的暮色一一收揽入目，一如你在记忆中收揽着母亲的体温。

你的梦令妹妹不安了。

在最后一封越洋信上，妹妹说你这样无端耗损心力，使她非常难过。连她都无法入眠了。她又说，在床上辗转想了一夜，觉得母亲知道了也会感到欣慰的。于是第二天她将你的信重新折好，点了一根晨香，一起供在母亲的灵前。

——初稿载于一九八四年五月香港《九十年代》总第一七二期

【导读】

郭松棻，一九三八年生于台北市，二〇〇五年逝世。一九五八年发表第一篇短篇小说《王怀和他的女人》于台大《大学时代》。一九六一年台大外文系毕业，一九六七年美国加州伯克利大学修读比较文学，后放弃博士学位，投入保钓运动。著有小说集《郭松棻集》《双月记》《奔跑的母亲》三册。

风起云涌的保钓运动，沉寂后以小说《月印》问候久离的故乡台湾的郭松棻，可说是台湾文学隽永的传奇。放逐北美异乡达三十年之久的小说家如同张爱玲，遂在北美大陆有“东有郭松棻，西有张爱玲”之美称。

《奔跑的母亲》所显影之背景，正是这位流亡作家殷切思念的台北大稻埕。小说中的童年，记忆中母亲青年夜奔的姿势，若即若离，深慕难及，如诗般地流洄，音乐般形构，亦是郭松棻无人可及的小说魅力。

事实上，郭松棻是以小说替代乡愁之纾解，却以自喻之“剔除白腻的脂肪，让文章的筋骨峋立起来”严格自求最终极之追寻。

小说中的母亲，战时失去丈夫，必得独力支撑家业，那坚决忍抑的悲壮遂化为主角一生难以去除的萦系之梦、难解之忆。在郭松棻的小说中，哪怕以男性为视角的名作《今夜星光灿烂》亦有其背后那沉稳、默然的女性身影，二〇〇五年遗作《落九花》所描述的女刺客施剑鞘几达极致。尤其如《月印》《雪盲》诸篇，男性显得怯缩，强大主导的反而是沉默的女性，《奔跑的母亲》正是郭氏小说之祭酒。

——林文义撰文

第三章

存一种渴望

白翎鸶之歌

钟肇政

乐地净土变成穷山恶水，变得令人忧伤、恐惧。

白翎鸶，担畚箕，
触着牛，牛在哮，
触着狗，狗在吠，
吠磨哉?
吠欲食清饭，
清饭犹未煮，
吠欲食老鼠。
老鼠犹未刣，
吠欲食凤梨。
凤梨犹未买，
吠欲食小老婆的尻川尾。
——
这是我熟悉的那条河流吗?
这是我熟悉的那块沙洲吗?
这是我熟悉的那个大城吗?
……

远处的那几座山，那些山陵，那蓝天白云，都是我所熟悉的，即令我已有好久好久没有再来过，但我还记得很清楚，我敢说我并没有弄错。

我在半空盘旋又盘旋。我发现我就在这蓝天白云下，画着好大好大的问号。

我降低了速度，也降低了高度。我还放大了问号的弧度。

我往下凝神又凝神地看。

我掠过了矗立在河边，位于那个大都市边缘的那只庞然巨物，我看到巨物开着无数的窗。我以为它是静止的，其实在掠过的一瞬间，我的眼光捕捉住在它旁边的无数蠕动的东西——在马路上不规则地排列着，时而发出叭叭声，时而放出一股股臭气跑着。

好丑的东西！

我知道它们是不能吃的，就算是可以吃的吧，我也不屑一顾，就像那些各种各样稀奇古怪的甲虫们——你一定看过它们在爬行时的蠢笨模样，难看死了。而它们居然还学着我们的样子，发出嗡嗡声飞将起来哩。多可笑！

看我吧，这才叫飞哩。我让翅膀这样地静止着，也可以飞……你要说是滑也行，我能照样画着可大可小的弧，甚至也可上可下。拍动翅膀，更应当像我这样——看好啦，缓缓地，缓缓地，一下又一下地，不疾不徐，而且这么静悄悄地，你要说有多优美便有多优美。可对？

你以为我自鸣得意吗？告诉你，在蓝天上，我就是那朵朵白云的近亲，只有它们还可以跟我比比潇洒。不信你看看那些叫作人类的动物好了。他们不是一有机会便把开麦拉的镜头对准我们，想留下一帧帧代表美的照片吗？

哎哟，看那河上的桥，甲虫们挤成那个样子！——不必提醒我，我当然知道那不是什么甲虫，而是汽车。它们一只挨着一只，进退不得。“叭叭……叭叭……”那么急躁地吼叫着，又有什么用？谁叫它们繁殖了这么多。甲虫增加，难怪那些蚂蟥、蚱蜢等好吃的东西才这么少啦！

——哟，我在管这些甲虫干吗？对它们生气，简直是庸人自扰！我可要下去了。

咻……一阵风从耳畔掠过，高度与速度双双低落。我要先找到我的目标，就是这块沙洲，错不了，好大一块沙洲。平平坦坦地，种着一些作物。整齐的畦，一行行，一排排，从眼下飞掠而过。

喔，就是这几棵矮树。多可笑！还是这么矮，而且仍然只有这么几棵。木板屋，也仍旧是这么矮小、破陋。屋边几棵矗立的槟榔树，倒好像长高了许多呢！

住着的，也是那个老头吗？经常地，赶着一头水牛在犁地的老头。好怀念他！脑袋光光的，近看才可以看出长着疏疏落落的白发，短短的。

是个和蔼可亲的老人家。每次我来了，必定会细眯眼睛，翕动着那张瘪瘪的嘴唇向我说点什么。

“你又来了，白翎鸶，这不是夏天又到了吗？”

“嘎嘎，嘎嘎嘎……”（可不知老人家听懂了没有，我是说：是的，老伯，我又来了，夏天到了。）

“你们是怎么啦，好像愈来愈不容易看到你们啦？”

“嘎嘎……”（是因为这里太远了些。）

“可怜的白翎鸶，一定饿了吧，看你这么瘦棱棱的。我就来犁犁地吧，让你饱餐一顿。”

“嘎嘎嘎……”（谢谢您，老伯。）

小屋的门关着，看不见人影。到底是怎么回事呢？

我在小屋上盘旋了一周。我猛然吃了一惊，连那头水牛也不在牛栏里。我四处瞧瞧，没有，确实没有！

没有老人，没有牛，教我如何找到东西吃呢？

每一次，只要跟在老人后面，我便可以在犁翻过的园土里找到无数的蚯蚓及鸡母虫。（这沙洲里的鸡母虫是最肥大最美味的。可是没有老人与牛，就不会有鸡母虫啊）。

我又盘旋了一周，我几乎碰到槟榔树叶。

不行，看样子不能指望那个老人家了。

怎么办呢……

那就到水边去吧！水边……一阵苦楚闪电般掠过了胸口。

有水的地方，就有一顿美餐——这个从来都不必怀疑的一句话，如今也不可靠了。岂止是不可靠，还得修正为："有水的地方便有危险哩！"

那已是遥远遥远的事了……

我的老家——那是我住的地方，也是我所诞生的地方，是一处狭长的山丘尾部。山丘下有一道小溪。我敢说，那是最美最美的小溪。溪水是清澈晶莹的。溪底铺着细沙，有大大小小的石块。那清澈晶莹的溪水四时都发出淙淙水声流着。有各种小鱼、小虾，还有泥鳅以及一些水虫。我曾经那么轻易地就可以在溪里饱餐一顿。

然后，有个夏天，我飞过重洋，从遥远的南方归来。我永远也不能忘记那个可怕的日子和可怕的景象。我是比许多伙伴们晚一步回来的。我找到了老巢，安顿下来以后第一件事就是好好地吃个饱。有好多好多的活儿等着我去干的，好比修补巢啦，找伴儿啦，然后是下蛋、孵蛋、带小雏鸟等等。

我飞上去，画了个弧，对准目标就箭一般地冲下来，停在小溪中的一块大石头上。

天啊！那记忆里晶莹可爱的溪水不见了。换上来的是发着泡沫，带着一种灰黑色的滚滚浊水，还散发着怪异的臭味呢！

更可怕的是在那无数的泡沫里，浮着好多只伙伴！翅膀一东一西地摊开，羽毛零乱，眼儿紧闭，嘴巴张着，在水里载浮载沉。一看就知道，早已断气了。

它们用全身向我诉说着无尽的冤屈，从我眼前缓缓地流过去。不必细看也可以明白，溪里曾经那么多的鱼虾泥鳅等，也都不见了。再也找不到半尾了。嗯，都死得精光了！

苦难的岁月便是从那时开始了的。田里的许多小东西，例如青蛙、蝌蚪、泥鳅、小鱼、田螺等，也都差不多绝迹了，因此我们再也没法在附近找到足够的食物，常常必须飞到远处的山涧去寻食。生计是愈来愈艰困了——我们倒是一点也不怕每天老远地飞翔来回，连飞越巴士海峡到遥远的异国去过冬，对我们来说也不算是多么艰难的事。

然而，在带小雏鸟的期间，远行觅食，实在不是件妥当的事。那一年，我就为了这，闯下了一个大祸。那时，我懂的还不多，有了一窝小家伙，只知拼命地去找吃的，带回来喂它们。一天，越过了几座山头，肚子里装满了美食，正想回家时，不料雷鸣隆隆，继而是一阵教人眼睛都睁不开的豪雨，足足下了大半天。

等到雨过了才慌忙往回飞，碰巧肚子里又装得太多了些，结果好不容易才回到家，可是我那四只小宝宝已饿死了两只，另两只也已奄奄一息。费了好大的手脚，总算才把它们救活了……

咦，我怎么老是想起这些伤心的往事呢？不错，有水的地方，便充满危险，但事实证明这话也并不是绝对的。有不少河水溪水依然清澈，栖息着不少可以捕食的东西。这是一条大河流，说不定仍然可以找到一些可以果腹的。

下去吧！

我停住了翅膀，缓缓地滑过去，然后画了个小小的弧，头一昂，双脚一缩，那么灵巧地就下到沙洲的边缘。我希望能惊吓一下小鱼或者青蛙，但是我失望了。那儿什么也没有，一片死寂。这也难怪，看那汪洋一片的河水，那苍浊的颜色，小东西们恐怕无法再栖息下去的吧！

我抬起腿，缓缓地在水边走了一段路。虾子也好，总可以果腹。

没有！连蜻蜓的幼虫都看不到一只。

难道我的期望，就这样完全落空了吗？

不，这是不行的。我必须带些食物回去，我那两只小家伙够瘦了。可怜它们经常都饿着肚子哩。也好在这一次只能孵出两只……也许这是因为所谓的“营养不良”的缘故吧，否则如果像从前那样，每一窝都有四只，甚至多的时候有五只六只，那就不得了啦！

昨天那一幕惊险镜头，想必就是因为它们太饿了，才会弄出来的吧！

当我觅食回来，突然发现到窝里空空的。脑子里闪过的是：狐狸来了？或者是野猫吗？也可能是南蛇？这些面目狰狞的敌人的形象，立即在脑膜上映现，但觉血潮倏地消退。不过我把这可怕的幻想拂拭掉了。许久许久以来，这些可怕的敌人都已绝迹了，不可能再出现的，何况附近的几窝苍鹭们也不会让它们来的。只要嘎嘎嘎地发出几声示警，留守的邻居们马上会赶过来，把它们杀得狼狈而退的。

“咕咕，嘎，咕咕，嘎……”

好家伙，原来是在那儿。说了多少次不可以出去了呢？还是一有机会便想溜出去。看，它们在那根斜靠着的枯竹上，站都站不稳，拼命地拍打着只长出寸把羽毛的翅膀。那有什么用？你们根本就没法鼓起风啊，连在那滑滑的竹皮上保持平衡，都已经是那么吃力啦！

“嘎嘎！”

我惊呼了一声。其中的一只滑下去了。还好，很快地就在长出一丛竹枝的骨节处停住了。这一滑，真是把我吓得浑身直冒汗，气息都窒住了。

好家伙，得好好教训教训它们才成。我飞过去，用我的尖尖利喙，从下面一下又一下交互地猛啄它们。

“不要命啦！看我不把你们啄死才怪。”

“不敢啦！爸爸，原谅我。”

“还不快回窝里去。”

“咕咕，嘎——”

“小心啦！别摔下去啦！”

“嘎，咕咕——”

就这样喧闹了一大阵，好不容易地才把它们赶回窝里去。其实，我能怪它们吗？谁叫觅食是这般困难，以致让它们饿成那个样子？

真怕历史会重演，如果它们再那样不安分，一不小心掉下去，那可怎么办呢？

呀？那是老伯吗？

在眼角里，突地出现了一个晃动的影子，连忙转过头看过去。果然是一个人，不过可不是我所熟悉的那个老人哩！

那是谁？管他是谁，只要他能像那个老人，或者像很多农人那样，驱牛犁田，我就最高兴了。

期待使我的心怦怦地跳个不停。我让身子微微一沉，双脚轻轻一蹬，倏地一下就飞翔起来。

蓬乱的一头长发，脏脏的背心，裸露的肩膀，肌肉还显得稚嫩，肤色倒是健康的古铜色，只剩半截裤管的牛仔裤，赤脚上趿着一双脏兮兮的塑胶拖鞋，每个步子都扑起一小阵泥粉。那步伐好像有点零乱，显示着内心的一股愤愤不满。

我在这名半大不小的少年人头上画了个好大的问号。我是要问他：你是谁？干什么来的？……我知道他不会明白我的意思，但光是在这寂寂的沙洲上有了人影出现，就已经够使我心跳。

我看到了他的脸，果然这是个稚气未脱的少年人。但却叼着一小截烟，嘴唇有红渍，还嚼槟榔哩。

但见他头一抬，伸手摘下了嘴边的烟蒂，嘴里“啧”的一声射出了赭红的口液。当我的第二个问号画到他头上时，他竟右手一扬，把那支烟蒂弹过来。我看到他眼里闪过了一抹凶光，充满愤恨。

怪啦！他不会是恨我的吧！陡地，我从他的眼光与唇角看出了一个熟悉的影子。那眼光，曾是对我充满友善与羡慕的，而从那张嘴唇，曾经发出过好多教我无限舒服的歌谣与话语。

白翎鸶，担畚箕，
担届沟仔墘，
跋一倒，捡一钱，
买大饼，送大姨，
大姨嫌无活，
呼鸡呼狗来咒诅，
咒诅有，拍媳妇，
咒诅无，拍婶婆。

——

“哈哈……旺仔，你还记得啊！”

“记得，阿公教我的，我怎么会忘记？我再念给阿公听。白翎鸶，担柳枝，阉鸡喔喔啼，令公娶令姨，令姨绣鞋十八双，锣仔鼓仔器酷锵！”

“哈哈……”那个老伯笑弯了腰。“旺仔真乖，真聪明。”

“阿公，我好喜欢白翎鸶。”

“嗯，阿公也是，所以啊，旺仔，你可不能欺侮白翎鸶。”

“不会啦！”

“旺仔，阿公告诉你，白翎鸶来了，会给我们带来好运哩！”

“好运？”旺仔瞪圆了眼，“为什么？阿公，为什么白翎鸶来了会带给我们好运？”

“这个，阿公也不知道，是老辈人讲的。这几年，每年都有好多只白翎鸶到我们这里来歇，我们都可以吃得饱饱的，这就是好运啰！”

“真好……”

小孩子这时眼里的那一片憧憬与爱，真让人忘不了。如今，他是长大了，然而眼光是那样的不同。为什么？难道是我们不来了，不再给他们带来好运了才会这样吗？

我在屋旁不远处的一棵槟榔树上停了下来。

我心里的那份期待又一次抬头了。这人既是老伯的孙子，那么他应该像老人那样耕耘这一块沙洲的吧！那时，我不就可以好好地吃一顿了吗？

少年人来到木屋前，正要伸手开门，可是忽然又犹疑地缩回。好像好烦好气的模样，在门前站了那么片刻，便绕到屋后去了。

屋后的坪子上有几堆柴，用破烂的塑胶布覆着，屋檐下有一只小型竹制鸡埘。因为少年来到，鸡埘里的几只鸡起了不安的骚动。

“谁？……是谁啊？”从屋里传出了声音。

分明是那个老头的嗓音，不过好像比记忆里的更沙哑更无力。

“是阿旺吗？……旺仔……”

少年人根本就不理，走到柴堆边瞧了瞧，但见右手一伸一缩，一道寒光射进我的眼里。

“嘎嘎！”

我禁不住惊叫一声。看，那是一把明晃晃的刀子哩！他听到我的叫声了，仰起脖子往这边瞄了一眼。我又看到那悻悻然的光芒。他闷声不响地把刀子插进柴堆里，这才捡起了一只石块猛地掷过来。

“啪！”

石头打中了树干。我也高叫一声飞起，但马上又降落到原来的地方。

“旺仔，是你！”老人出来了。喔，可怜的老伯，腰肢弯成一个く形，看来又矮又瘦弱。“刚才怎么不应呢？”

旺仔不答，似乎更不耐烦了。

“你在做什么？”老人再问。

“……”

“刚才，你好像……”老人吃力地抬头，兴奋地说，“那不是白翎鸶吗？”

“……”

“旺仔。”老人的口吻微微加上了一股力道，腰肢也好像挺直了些。“你掷了石头？”

“没有啊！”

“别想瞒我，旺仔。你不该这样……”

“说没有就没有啦！那该死的白翎鸶不是好好地在那儿吗？”

“你说该死的？真是罪过啊。唉……”老人的腰肢又弯回原来的样子。片刻之后，老人无可奈何地说：

“旺仔，你还没吃饭吧！进去吃，还有两碗多的白饭，菜汤也温着。”

“我不想吃。”少年说罢掉头而走。

“旺仔，你去哪儿？”

“我……”旺仔头也没回地答，“我出去一下。”

“又要走？不是刚回来吗？”

“嗯……”

“你等等啊，旺仔。”老人着急着追过去。

“做什么？”少年人总算停住回过了头。

“园呢？你不是答应阿公要翻土吗？”

“嗯……”

“阿公是不太拿得动锄头了，所以只好依靠你。”

“知道啦！”旺仔又迈开了步子。

“咦？”老人又显露了着急，“旺仔，你知道就要帮阿公啊！怎么又要走？”

“我会啦！真是的。”旺仔再射出了一口赭红色的唾液说，“阿公，你不要烦我好不？”

“烦你？可是菜得下种了哇。”

“真要命。”旺仔已走了。

老人无力地站住，拼命地喊：

“旺仔，快点回来锄啊！”

旺仔已出到屋前，头也没回一下就沿那条土路离去。老人摇摇头，转过了身子，然后蹒跚地走了几步，但又忽然想起了似的抬起了头，向我这边看过来。唉唉，老伯，连抬一下头都好像很吃力哩！

“你，你又来了，白翎鸶，唉唉，你，你，一定比旺仔更饿了吧！”老人有点喘不过气来的样子。

“嘎——嘎。”我是说：还好哩，老伯。

“旺仔会回来翻土的……会回来的……”老人的话已变成自语，“他是个乖孩子……旺仔是的，谁说不是呢……”

老人好像还喃喃地叨念着，进屋里去了。

我的期待落空了，我差一点就绝望。可是另一面却也觉得还有一缕希望。那是老人的话：旺仔会回来翻土的。他会吗？他是个乖孩子吗？……

姑且相信老人的话吧，所以还是等等看。不，光是等也不行，就先找找吧，也许有些蚱蜢、蜥蜴等小东西哩……

“咳咳……”

从小屋里传来老人咳嗽的声音，他不但衰弱，而且好像病得不轻。多么使人难过啊！更叫人难过的是刚才老人看到我，居然没有一丝过去所常见的那种欢欣的样子。难道他老得高兴不起来了吗？

其实，想想也知道，我们这些白翎鸶，根本就不能再给老人和他的孙子带来好运了。看，这么大的沙洲上，就只有我一只，孤零零地来回踱着方步。以前，随便哪个时刻来到，总有几十只甚至上百只吧！如果说我们真可以给人带来好运，那也一定需要很多很多的伙伴们才能办到的吧！就只有我一只，这就难怪老人高兴不起来了。

真怪，伙伴们都哪儿去了呢？

以前，敌人那么多，有南蛇、野猫、狐狸，外加一些不存好心眼的人类，它们偷蛋，还偷袭小雏鸟，但是我们总是繁衍得那么多。故乡那个竹林里，真有数也数不清的老巢新巢，年轻一代更是一批批地诞生。

想起那些从前的日子，真是好恐怖喔！一米多长拳头粗的一条条南蛇，从竹枝、树枝上一条条垂挂下来，还有野猫们的发着蓝光的冷飕飕眼光，以及那些神出鬼没、好狡猾的狐狸，真个是危机四伏。大伙一有发现，便嘎嘎地拼命叫喊，连番地猛扑过去，好不容易才能把敌人驱逐，但蛋与雏鸟总得损失好一些。

说来也奇怪，这些敌人几乎绝迹了。伙伴们原本应当可以安居乐业，子孙愈来愈多才是，事实却是恰恰相反。后面这一点，当然是可以理解，例如老家那道小河流，一夜之间，使那么多的伙伴们死于非命，就是个典型的例子。然而那些敌人可不会葬身河底的呀，怎么不见了呢？

——总算略有斩获，肚子里好像半饱了。不晓得还要等到几时，旺仔才会回来翻土。“我会啦！”他是这么向老人说过的。如果他说话算话，那么鸡母虫就会一只一只从他的锄头下出现。那时，我便可以好好吃一顿，也不必担心喂不饱两个小家伙了。

有点累……太阳要开始斜了呢！

看样子，沙洲上是不会有多少东西好吃了。就歇歇吧！我把一只脚缩到肚腹下，让自己那样静静地站着。我得养足精神，以便回程一口气飞过那几座山头，及时教小家伙们饱餐一顿才好。

啊，两个小家伙，可要平安等着我回来啊！否则……别想这些吧！天天出门都担心，天天回到家时，岂不是总都可以看到它们嘎嘎地叫个没完的馋相吗？那些老邻居们都是可靠的。它们叫起来嗓音沙嘎刺耳，向敌人扑过去时也最勇敢——那些苍鹭们，真是最好最令人感谢的邻居了。白天，它们看家，等我傍晚回去了，它们才出外觅食，于是夜里看家的责任便落到我和伙伴们身上。而当晨曦来临，轮到我们出门时，它们都会适时地回来。守望相助，我们与这些邻居苍鹭们可是百分之百做到了。

特别是我们出远门的时候，它们依然留守原地，在寒冬里苦熬。于是每当春暖来临的时候，我们与苍鹭们便可以拥有一场久别重逢，而且几乎是得庆生还的喜悦。

“喔，你们可终于平安回来了。一路还好吧！”

“还好，我们又会有一番新的天地新的景象了！”

我们互相嘎嘎长鸣。我知道它们熬过漫长的寒冬不易，其实我们越过重洋，也是历尽艰辛啊。我们累了，降落海面载浮载沉一阵。鱼类的袭击常常会造成严重的牺牲。有些力气不济的，也不能免于壮志未酬葬身鱼腹的噩运。更有那台风的摧残……

我们总是无暇多悲哀的，因为这正是“新的天地，新的气象”！它们忙着找旧巢，新生的一代得从头筑起它们栖身的新巢，大家忙成一团。有些生命力正旺的，等不及新巢筑成，蛋便一只只下来了，产在竹丛草地上。这样的蛋注定是浪费的，因为小小的地鼠也可以轻易地得到它。附近的人们也会来捡，他们一方面是借此一快朵颐，再则也是出自好意，否则有些傻瓜去孵，把不设防的姿态暴露在那么多的敌人面前。

然后是老僧入定般的孵蛋工作，以及吃力的育雏工作，够我们忙得筋疲力尽。小雏鸟渐渐长大了，还得教它们飞翔。等到小家伙羽毛丰了，可以自由自在地飞了，秋风也飒飒地吹过来，远征的时候又到了。

“咳咳咳……”

老人的咳嗽声使我从半睡半醒中惊觉过来。

喔，日影真有点斜了呢！赶快回头看看，我又惊住了。看哪，老人从小屋出来了，肩头上竟然荷着一把锄头！那锄头好像多么沉重似的压得他腰肢更弯了。

难道老人要自己来翻土播种吗？他已经不再指望旺仔回来帮他了吗？旺仔啊，如果那样做有效，我多么愿意像驱赶那些可怖的敌人般地扑向你，用利喙来啄你，把你赶到园里来。

“咳咳……”

老人又无力地咳嗽了几声。他那身影，多么瘦弱无助啊！

他站住了，放下锄头。头上的笠仔遮去了大半个脸。他开始举起锄头，打下去，一下又一下地。好哇！他必定是为了我才这么做的吧！好心的老人，仁慈的老人，我由衷感谢您。

我觉得一身的疲累，倏然间就消失了，一用力飞起来。当我飞临那块园的上空时，我的锐利眼光捕捉住一只纵跃起来的蚱蜢。我一鼓气猛冲过去，在它落地以前就一口咬住了它。是只好大的蚱蜢哩！在我嘴里挣扎了一下便被我吞下去了。

“是你啊，白翎鸶。你还没走吗？”

“嘎——嘎嘎嘎。”（是啊，我还在这里。）

“咳咳咳……该死的咳嗽，真要命。白翎鸶，真高兴有你来给我做伴。”

“嘎嘎……”（我也好高兴哩！）

“好吧！尽情地吃吧！”

老人捡起了什么，往我这边抛过来。是只鸡母虫，我上前一口吃下。

老伯，您不必的，只管掘您的泥土好了，我自己会捡。看样子，两个小家伙的晚餐有着落了。

我跟在老人后面守着。老人边干活边唠叨个没完。

……白翎鸶，真不懂你们为什么都不见了，害我老来还得苦苦做工。这锄头，真是好重了呢，我都快举不起来了。白翎鸶，你们……嗨嗨，老货仔，你怎么不懂是农药啦，工厂啦，弄得它们都找不到食物了呢？可怜的白翎鸶，我们都好可怜啊！……

……咳咳咳。白翎鸶，你好孤单啊！这不是跟我完全一样吗？以前，想起以前那些日子，一早起来就可以看到你们嘎嘎嘎嘎地叫个不停，有几百只吧，好热闹哩！河里有无数的鱼虾，沙洲上食物也好多好多。我跟孙子唱着那些担畚箕啦，担柳枝啦，那有多快活哟。对对，我为什么不来唱唱呢？白翎鸶，你喜欢听吗？

“嘎嘎！”（喜欢！）

……唉唉，这有什么用？你又听不懂，你只会嘎嘎叫。

“嘎嘎，嘎——”（我懂哩，老伯，我懂啊！）

……嗯，想起以前，可真叫人怀念啊！你一定不知道，你们来得多，真会教我忙坏的。因为你们拉的粪太多，树林下地面一片白。那是上好肥料，可是太肥了。树木受不了。害我每天都得起个大早，到林子里去扫那些又臭又脏的你们的粪。因为那些鸟粪会带来好运——当然不是粪带来的，是你们带来的。

……鸟粪连同枯叶，一堆堆的，每天早上总有好些堆，我便用畚箕挑到园里。我种的青菜出了名的，最肥美最嫩，当然是最好吃的，我常常都可以卖到好价钱。

“嘎嘎嘎，嘎嘎——”（我也记得哩，老伯，那真是一段美好的日子。）

……咳咳咳……唉唉，真要命。嗯，白翎鸶，你叫什么？我可一点也不懂你的意思哩！对啦，那些日子的确教人怀念。可是我也有过对不起你们的事，那可是古老的事哩！

……记得是我搬来这里不久的事。那时，沙洲还没这么大，也许一半不到吧！河上有好多好多的帆船，还有要开到大陆去的，载出糖啦，茶啦，樟脑啦，还有一些水果等等，并把大陆上的货载来，有福州杉啦，一些盖房子的石材啦，还有……想不起来了，反正有好多就是。

……一天，我听到消息，有人告诉我，长在你们背脊上的蓑羽毛，有人收购，而且价钱好贵。我可忘记了一两多少钱，反正比金子还贵就是啦！比金子还贵，你懂了没？

“嘎——”（懂！）

……我本来不相信有这么好的事的，可是那个陌生人先给了我订金，是三元。三元哩，三元可以买到三袋米哩。真是不得了哇！我挑一大担青菜出去卖，也卖不到一元哪！于是我就打定主意，要弄些来卖啦！

“嘎——嘎——”（哎哟，多可怕！）

……你嘎什么？我才不会伤害你们啦！我只要从你们背上偷拔几根那种羽毛罢了。那种羽毛，反正时期一到便会脱落的，可不是吗？于是我便在晚上偷偷地溜到林子里，抓了一只白翎鸶，拔下蓑羽毛，再放走，唉唉，那才叫好买卖哩！只可惜折腾整整一个晚上，也搜集不了多少，并且不到几个晚上便再也找不着啦，蓑羽毛被我拔光啦。哈哈哈……尽管这样，那几年间每一季我总可以多赚一二十元，这已经可以使我的日子过得好舒服好舒服了呢！

……那东西要做什么用，后来我也打听到了。原来是要做天皇陛下帽上的羽饰的。那可是日本仔的皇帝哩，穿着一身笔挺的军装，跨在一匹雪白的马上，竖在那帽上像把鸡毛掸子的羽饰，就是用你们的蓑羽毛做的。另外的一些将军们头上也有这么一把鸡毛掸子，神气死啦！可惜没几年，这种羽饰就取消啦，收购的人也就没有再来啦！

“嘎嘎——嘎。”（好有趣哩，老伯。）

……咳咳咳……咳咳咳……唉唉，真是罪过，才做了这么一点活，就咳得半死了。怎么办呢？老货仔，还能怎么办？忍耐些吧，慢慢来吧！谁教你这么叨念个没完？活该啊……

老人不再喃喃自语了，不过好像也更乏力了。

就在这时，我听到了一种异样的响声由远而近。那是什么呢？想起来啦。是近来常常在田里出现的怪物，发出的隆隆声跟那些甲虫们有点相像。它可以犁田哩！有了它，就不必牛了，所以如今牛才这么少。

响声更近啦！会是往这边驶过来的吗？我双脚一蹬就飞起来了。

哇！一点也不错，正是那种怪物。这种沙洲是跟南岸连在一起的，它当然可以开过来。看哪！那不是旺仔吗？他在怪物后面推着哩！

我在怪物上面画了一个弧。不错，正是旺仔，嘴角还是叼着一支烟哩，好神气的模样。好家伙，居然弄来了这么一个怪物，想必是为了犁那几块园了。

很快地，旺仔推着它来到小屋后了。老人早已停下手，瞪着眼儿看孙子来到。

“旺仔，是你，你这是……”

“阿公，你已经掘了这么多啦，唉唉，都告诉你我会弄的。”

“咳咳咳……”

“真是，叫你不要做了的，你就是不听。”

旺仔为老人轻敲了几下背。

“你看，阿公，有这东西，一下子就可以做完啦！”

老人还在咳嗽个不停，旺仔把他扶进屋里去了。没多久，旺仔又出来，看了看日影——喔，日头真的斜了——狠狠地把烟蒂摔在地下，踩了一脚。

是叫铁牛吧，那只怪物发出更大的声音，在旺仔的手里飞奔起来了。几个来回，一块菜园泥土统统犁翻过来了。然后又换到另一块去。

这一块长了好多的草，铁牛过处，小虫们纷纷飞起。我可乐了。看，老人出来了，在门口站着，腰肢好像没有先前那么弯了。我还看到老人那张干瘪的嘴翕动了几下，好像在说：

“好家伙，白翎鸶，给你盼到了。”

“嘎嘎嘎——”（可不是吗？）我拉直嗓子高叫了几声。

——原载一九七八年九月十七日至十九日《民众日报·副刊》

【导读】

钟肇政，一九二五年生于桃园龙潭。日本占领时代，毕业于淡江中学、彰化青年师范学校，历任小学教师、大学讲师。战后自学中文，一九五一年即能以中文发表作品，为战后台湾新生的第一代作家。主编过《台湾文艺》《民众日报·副刊》，奖掖后进不遗余力。主要致力于小说创作，是战后台湾小说界最杰出的长篇小说开拓者，著有长、短篇小说集近三十部，“浊流三部曲”——《浊流》《江山万里》《流云》及“台湾人三部曲”——《沉沦》《沧溟行》《插天山之歌》，是他的代表作。

《白翎鸶之歌》是二十世纪七十年代后期的作品，是时正值台湾社会的环境保护意识刚刚萌芽，作者以拟人法，以具有环保指标性的“白翎鸶”的观点，凸显台湾的土地变貌及环境问题。虽然作者有意地把它写成像是给成人看的童话，使这篇小说具有进入读者内心的柔软度，但其所要呈现的环保课题，则是异常严肃的。

白翎鸶是每年定期来到这里栖息、觅食的候鸟，从民间长期以来流传的童谣就可以知道，它和这里的人和生活非常亲近，是洁白、善良的象征。它同时也是台湾土地熟悉、亲密的友人，每年总是按时、定期，不请自来地造访，也不用主人接待地“宾至如归”，自己吃起来，住下来，代表主客彼此没有间隙的信任，也间接证明了这块土地是适合人鸟安居的乐土。

但二十世纪七十年代的台湾，由于迷信工业化即现代化，现代化又被盲目等同进步。快步前进的工业化，使得人类赖以生存的基地——大地、自然环境，遭到持续不断的污染而恶化，已经威胁到人的生存，但人类却浑然不觉。定期造访的白翎鸶旁观者清，发现原本清洁、干净的农村田园，因工业化、机械化带来的工业废料、废气及农药污染，早已不是净土、乐土。晶莹可口的溪水不见了，换上来的是发着泡沫、带着一种灰黑色的滚滚浊水，还散发着怪异的臭味；溪里的鱼虾泥鳅不见了，田里的许多小生物不见了。

对白翎鸶来说，曾经是自己的诞生之地的清溪、山丘，现在成了步步危机的死亡陷阱，一不小心，吃了这里的虫，喝了这里的水，就可能成为溪里的浮尸。乐地净土变成穷山恶水，变得令人忧伤、恐惧。对于居住在这块土地上的人类而言，岂不是最大的讽刺？是谁使得这块土地变得如是恐怖可畏？甚至浑然不觉，看不到环境的恶化，继续凌虐、蹂躏它？作者通过友善的白翎鸶的遭遇，向这个社会发出警讯。《白翎鸶之歌》曾经是可爱的儿童之歌，它会不会成为人类的哀歌或者是悲歌呢？这里有作者的隐忧。

——彭瑞金撰文

铁浆

朱西甯

人的执着与愚昧，以及命运的不可预测。

人脸上都映着雪光，这场少见的大雪足足飞落了两夜零一天。打前一天过午起，三点二十分的那班慢车就因雪阻没有开过来。

住雪了，天还没有放晴，小镇的街道被封死。店门打开，门外的雪墙有一人高，总算雪墙之上还能看到白冷冷的天，没有把人闷死在里头。人跟邻居打招呼，听见声音，看不见人，可是都很高兴，觉得老天爷跟人开了一个大玩笑，温温和和的大玩笑，挺新鲜有意思。

所以孟宪贵那个鸦片烟鬼子死在东岳庙里，直到这天过了晌午才被发现，不知他是什么时候断的气。

这个死讯很快传开来，小镇的街道中间，从深雪里开出一条窄路，人们就像走在地道里，两边的雪墙高过头顶，多少年都没有过这样的大雪。人人见面之下，似乎老想拱拱手，道一声喜。雪壕里传报着孟宪贵的死讯，热痰吐在雪壁上，就打穿一个淡绿淡绿的小洞。深深地叹口气吧，对于死者总该表示一点厚道，心里却都觉着这跟这场大雪差不多一样的新鲜。

火车停开了，灰烟和铁轮的响声，不再扰乱这个小镇，忽然这又回到二十年前的那样安静。

几条狗围坐在尸体四周，耐心地不知道等上多久了。人们赶来以后，这几条狗远远地坐开，还不甘心就走掉。尸首蜷曲在一堆凌乱的麦穰底下，好像死时有些害羞；要躲藏也不会躲藏好，露出一条光腿留在外边。麦穰清除完了，站上的铁路工人平时很少来到东岳庙，也赶来帮忙给死者安排后事。

僵硬的躯体扳不直，就那样蜷曲着，被翻过来，懒惰地由着人扯他，抬他，带着故意装睡的神情，取笑谁似的。人睡熟的时候也会那样半张着口，半阖着眼睛。

孟家已经断了后代，也没有亲族来认尸。地方上给凑合起一口薄薄的棺木。雪壕太窄了，棺材抬不到东岳庙这边来。尸首老停放在庙里，怕给狗啃了，要让外镇的人说话。一定得在天黑以前成殓才行。

尸体也抬不进狭窄的雪壕，人就只有用死者遗下的那张磨光了毛的狗皮给系上两根绳索，尸体放在上面，一路拖往镇北铁路旁的华聋子木匠铺西边的大塘边儿上。那儿靠近火车站，过铁道不远就是乱葬岗。

尸体在雪地上沙沙地被拖着走，蜷曲成一团儿，好像还很懂得冷。一只僵直的手臂伸到狗皮外边，划在踏硬的雪路上，被起伏的雪块挡住，又弹回来，挡住又弹回来，不断地那样划动，属于什么手艺上的一种单调的动作。孟宪贵一辈子可没有动手做过什么手艺，人只能想到这人在世的最后这几年，总是这样歪在庙堂檐下烧泡子的情景，直到这场大雪之前还是那样，脑袋枕着一块黑砖，也不怕杠得慌。

镇上的地保跟在后头，拎一只小包袱，包袱露出半截儿烟枪。孟宪贵身后只遗下这个。地保一路撒着纸钱。

圆圆的一张又一张空心儿黄表纸，飘在深深的雪壕里。

薄薄的棺材没有上漆。大约上一层漆的价钱，又可以打一口同样的棺材。柳木材的原色是肉白的，放在雪地上，却衬成尸肉的色气。

行车号志的扬旗杆，有半面都包镶着雪箍，几个路工在那边清除变轨闸口的积雪。棺材停在大塘岸边的一片空地上。僵曲的尸体很难装进那样狭窄的木匣里，似乎死者不很乐意这样草率地成殓，拗着在做最后的请求。有人提议给他多烧点锡箔，那只最挡事的胳膊或许就能收拢进去。

“你把他那根烟枪先放进去吧，不放进去，他不死心哪！”

有人这样提醒地保，老太太也都忍不住要生气，把手里一叠火纸摔到死者脸上。“对得起你啦，烟鬼子！临了还现什么世！”

人只有把那只竖直的胳膊摧弯过来——或许折断了，这才勉强盖上棺盖。拎着斧头等候许久的华聋子赶着钉棺钉。六寸的大铁钉，三斧两斧就钉进去，可是就不显得他的木匠手艺好，倒有点慌慌张张的神色，深恐死者当真又挣了出来。

棺材就停放在这儿，等化雪才能入土。除非他孟宪贵死后犯上天狗星，那么薄的棺材板，真经不住狗子撞上几个脑袋，准就撞散了板儿。结果还是让地保调一罐石灰水，浇浇棺。

傍晚了，人们零星散去，雪地上留下一口孤零零的新棺，四周是零乱的脚印。焚化锡箔的轻灰，在融化的雪窝子里打着旋，那些纸钱随着寒风飘散到结了厚冰的大塘里，一张追逐着一张，一张追逐着一张。

有只黑狗遥遥地坐在道外的雪堆子上，尖尖的鼻子不时朝着空里划动。孩子用雪团去扔，赶不走它。

铁道那一边也有市面，叫作道外，二十年前没有什么道里道外的。

人替死者算算，看是多少年的功夫，那样一份家业败落到这般地步。算算没有多少年，三十岁的人就还记得争包盐槽的那些光景。那个年月里，铁路刚铺筑到这儿，小镇上没有现在这些生意和行商，只有官厅放包的一座盐槽，给小镇招来一些外乡人，远到山西爪仔，口外来的回回。

筑铁路那年，小镇上人心慌慌乱乱的。人都绝望地准备迎受一场不能想象的大灾难。对这些半农半商的镇民，似乎除了那些旱灾、涝灾、蝗灾和瘟疫，属于村民的原始怨惧以外，他们的日子一向都是平和安详的。

一个巨大的怪物要闯来了，哪吒风火轮只在唱本里唱唱，闲书里说说，火车就要往这里开来，没有谁见过。谣传里，多高多大多长呀，一条大黑龙，冒烟又冒火，吼着滚着，拉直线不转弯儿，专摄小孩子的小魂魄，房屋要震塌，坟里的祖宗也得翻个身。传说是朝廷让洋人打败仗，就得听任洋人用这个来收拾老百姓。

量路线的时节就闹过人命案，县大老爷下乡来调处也不起作用；朝廷纵人挖老百姓的祖茔吗？死也要护的呀！道台大人詹老爷带了绿营的兵勇，一路挑着圣旨下来，朝廷也得讲理呀。铁路铺成功，到北京城只要一天的工夫。那是鬼话，快马也得五天，起旱儿步辇儿半个月还到不了。谁又去北京城去干吗啦？千代万世没去过北京城，田里的庄稼一样结籽粒，生意买卖一样将本求利呀！谁又要一天之内赶到北京去干吗啦？赶命吗？三百六十个太阳才够一年，月份都懒得去记。要记生日，只说收麦那个时节，大豆开花那个时节。古人把一个昼夜分做十二个时辰，已够嫌啰唆。再分成八万六千四百秒，就该更加没味道。

铁路量过两年整，一直没见火车的影儿。人都以为吹了，估猜朝廷又把洋人抗住了。不管人怎样的仇视惶惧、胡乱地猜疑，铁路只管一天天向这里伸过来，从南向北铺，打北向南铺。人像传报什么凶信，谣传着铁路铺到什么集、什么寨。发大水的年头，就是这样传报着水头到了哪里、到了哪里，大众的心情也就是这样。在那么多惶乱拿不出主意的人众当中，大约只有老太太沉住气些；上庙去求神，香烟缭绕里，笑眯眯的菩萨没有拍胸脯给人担保什么，也总让老太太比谁都多点儿指望。

道台大人詹老爷再度下来，镇上有头有脸的都去拦道长跪了。道台大人也是跟菩萨一样眯眯笑，怎样笑也不当用。詹大老爷不着朝服，面孔晒得黧黑黧黑的，袖子卷起两三道，手腕上绑一只小时钟。在镇上住了一宿，可并不是宿在镇董的府上，县大老爷也跟着一起委屈了。第二天，一干大人赶一个绝早，循着路基南巡去了，除去那家客栈老板捧着詹大人亲题的店招到处去亮相，百姓仍然没有一个不咒骂，什么指望也没了，愣等着火车这个洋妖精带来劫难吧。

“在劫在数呀！”

人都咒骂着，也就这样地认命了。

铺铁路的同时，镇上另一桩大事在鼓动，官盐又到转包的年头。镇上只有二百多户人家，连同近乡近村的居户，投包的总有三十多家。开标的时候，孟宪贵的老子孟昭有，一万一千一百两银子上了标。可是上标的不是他一个，沈长发跟他一两银子也不差。

官家的底标待定就是那么些，重标时，官厅就派老爷下来当面拈阄。

孟沈两家上一代就有宿仇；上一代就曾为了争包盐槽弄得一败两伤。为那个，孟昭有一辈子瞧不起他老子。如今一对冤家偏巧又碰上头，县衙门洪老爷两番下来排解，扭不开这两家一定非血拼不可。

孟家两代都是耍人儿的，又不完全是不务正业，多半因为有那么一些恒产。

孟昭有比他老子更有那一身流气，那一身义气。平时要强斗胜要惯了，遇上这样争到嘴边就要发定五年大财运的肥肉，借势要洗掉上一代的冤气，谁用什么能逼他让开?

“我姓孟的熬了两代，我孟昭有熬到了，别妄想我再跟我们老头一样的窝囊！”

守着县衙门差派下来的洪老爷，孟昭有拔出裹腿里的一柄小镶子，鲛皮鞘上缀着大红穗。

“姓沈的，有种咱们硬碰硬吧！”

沈长发是个说他什么样人就是什么样人的那种人；硬的让着，软的压着。唯独这一遭是例外，五年的大财运，可以把张王李赵全都捏成一个模样儿。

“谁含糊谁是孙子！”沈长发卷着皮袄袖子，露出手脖儿上一大块长长的朱砂痣。

洪老爷坐在太师椅上抽他的水烟，想起斗鹌鹑。手抄到背后，扯一下压在身底下太紧的辫子梢儿。

沈长发心里拨着自家的算珠盘儿：铁路占去他五亩六分地，正要包下盐槽补补这个亏损。不过戳两刀的滋味比亏损五亩六分地大约要痛些。

“去！”冲着他跟前的三小子喝一声，“回家去拿你爷爷那把刀子来——姓沈的没鬣过给谁。三十年前沈家爷爷就凭那把宝刀得天下，财星这又落到沈家瓦屋顶，一点不含糊！”

这话真使孟昭有掉进醋缸里，浑身螫着痛。只见他嗤的一声，把套裤筒割开一大半边，一脚踏上长条凳。这是在镇董府上的大客厅里。

“洪老爷明镜高悬，各位兄台也请做个凭证！”

孟昭有握着短刀给四周拱拱手，连连三刀刺进小腿肚。小镶子戳进肉里透亮过，拧一个转儿拔出来，做得又架有势，又干净，似乎不是他的腿、他的肉。腿子举起来，担在太师椅的后背上头，数给大家看，三刀六个眼儿，血作六行往下滴答，地上六遍血窝子。

“小意思！”

孟昭有一只腿挺立在地上，静等着黑黑紫紫黏黏的血滴往下滴答，落在大客厅的罗底砖上。那张生就得赤红脸脖子，一点也没变色。在场的人听得见嗒嗒的滴答，远处有铁榔头敲击枕木上的道钉，空里震荡着金石声。铁路已经筑过小镇，快在邻县那边接上轨。

孟昭有他女人送了一包头发灰来给他止血，被他扔掉了。罗底砖地上六遍血窝子就快化成了一遍。

沈家的三小子这才取来那柄刀。原是一柄宰羊刀，沈长发的上一代靠它从孟家手里赢来包盐槽的标，事后才配上乌木梅花镶银的刀柄和鞘子。刀子拔出来，显得多不衬，粗工细工配不到一起，尽管刀身磨得明晃晃，不生一点点锈斑。

沈长发一双眼睛被地上的血迹染红了，外表看不太出，胆子已经有点寒。不临到自己动刀，总不知道上人创那番家业有多英豪。一咬牙，头一刀刺下去用过了劲儿，小腿肚的另一边露出半个刀身，许久不见血，刀身给焊住了。上来两个人帮忙才拔出来。

客厅里两摊血，这场没谁赢，没谁输，洪老爷打道回衙门，这份排解的差事只有交给镇董就近替他照顾。

什么样的纠纷都好调处，唯有这事谁也插不上嘴，由着两家拼，眼睁睁看着这两个对手各拿自己的皮肉耍。

过不两天，一副托盘捧到镇董府上去。托盘里铺着一大块大红洋标布，三只连根剁掉的手指头横放在上面。

孟昭有手上裹着布，露出大拇指和食指。家邦亲邻劝着不听，外面世路上的朋友跑来劝说，也不生作用。

“难道沈长发那么个冤种，我姓孟的还输给他？”

好像谁若不鼓动他拼下去，谁就犯嫌疑，替沈家做了说客。

“我们那位老爷子业已让我驮上三十年的石碑了；瞧着吧，盐槽我是拿稳了。”

托盘原样捧回来，上面多出三只血淋淋的手指头。一看就认出是沈长发的，只只都是木雕似的厚厚的灰指甲。

没有料想到沈长发也有他这一手，一气之下踢翻玻璃丝镶嵌的屏风，飞雷似的吼叫起来：

“谁敢再拦着我？谁再拦着我，谁是我儿！”

他儿子可只有一个。那个二十岁的孟宪贵，快就要带媳妇，该算是成人了；白白瘦瘦的细高挑儿，身上总像少长两根骨头，站在哪儿非找个靠首不可。走道儿三掉弯，小旦出台走的是个什么身段，他就是那个样子，创业守业都不是那块料。他老子拼成这样血惨惨的，早就把他吓得躲到十里外的姥姥家。

铁路已经铺到姥姥家那边，孟宪贵整天赶着看热闹似的跟前跟后，总也看不厌。多冷的天气多寒的风，也碍不着他。铁路接通的日子，第一列火车挂着龙旗和彩带。一节节的车厢，人从没见过这样装着铁毂辘的漂亮小房屋，一幢连一幢，飞快地奔来，又飞快地奔去。天上正落着雪，火车雪里来，雪里去，留下一股低低的灰烟，留下神奇和威风，人那些恐惧和恼恨似乎有些儿消散了，留给孟宪贵一种说不出的空落，问着自己这一生有否坐火车的命。

正是孟宪贵发下誓愿，这辈子非要坐一趟火车不可的当口，家里来了人，冒着风雪跑来报丧，他爹到底把一条性命拼上了。

赶回奔丧，一路上坐在东倒西歪的骡车里，哭一阵，想一阵。过过年，官盐槽就是他继承，坐火车的心愿真的就该如愿了。可一见他爹死得那样惨，魂儿都吓掉了。

飘雪的天，镇董门前众上不少人。

镇董是个有过功名的人家，门前竖着大旗杆，旗杆斗歪斜着，长年不曾上过漆，斗沿儿上净是雀子粪，仿佛原本就漆过一道白镶边。

没有人像过孟昭有这样子死法。

游乡串镇的生铁匠来到小镇上，支起鼓风炉做手艺。没有什么行业能像这生铁匠最叫人又稀罕，又兴头。许久没有看到猴儿戏和野台子戏的了，有这些玩意儿就抵得上多少热闹。

鼓风炉四周摆满沙模子，有犁头、鏉子、火镜子枪筒和铁锅。大伙儿提着粮食、漏锅、破犁头，来换现铸的新家什。

鼓风炉喷着蓝火焰、红火焰。两个大汉踏着大风箱，不停地踏，把红的蓝的火焰鼓动得直发抖，抖着往上冲。炉口朝天，吞下整篓的焦煤，又吞下生铁块。大伙儿嚷嚷着，这个要几寸的锅，那个要几号的洋台炮心子，争着要头一炉出的货。

鼓风炉的底口扭开来，鲜红鲜红的生铁浆流进耐火的端臼子里。

炼生铁的老师傅手握长铁杖，拨去铁浆表层上浮渣，打一个手势就退开了。踏风箱的两个汉子腿上绑着水牛皮，笨笨地赶过来，抬起沉沉的端臼子，跟着老师傅铁杖指点，浓稠稠的红铁浆，挨个挨个灌进那些沙模子。

这是头一炉，一圈灌下来，两个大汉挂着满脸的大汗珠。铁浆把七八尺内都给烤热了。

“西瓜汤，真像西瓜汤。”

看热闹的人忘记了冷，脸让铁浆高热烤红了，想起红瓤西瓜挤出的甜汁子。

“好个西瓜汤，才真大补。”

“可不大补！谁喝吧？喝下去这辈子不用吃馍啦。”

就这么当作笑话嚼，闹着逗乐儿。只怪那两个冤家不该在这儿碰头。

孟昭有寻思出不少难倒人的鬼主意，总觉着不是绝招儿，这可给他抓住了。

“姓沈的，听见没？大补的西瓜汤。”

这两个都失去三个指头、都挨上三刀的对头，隔着一座鼓风炉瞪眼睛。

“有种吗，姓孟的？有种的话，我沈长发奉陪。”

争闹间，又有人跑来报信，火车真的要来了。不知这是多少趟，老是传说着要来、要来。跑来的人呼呼喘，说这一回真的要来了，火车早就开到猫儿窝。

不知受过多少回的骗，还是有人沉不住气，一波一波赶往镇北去。

“镇董爷，你老可是咱们凭证。”

孟昭有长辫子缠到脖颈上。“我那个不争气的老爷子，挨我咒上一辈子了，我还再落到我儿子嘴巴里嚼咕一辈子？”

镇董正跟老师傅数算这行手艺能有多大出息，问他出一炉生铁要多少焦煤，两个伙计多少工钱，一天多少开销。

“我姓孟的不能上辈子不如人，这辈子又挨人踩在脚底下。”

“我劝你们两家还是和解吧。”镇董正经地规劝着，没全听到孟昭有跟他叫嚷些什么。“昭有，听我的，两家对半交包银，对半分子利。你要是拼上性命，可带不去一颗盐粒子进到棺材里。你多想想我家老三给你说的那些新学理。”

镇董有个三儿子在北京城的京师大学堂，镇上的人都喊他洋状元，就劝过孟昭有：

“要是你闹意气，就没说的了。要是你还迷着五年大财运，只怕很难。”

洋状元除掉剪去了辫子，带半口京腔，一点也不洋气。“说了你不会信，铁路一通，你甭想还把盐槽办下去，有你倾家荡产的一天，说了你不信……”

这话不光是孟昭有听不入耳，谁听了也不相信。包下官盐槽不走财运，真该没天理，千古以来没有这例子。

远远传来轰轰隆隆怪响，人从没听过这声音，除了那位回家来过年的洋状元。

立刻场上瞧热闹的人又跑去了一批。

鼓风炉的火力旺到了顶点，蓝色的火焰，红色和黄色的火焰，抖动着，抖出刺鼻的硫黄臭。老师傅的铁杖探进炉里去搅动，雪花和喷出的火星厮混成一团儿。

鼓风楼的底口扭开来，第二炉铁浆缓缓地流出，端臼子里鲜红浓稠的岩液一点点地涨上来。

飘雪的天气，孟昭有忽把上身脱光了，尽管少掉三个指头，扎裹的布带上血迹似也还新鲜，脱掉衣服倒是挺溜活。袍子往地上一扔。雪落了许久，地上还不会留住一片雪花。孟大娘正在家里忙年，带着一手的面粉赶了来，可惜来不及了，在场看热闹的人也没有谁防着他这一手。

“各位，我孟昭有包定了，是我儿子的了！”

这人光赤着膊，长辫子盘在脖颈上扣一个结子，一个纵身跳上去，托起流进半下子的端臼子。

“我孟昭有包定了！”

冲着对头沈长发吼出一声，双手托起了铁浆臼子，擎得高高的，高高的。人可没有谁敢抢上去拦住，那样高热的铁浆有谁敢不顾死活去沾惹？铸铁的老师傅也惊愕地不敢近前一步。

大家眼睁睁，眼睁睁地看着他孟昭有把鲜红的铁浆像是灌进沙模子一样地灌进张大的嘴巴里。

那只算是极短极短的一眼，又哪里是灌进嘴巴里，铁浆劈头盖脸浇下来，“喳——”一阵子黄烟裹着乳白的蒸气冲上天际去，发出生菜投进滚油锅里的炸裂，那股子肉类焦燎的恶臭随即飘散开来。大伙儿似乎都被这高热的铁浆浇到了，惊吓地狂叫着。人似乎听见孟昭有一声尖叫，几乎像耳鸣一样地贴在耳膜上，许久许久不散。

可那是火车汽笛在长鸣，响亮的、长长的一声。

孟昭有在一阵冲天的烟气里倒下去，仰面挺倒在地上。

铁浆迅即变成一条条脉络似的黑树根，覆盖着他那赤黑的身子。凝固的生铁如同一只黑色大爪，紧紧抓住这一堆烧焦的烂肉。

一只弯曲的腿，还在微弱地颤抖。

整个脑袋全都焦黑透了，认不出上面哪儿是鼻子，哪儿是嘴巴——刚刚还在叫嚷“我孟昭有包定了！”的那张嘴巴。

头发的黑灰随着一小股旋风，习习盘旋着，然后就飘散了。黄烟兀自袅袅地从尸身里面升上来，棉裤兀自没火焖地煴着。

一阵震慑人心的铁轮声从镇北传过来，急骤地槌打着什么铁器似的。又仿佛无数的铁骑奔驰在结冰的冻地上。乌黑乌黑的灰烟遮去半边天，天色立刻阴下来。

在场不多几个人，脸上都没了人色，惶惶地彼此怔视着，不知是为孟昭有的惨死，还是为那个隐含着妖气和灾殃的火车真的来到，惊吓成这份神色。

风雪一阵紧似一阵，天黑的时辰，地上白了。大雪要把小镇埋进去，埋得这样子沉沉的。

只有妇人哀哀的啼哭、哀哀的数落，划破这片寂静。

不得人心的火车，就此不分昼夜地骚扰这个小镇。火车自管来了，自管去了，吼呀，叫呀，敲打呀，强逼着人认命地习惯它。

火车带给人不需要也不重要的新东西；传信局在镇上盖了绿房屋，外乡人到来推销洋油、报纸和洋碱，火车强要人知道一天几点钟，一个钟头多少分。

通车有半年，镇上只有两个人胆敢走进那条大黑龙的肚腹里，洋状元和官盐槽的少当家的孟宪贵。

盐槽抓在孟家手里，半年下来净落进三千两银子，这算是顶顶忠厚的办官盐。头一年年底一结账，净赚七千六百两。孟宪贵置地又盖楼，讨进媳妇又纳丫鬟，大烟跟着也抽上了瘾。

火车没给小镇带来什么灾难，除掉孟昭有凶死得那样惨。大伙儿都说，孟昭有是神差鬼使地派他破了凶煞气。可洋状元的金玉良言没落空；到第二年，盐商的盐包装上火车了，经过小镇不停站。这一年净赔一顷多田。镇上使用起煤油灯、洋胰子。人得算定了几点几分赶火车。要说人对火车还有多大的不快意，那该是只兴人等它，不兴它等人。

五年过去了，十年二十年也过去了，铁道旁深深的雪地里停放着一口浇上石灰水的白棺。

这夜月亮从云层里透出来，照着刺眼的雪地，照着雪封的铁道，也照在这口孤零零的棺材上，周围的狗守候着。

有一只白狗很不安，走来，走去，只可看见雪地上它的影子移动着。

云层往南移，倒像月亮在朝北面匆匆地赶路。

狗里不知哪一只肯去撞上第一头。

那只白狗望着扬旗号志上的半月，龇出雪白的牙齿，低微地吼哮。然后不知有多恼恨地刨划着蹄爪，扬起一阵又一阵的雪烟，雪地上刨出一个深坑，趴了下去，影子遂也消失了，可仍在低沉地吼哮。

那一盏半月又被浮云遮去。夜有多深呢？人都在沉睡了，深深地沉睡了。

—— 一九六一年五月侨爱

【导读】

朱西甯，一九二六年生于江苏宿迁，一九九八年病逝于台北，原名朱青海，后更名为朱西宁，之后又改为甯字。杭州艺专肄业，早年与司马中原、段彩华以“军中三剑客”齐名，一九七二年以上校职退伍，曾任《新文艺》主编、黎明出版社总编辑。代表作有短篇小说《铁浆》《狼》《破晓时分》《冶金者》《现在几点钟》《春城无处不飞花》，长篇小说《猫》《旱魃》《八二三注》《华太平家传》，杂文《微言篇》《曲理篇》《日月长新花长生》共三十余部著作。

朱西甯一九六一年完成的《铁浆》，收入同名短篇小说集《铁浆》，与《狼》《破晓时分》同属其怀乡文学时期的代表。他以记忆中的中国北方乡土人物、掌故、风俗为背景，甚至大量运用地方俗语，重现原乡的情境，在叙述中具有浓厚中国小说传统的说书人风格，并透过其对于宗教的启悟，描写人在面对命定环境时，在人性善恶中挣扎、沉沦与寻求救赎的过程，富有深刻的哲学思考。

《铁浆》一文中，孟昭有、沈长发两家争夺具有庞大利益的官盐槽的承包权，最后演变成荣誉与尊严的战争，而引发两人以三刀六眼、剁去三指等相互自残肉身较劲。最后孟昭有不愿接受镇董儿子洋状元的劝告，不相信铁路将为世界带来新的景观，反而以血气之勇的极致，出人意料地吞下炽热铁浆，以生命换取胜利，终获得承包权。而最讽刺的是，孟昭有死去之时，他的儿子孟宪贵正跟着人潮赶看火车的热闹，丝毫没有意识到他的命运自此有了重大的转折。朱西甯在此不仅点出了人的执着与愚昧，以及命运的不可预测，也塑造出一九一二年中国北方的典型悲剧人物。

而孟昭有的胜利，果然未能给他的儿子带来真正的利益。时代更迭的汽笛已响彻云霄，火车随着铺设的铁轨，开进了这个只有两百多户的小镇，改变了传统的运输方式，带来了新的时间观以及大量的西方文明。孟家的好光景根本维持不到两年，如同洋状元预言那般，最后落得倾家荡产的下场。文末孟宪贵的白棺孤独地厝放于铁道旁的雪地，火车呼啸而过，可谓新时代以工具理性为代表的现代文明，冲击中国传统文明与秩序，最经典且悲壮的象征场景。《铁浆》一文，朱西甯不只写出了个人生命中原乡失落的深厚情感，更捕捉了历史变革的过程中人的无奈与无力，而深刻地写出了时代倥偬之感。

——陈国伟撰文

斋堂传奇

叶石涛

救赎的不可能，却是生命的实景。

一

一九四四年夏日的每一个午后，李淳总是挟着一本厚厚的雅谷·华沙曼的小说，浴着灼热的阳光，走到有铜像的圆环去。在那儿，他看得见一条平坦广阔的大道一直通到这城市西边的运河去。在这下午一时到二时的晌午，大道行人稀少，显得宁静而荒凉。这也难怪，因为这正好是人们午睡的时间，而且由于午后常有美国 B29 轰炸机来轰炸，大多数的人一大早便携老扶幼地躲到郊外去，除去有工作非留下来不可的汉子外，几乎没有人留下。

他站在摩天的合欢大树下，沉郁地望着空荡荡的柏油路，骤然想起埋葬于地下一千多年而重见太阳的庞贝废墟。当他看着他生于斯长于斯，度过他的许多喜怒哀乐时光的心爱的城市时，他几乎热泪盈眶了——这古城的高楼大厦，古色古香的红砖老屋，大多被 B29 连日来的猛烈轰炸摧毁，业已变成残楼颓墙，只有凤凰木深红的花朵迎风摇曳于倾圮的屋顶上，格外显得耀眼而孤寂。

他从苍翠蓊郁的圆环林木间走出来，缓缓地沿路走下去，拐进阴凉的胡同。在胡同尽头，有一所夹竹桃盛开的斋堂。他喜欢在斋堂的龙眼树下消磨一个漫长、懒散的白昼。他有时懒洋洋地读着小说中扣人心弦的一段，沉迷于怪诞的德国式幻想里；有时在花和风的摇篮里昏昏沉沉地假寐；但大半时间都在看着色彩斑斓的蝴蝶犹如夏日阳光凝结的精灵无声无息地飞舞在鲜红的凤仙花丛中。在那斋堂绿色的风和光的慰抚中他轻轻地摆脱了时代和战争刻在他心灵的创伤。不但时代的风暴一直困扰着他稚幼的思维，而且身心的成熟带来的性之苦闷，更日夜折磨着他，面对着这许多急需解决的问题，他竟一筹莫展。仿佛他是一只温驯可爱的小白兔，只睁开惊骇的红色瞳孔，凝视自己内心纷歧的苦恼而简直束手无策。

推开斋堂厚实的木门，踏进铺有花岗石的院子小径时，他听到庄穆有规律的木鱼声从供奉着观世音菩萨的正殿流泻在空间里，木鱼声和线香微微的芳香泛滥在整个院子，使他感觉犹如坠入忘忧的涅槃。这夏日的午后不就是另一种死亡吗？

斋堂叫劝善堂，建立于清道光年间，同他们李家原本有深厚的关系。至于这密切的关系到底缘起于什么，他却说不上来。也许李淳家的女人中，曾经有人看破红尘，杜门拜佛，在这儿当起斋姑来的吧。反正，他自幼习惯在这斋堂里走动，犹如这儿是他家祖传的别墅。

李淳偶尔也会信步走进正殿里去，愣眼看着观音菩萨正对面奉祀的泥塑的韦驮天雕像发呆；那佛像色彩剥落的狰狞的面目，不时令他联想到霍夫曼小说里的灵怪，使他不寒而栗。他不喜欢这正殿怪异、森严的气氛，这些恶形怪状的神怪泥像使他有些骇怖，好似他看到的是他内心里污秽、暗郁的情欲的化身。他早已染上自慰的恶习，在他的肉体里正在形成的朦胧的性欲，日夜折磨着他，使他寝食难安。这欲望如绿色的树液，奔放地循环在他身体里，教他发狂，将他推向混浊的幻想世界，在那里一群袒露的女人，脸上带着观音菩萨般神秘、暧昧的微笑，引诱他堕落。有时读着一句美妙诗句，当那诗篇颤动的韵律尚未消逝，犹如鸽子的羽搏尚在脑际里翱翔的时候，他竟会无缘无故地开始发怔，在恍惚之中他又看到裸露的蔷薇色的乳房，浑圆、丰腴的大腿，起伏的肚腹，蓦地，绿色的树液溢满着肉体，使他头痛欲裂。

他在绿色的阳光中迷迷糊糊地读着《年轻列娜蒂的生活》；列娜蒂丰饶的情欲世界深深打动了他的心。他梦想着有一天他也会得到一个心爱的情人，那女人丰满的肉体上长满了黄金的汗毛，而他的汗湿的手掌业已探索了这柔软肉体每一角落的秘密；自隆起的胸脯直到维纳斯之丘绵羊般卷曲的毛发之丛林，他感觉到一阵心智俱伤的晕眩。氤氲着空间的线香的微香，不知是什么时候消失的，他已经听不到有规律的原始的木鱼声了。

他把手上的书扔弃在龙眼树枯叶散布的石桌上，直起身子，走到石阶来。踏着石阶裂缝隙间长出的青草，他闻到一股被夏日阳光照射的青苔发出的霉味。从院子的阳光飨宴之中，忽地走进幽暗的正殿，他觉得冬天的阴冷还在统治着这宽敞、塞满泥像的殿宇。狂热的欲望忽地萎缩了；他犹如面临审判的一个猥猥琐琐的罪人，他又听见他内心深处那些可怕的魑魅魍魉讥讽的狂笑……

他早知道正殿背后的厢房住着头发银白的老斋姑和她的家人，至于这老斋姑是这斋堂的住持抑或只是无处投靠的薄命斋姑，他就搞不清了。那老妪红光满面，声音慈祥，倒是典型的尼姑模样，还有一手好手艺，每当李家有丧事时，总少不了央请她来办色香俱全的整桌素食。

李淳的视线从白净的观音菩萨佛像移开，看见有人掀开通往住屋的竹帘，露出半截身子出来。最初映入他眼帘的是黄色碎花的一袭长衫，这带给幽暗的空间像花开似的明亮。当他微感惊讶，继续注视的时候，那女人忽地抬起头来，把身子依靠着长案，驻足不前，以柔媚、优雅的姿态抚弄着垂肩的发梢，满脸询问的神色。那女人约莫二十岁，长他两三岁的样子。李淳之所以觉得诧异，不单单是女人白皙如瓷器的脸色和红如珊瑚、薄如印度女人的嘴唇，更由于她异乎常人的衣饰。那二十世纪四十年代，正是专制和黩武至上的时代，由于执政者可笑、愚蠢的规定，男人一律要穿着草绿色的类似军服的衣饰，甚至打着绑腿；女人几乎是清一色的灯笼裤，色彩黯淡得足以扼杀男人的憧憬和诗情。在这样恶劣的时代里，那女人却洒脱地穿着全无时代意识的长衫，的确叫李淳愕然吃惊。她好像来自被人遗忘的升平、安宁的时代，顽强地抗拒着执政者蛮横、荒谬的意志，墨守着传统的穿衣习俗。

“您是？”那女人的声音低沉细微得几乎听不见，李淳从她口形好容易才猜得出她的语意。

“我是——唔！我是——”讲到这儿，李淳再也无法讲下去了。事实上这也不是能用三言两语便可交代清楚的事情。“我不过是个闯进来的闲人罢了……”他在心里暗暗嘀咕着，不觉好笑起来。

“您是来找莺姑的，是不？”那少女这一次嫣然一笑，好像觉得他的苦笑是一件顶好玩的事儿。

“莺姑是谁？”李淳更瞠目结舌。

“咦！是我的阿妈呀！”女人理直气壮地倒责怪他起来。

“我明白了，你是说那满头白发的斋姑就是你的阿妈！奇怪，怎么的，尼姑也有了孙女儿？”李淳自言自语。

“哦！原来您什么也不懂！斋姑并不是尼姑，她是可以带发修行的。再说，我的阿妈是在我的阿公亡故以后才来此堂吃斋的。”她一本正经地解释着，不知为了什么，忽地咽住了话，臊红了脸。

“这样说，你阿妈并非这儿的住持了啦？我从小就一直以为你的阿妈是地道的尼姑呢！她常来我家念经讲佛法，蛮像一回事嘛！”李淳茫然不解了。

“您又说错了。这斋堂是我们方家的产业，我的阿妈住在这儿才是名正言顺的呢！她常到府上去走动，那么您是草花街李家的人？”她愈发好奇起来，不觉挪动脚步靠近他。

“是的，李思静是我的二叔公！”李淳被那女人身上发散的幽幽香气弄得心旷神怡。

“哦，您是李家大房长孙阿淳啦！”她终于明白了他的身世，这才仔细地端详起他来，用成熟的女人若有所思的妩媚眼光。

“您府上是这府城里鼎鼎大名的世家之一呢！”她平静地直盯着他恭维起来。

“你们方家拥有这么广大的斋堂为产业，可见也并非等闲之辈！”李淳也稍露出讥诮的口吻。

“其实这都是废话，我才不管世家不世家哪！”女人突然收敛笑容，烦躁不堪地别过脸去。

“你说得对！现在我们不作兴这古老的观念了，唉！世家也者，光有烦死人的一套虚伪外表罢了！”李淳想到他家那些啰啰唆唆的三姑六婆，闷死人的繁文缛节，不觉皱起眉头。

“您倒很可爱嘛！”女人用嘲弄的眼色瞅了他一眼，仰头咯咯地笑起来。李淳看到她雪白光滑的脖子，起伏不停的胸部，蓦地动情了；他感觉到从下肢有一缕绿焰直烧到上身来，他的眼睛刹那间充满了饥渴的邪念。他窘得赶快把脸别过去。那女人似乎也感染了他尴尬动摇的心情，仿佛触电似的微微抖颤，然后一股凛然之气涌现在她抿嘴的嘴角，她冷若冰霜，尖声说话了。

“我叫作素珍，改天再来玩吧！您很坏哦！”

她把那些锐利的话语，一字字地唾在他的脸孔上，一转身，匆匆地掀开竹帘走进屋里去。这女人的敏感和伶俐使李淳兴起无地自容的愧疚。他痴痴地望着还在摇晃不停的竹帘，禁不住有失魂落魄的感觉。他的脑际不禁又泛起怪诞的念头；仿佛这女人是由那原始的木鱼声引诱出来的鬼灵，为了要试探他是否有纯净的心而出现的，而由于他动了邪念，将不可避免地受到谴责，坠入十八层地狱，受尽狱间一切业苦。这种念头使原本够冷严的正殿更弥漫着肃杀、秋霜之气，李淳不禁打了一个寒噤。他一溜烟地跑出正殿，回到龙眼树下时，心犹有余悸，许久呆若木鸡，再也提不起兴致来读完那一本小说。他无精打采地走出斋堂大门，忽然觉得腋下空虚得教人发闷，这才想到原来他把雅谷·华沙曼的书遗忘在斋堂龙眼树下了。

二

盛夏的黄昏，被一阵檐滴似的连绵不断的蝉声送走了。这是哪一种蝉呢？喜欢在夕阳余晖中拼命歌唱的昆虫！难道它在哀悼白天的消逝吗？在那斋堂的空间充塞着这夏天的昆虫奏出的挽歌。李淳仿佛听到有规律的木鱼声再一次地在耳畔响了起来。那穿着长衫的女人，从短袖口露出的一大截雪白臂腕的印象，仍在他眼前晃动，他不觉吐出一口重重情欲的叹息。

离开斋堂那晚霞如火焰般照耀的胡同，他突然觉得自己置身于汗臭、草香气味扑鼻的人群中。在白昼和夜晚更替的掌灯时分，这了无生气的城市骤然清醒了。广坦的街路中充满着这些住民因兴奋和欢悦而扯高嗓子的谈笑声，喧嚣而活泼的脚步声夹杂着幼孩可悯的啾啾啼哭。人们晒红的脸孔中因欢忭而发亮的瞳孔，透露着重获生命的自私的欢喜。一到清晨，宛如丧家之犬远离城市疏散到郊外去闪避轰炸的住民，终于像归巢而来的一群蜜蜂陆续地回到城市里来。他们正期待着宁静、和平、温热的夜晚的来临。在这战争时期，夜晚似乎是人们适于互相爱恋、争吵、计较利害的唯一美妙时刻。升平时代的一切关于工作和休闲的秩序，全被战神所扰乱，这一块四季如夏的殖民地，在大日本帝国巨大的阴影笼罩之下，显得如同狂人跋扈的伊甸之园。

李淳厌恶对于自己可悯的处境懵然无知的人们，他在他们身上看到的是他自己愚昧的影子。他虽不算勇者，至少他不想逃避任何降临在他身上的命运的重压，他不想懦怯地跑到郊外去躲避轰炸，沾沾自喜地庆幸自己侥幸捡回来无甚传奇的生命；仿佛这样做就是他唯一能做的抵抗，到底抵抗什么呢？抵抗覆盖在他头上大日本帝国的黑影吗？抑或抵抗他自己内心软弱如泥的意志？他确信历史的铁锤终会一举击碎军国主义的狂人国，这殖民地的人们终于能渡过一场浩劫重获自由；可虑的是他不知道自己是否有幸活着看到这一天的到来。

随着人群，他信步走到午后曾经休憩的有铜像的圆环旁；那青铜雕塑的人像傲然直立在混凝土台上，浴着黄昏最后一方阳光；他搞不清楚这佩着剑、有希特勒式短髭的将军到底是谁。无疑的，他是无数日本将军之一，也许还是因侵略这岛而有显赫武功的将军。他一手按着腰上的洋剑，一手水平地伸向前去，刚好指着对面巍峨的州厅大厦。这傲岸不可一世的气概，正好是侵略者陶醉于权力的洋洋得意的逼真写照。圆环对面的殿宇是日本仔所建筑的州厅大厦，是在此地司空见惯的威风凛凛的衙门，采用荷兰东印度公司所喜欢的建筑风格而建成；它有着巨大的圆形屋顶以及在夕阳红艳艳的光辉中闪亮的无数玻璃窗。李淳和一群疲惫的妇女、小孩在喷水池的铁栏杆旁石阶坐下。从张开的青铜狮子口，清凉的水不绝地流出来，奏着慰抚心灵的日落的乐音。回到窝里来的兴奋很快就消逝，这一群人现在沉默着，悲哀地望着衙门屋顶上一束日落余晖的反射，再也没有任何力气说话了。战争时期食物的缺乏，经常的饥饿，使这些孩子们营养不良，整天的跋涉原野和逃亡足够教他们心身俱疲。

“妈，这里比那墓地好。那边有蚊子咬我……我看见棺材里的白骨头！”

“别啰唆！那儿总是比死在这儿好！你没看见我们所住的那一条街都被飞机炸坏了吗？”

“我不喜欢吃甘薯。那红皮甘薯，好看不中吃……我口渴得很哪！我口渴得很哪！”

“别啰唆！这儿有的是水，你去喝！”

李淳旁边的中年妇女不耐烦地牵起小女孩的手，用沉重的步伐，走近喷水池去。她像野生动物一样伏在地面用双手汲水，发出贪婪的啧啧声喝着。小女孩也乖乖地学着她母亲的样子津津有味地喝着水。他看着小女孩背上鲜明的红花图案的防空头巾，可爱的灯笼裤，心中又是一阵怜悯和刺痛。这一切受难到底为了什么？这将带我们踏上什么样的一个境界去？他茫然地想着，而那母亲和女儿却趁着黄昏最后一道光芒，匆忙地离去，他瞪着小女孩鲜艳的灯笼裤兀自黯然神伤。

正当这不幸的一群人从圆环的树荫下走向州厅前广场时，他一转眼就瞥见那穿长衫的女人用轻快的脚步朝他走过来。她轻轻地摆动着修长的臂腕，犹如在水中穿梭的热带鱼；她天生有优美如公主般的风度。他不知道她是否追踪他而来，也不知她将走向哪儿去，不过在那一刹那间，他觉得她确实是为了同他重逢而来。他心头一颤，微抖着身子凝视她轻快地朝他走过来。

命运，的确以排山倒海的力量猛扑过来。他欣喜万分地站起身来大声招呼：“素珍桑，我在这儿！一块儿回去吧！”他确实看见她含蓄地浮现着忸怩的微笑加快了脚步，她似乎也听见他惊喜交迸的召唤声，好像她早已料到他定会在这儿等着她来重聚。

然而，正当他向前跨了一步的时候，他所站立的石阶忽然猛烈地震动了。接着眼前骤然一亮，他看见对面那富丽堂皇的州厅大厦猛地爆炸开来；火光和黑烟直升到天空去，他接连听到炸弹落地爆炸的巨大声响。他没听到任何警报笛声，然而 B29 丢下的炸弹却接二连三地击中州厅大厦浑圆庄严的屋顶。

他条件反射地伏下身体，气喘如吐舌的野狗，几乎昏迷过去。爆炸所掀起的热风猛打着他的身体，震动不停的大地像弹簧床似的，摇荡着他。最后一声巨响，好像整个山峰突地坍塌下来似的，这一次天旋地转的暴风以万钧之力把他像一枚枯叶似的卷了起来，猛地又摔落在喷水池旁潮湿的草地上，他的心智逐渐朦胧起来。

当他重新恢复意识的时候，还依稀听到轰炸机远离而去的隆隆声响。然而，周遭却漆黑一片，寂静罩住圆环，宛如深山幽谷的寺院。起初映在他眼里的是还在阴魂不散地冒烟燃烧的州厅大厦，历史之手轻而易举地击倒了这象征日本黩武主义和权力的殿堂。

他摇晃着身子蹒跚地走向前去。马路上躺着许多断肢缺腿血肉模糊的尸体。这些不幸的人们好容易挨过一天的蹇厄，终于在黄昏时被死神所攫夺，变成摇摇欲坠的大日本帝国的陪葬者。眼泪滂沱地滚下脸腮，他无声地啜泣。在那些尸体中间，他发现相拥在一起的两具母女尸体。小女孩的红花图案的防空头巾早已不知去向，脸上还留着一丝丝僵固的微笑，只是睁开的眼睛已变成冰冷的玻璃球。李淳屈身轻轻地阖上她的眼皮，心痛如绞，然而他唯一能做的就只是脱下他草绿色的上衣裹住她纤小的身体罢了。

他转身回到圆环去，就在喷水池旁，看见那穿长衫的少女毫无声息地横躺着，她的乌黑的柔发盖住她的半个脸，他猜不出她是否还活着。她的雪白的小腿从裙叉露出一大截，她缩着脖子蜷曲着，宛如刚刚被波涛冲上海滩的溺死者。又是一阵猛烈的心悸，李淳的一颗心突突地跳着。他凑近脸去几乎把嘴唇贴紧她的脸颊。这时他闻到一股温热的体香。忽地少女抖颤了，他感觉到她的乳房缓缓地开始起伏。

“素珍桑！你没事吧？”李淳轻轻地抚摩着她的脸颊，手掌凉飕飕的，好似摸着一件精巧的瓷器。

“水……水……”她微微睁开眼睛茫然地望着他，好似还没有完全清醒过来，他慌忙地支起身子，在她身旁水沟里，学习刚才那母女，用手掌汲水，却无法把水灌下去，落下的水滴只濡湿了她的嘴唇，这愈发教她呻吟不停了。李淳心急得手足无措，索性用嘴含着水，口对口地灌下去。只见她喉咙咕咕地叫，溢出的水滴落在她的脸颊，这使她完全清醒过来。她认得了他，先是一怔，使劲地用手推开他的脸，倏地坐立起来，可是仍旧摸不清她的处境，她没受过任何伤害，就是一连串的爆炸吓坏了她，使她暂时失神罢了。

“我看见您在石阶上坐着，正想唤您，以后就记不清了！”她拍打着长衫的污泥，含羞地低头了。

“你没有受伤，只是受了不少惊呢！我送你回去，你住在岭后街，离这儿很近，是吧？”李淳温柔地扶她起来，看她神色自若，这才开始烦恼，她是否知道适才他鲁莽地吻着她的红唇灌水下去。她全不理会他窘得无地自容的神情，放眼看着那马路上东倒西歪、狼狈不堪的尸体，禁不住只手掩住眼睛惊叫。

“你不要看，我们赶快离开这儿！等一会儿有人会来收拾。我们无能为力了。现在不就有一辆救护车驶过来了吗？”

他指着通往文庙的那一条路，正巧有一辆髹着红十字标志的白色车辆呜呜地鸣着警笛驶向圆环来。那车子后面还跟着二三辆军用大卡车，依稀看得出笔挺地站立在车上荷着三八步枪的日本士兵。

“谢谢您！我不打算回家去了，就在斋堂过夜吧！我独个儿走，用不着您送我！”她用流露着真挚感情的眼色直盯着他道谢。

“刚才是你敲的木鱼？”李淳忽地冲口问到这没头没尾的事情上面去，自己也颇觉尴尬了。

“唔！您怎么想起木鱼的？”那女人不觉也怔住了，忽然也没头没脑地冲口说着，“谢谢您的水！”然后蓦地脸上泛红了。

“呃！这不算什么！”他连忙摇手，简直害臊得灵魂出了窍。

那女人留给他满腔困惑和柔情姗姗地离他而去。李淳一直目送她纤弱的背影横过充满死者的马路间，消逝于通往斋堂的胡同。他觉得那女人仿佛也带走了他心灵某种贵重的碎片，久久怅然若失。

三

那该是一九四五年的冬天吧？盛夏连续一个多月的豪雨把人间一切罪恶洗涤干净了。一到初秋，天天都是蓝天白云的好天气。这清清爽爽的天，好似在祝福这岛上六百万人民获得解脱，重新回到祖国的怀抱似的。然而，那年的冬天却显得冷酷异常，东北季风来得过早，一到十一月就有隆冬现象，天天都是阴霾、灰暗的日子。在令人沮黯的天空压覆之下，这城市愈发显得黯淡而凋敝。战火烧毁了这城市的精华地区，原本以树木之都闻名全省的古都现在倒像一所断垣残壁的废园。

在这样一个冬天的下午，李淳又走到有铜像的圆环来，树影和喷水依旧，那夸示侵略者狰狞面目的铜像早已不知去向，只有光秃秃的皴裂的混凝土台浴着薄薄冬日罢了；也许光复一到，这象征耻辱的铜像被愤怒的人民捣毁了。这一次李淳的腋下也挟着一本书，却不是雅谷·华沙曼的；由于感染了战后时代的虚无和怀疑，他如今热衷于阅读弗兰兹·卡夫卡的短篇了。除去这本书以外，他右手还提着朱红色古式的竹篮，里面装着一串香蕉和糕饼，这是他母亲替他准备的。他母亲一再叮咛他一定要去劝善堂膜拜，说他能够从日本军营安然无恙归来，是观音菩萨的保佑。尽管恶劣的战争时代过去了，曾经在此作威作福的日本仔也滚了回去，但战后这一段时期的生活却是艰难、忧患的；物质的匮乏、生活的穷困一如往昔，大多数人家三餐饭不得不用甘薯签果腹。这是怎么样的一个时代呵！人们心里充满着希望和光明，而肚肠里却装满了粗劣难咽的食物。

他站在那儿举眼远眺大道。干冷刺骨的风阵阵地吹过他耳畔，他听到合欢树干瘪的豆荚落在橘黄的草地上发出的细碎的声响，这更惹起他无限的哀思。州厅大厦窟窿处处的圆屋顶上崭新的一面旗正迎风飘扬——不再是那令人厌烦的日本旗了。大道上一如往年盛夏，行人寥寥可数，他看得见缩着脖子，衣饰褴褛如乞丐模样的赶路的人们在冷风中走着，他们垂头丧气地消逝于灰暗的街市中。

这萧索的风景蓦地引起他一连串的回忆。盛夏之黄昏刺耳的蝉声，黄色碎花的长衫，惊天动地的爆炸，而那小女孩，那戴着鲜明红花图案的小女孩鲜血淋漓地倒在那里，睁着一双玻璃球似的眼睛。他仿佛再一次听到她的撒娇：“我不喜欢吃甘薯，那红皮甘薯好看不中吃。我口渴得很哪！”然而，这清晰宛转如小鸟啁啾的声音只不过是幻觉罢了，唉！那只是被时间之流刮走了的亡者的回声罢了。小女孩死灭的声音不绝如缕，蓦地他的心碎了。他站在已没有铜像的圆环旁，泪眼蒙眬地望着这被死者的回忆充塞的阴冷、破败的城市，泪流满面，黯然神伤。

拐进更显得阴郁、尘封的胡同，他又看见胡同尽头的斋堂。伸过墙头的夹竹桃枝丫已没有花，蒙着灰尘，在一片干枯的寒风中抖缩着；这映在心间的风景更加深了他冬天的印象。仿佛那穿着黄色碎花长衫的女人，妍丽如花的面影，就只是他梦想里的幻影，去年盛夏那温热的恋情也只是他的错觉罢了。然而情欲之火焰仍燃烧着他的肉体，他能够忆起她湿润的红唇，柔软如花瓣的感觉。

推开厚实的板门，踏上铺有花岗石的小径，他的心情愈来愈沉重。在他的脚步下，龙眼树的枯叶发出沙沙的声响，他看见被炸弹碎片击毁的、残缺不全的正殿屋顶。他曾经度过漫长夏日午后的石桌椅上却堆满着残瓦断砖。他用手猛地一扫，把薄瓦碎片扫落下去，精疲力竭地坐下来。他把竹篮放在脚边，凝视着铅色的天空，不禁吁了一口长长的叹息。他忽然想起卡夫卡小说里的令人战栗的光景；在这一个怪诞的中欧作家的小说里，人类的灵魂都藏在各色各样的动物躯体里，那些动物却用令人发噱的声音，起劲地游说这人类世界繁多的痛苦。他不明白为什么现在忽然想起了这阴惨的故事。然而他确知他是这小说里的动物之一，现在他正扮演着一只年轻的兽，是被心中暗郁的欲望导引着，来到这斋堂的年轻的兽。

就在他心智颓丧的当儿，忽地响起了一阵有规律的橐橐的木鱼声，划破呆滞的空间，这勾起了他的愁绪。这木鱼声仿佛来自破败的正殿，又仿佛来自逝去的往昔时间，叫他惊喜惶恐。他霍地站起身来。这是老斋姑莺姑做晚课所敲的木鱼？抑或是他曾经吻过的素珍？他的心因期望而突突地猛跳，他疾步走向正殿去。

正殿里幽暗如雨后的树林，充满了潮湿、发霉的气味。一束冬日午后的薄薄阳光从屋顶裂开的大窟窿射进来，刚好落在敲木鱼诵经的女人身上。她的乌黑发亮的柔发盖住脖子，他辨不出她身上长衫的颜色，也许不再是黄色碎花明亮的图案的吧！从石阶望过去，她似乎是方素珍，但他不敢确定。年轻的女人左手摸着念珠，右手轻敲着木鱼，嘴巴还喃喃有声地念着经，清脆悦耳的声音，带着一股化不开的浓愁沁入他的心脾。

他无意扰乱她虔诚的心情，但他的笨重的履声到底惊醒了她。正在念经的女人颇不情愿地回过头来，一双水汪汪的眼睛里忽地流露着一抹异样的光彩，她亲热地叫了一声“阿淳”！手上的念珠哗啦一声掉下去。

“素珍，原来是你敲的木鱼，你阿妈呢？”他一看见素珍苍白如月光的脸孔，万感交集，眼泪蓦地盈满眼眶；她真的是那穿长衫的少女吗？这眼前的女人多么憔悴、瘦弱啊！这真的是素珍吗？她为什么独个儿在这黯淡的破庙做课？这一年来她遭遇了什么挫折吗？

“阿妈死了！”素珍忽然打了一个寒噤，感到冷气袭人似的拉拢着毛线衣的领口。

“对不起，我做梦也没想到。她老人家不是很康健吗？”李淳微感惊讶，但说不上有什么特别深刻的感触，战争把他们心里某一部分锐利的感觉磨损了。素珍离开长案，点上了红烛，他把水果、糕饼供奉在佛像前面合掌膜拜。当他抬起头来时，素珍赶紧别过脸去；她的视线一直落在他脸上，好似要看穿他心里的每一个隐秘的角落。令人萎缩的瑟瑟寒风从打开的殿门吹进来，他们望见满是败叶衰草的庭园。

“秋天的一次空袭中落下的炸弹，击中我阿妈躲着的防空壕，我们找不着她完整的身体！”素珍用抖颤的声音说着。

“那么你是为她念经的了？这样一来，这斋堂就没有主持的人了？”他说。

“嗯……当然我朝夕得为阿妈的冥福念经。不过现今我也算是一个斋姑！我阿妈去世后我就一直住在这儿。这儿原本也有几位斋姑，倒也能保持香火不断。可惜，由于食物缺乏，她们都回家里去，不再回来，这斋堂乏人照顾，只好由我照顾！”素珍愀然地说。

“那些回去的斋姑也许动了凡心早嫁人了吧！战争早已结束，为啥没见回来？”李淳说滑了嘴。

“不！您就是喜欢讲废话！”素珍的脸颊被一股激动染红，话里带着叱责的意味，好似责怪他的亵渎不敬。在这女人身上李淳所发现的是健全的理性和一套批判事物的原则，她是个不被战争和时代的激变改变气质的女人，也许这气质吸引了他。

“那么你打算承继你阿妈的衣钵了？”他取笑她。

“这也是一种生活方式，宁静如长眠的生活呢！我倒心里向往得很哪！可惜……”她若有所思地瞪住他不放，仿佛这问题的答案全写在他脸孔上似的。李淳的心忐忑着，他怔住了。他闻到一缕香气始终氤氲着，就是搞不清这香气是来自长案上供奉的香炉，抑或是从素珍裹着毛线衣的温热肉体散开来的了。他看到素珍更加成熟的胸部，纤细的臂腕，湿润的红唇，猛地情欲之火花点亮了他的眼睛，他有一股冲动，想把她搂进怀里去。

“在州厅分手以后我几乎天天在这儿等着您来，您到底去了哪儿？”她说。

“我被日本仔征去当兵呢！足足当了一年的二等兵，吃过很多苦头！你看我这一身装束！我还穿着日本军鞋呢！这种鞋子好笨重！”

李淳回想到从日本军营被放出的那一天，他背负着一只大麻袋，里面装着白米和罐头，他把它当作宝贝，费尽九牛二虎之力扛回来。他在倾盆大雨之中蹒跚地走过无数的乡镇和森林以及变成一片汪洋的田园，好容易才回到故乡。现在他已经走到坎坷路的尽头，这斋堂仿佛是他历尽沧桑终于达到的绿洲，素珍是他所得到的解渴的椰枣了。

“回来这么久你怎么没想到要来看我！”素珍埋怨起来。

“我不知道你是否还在这儿！我以为你早就出嫁了！”李淳平静地说。

“我一直在等着您，从我们初见面的那一天开始！”素珍抿着嘴决然说着，好像这是早就被决定的命运之路，谁也无法改变它似的。看着她泪光闪闪的眸子，一股震颤心灵的激动蓦地涌上来。

正殿里暮色渐浓，他看不见观音菩萨庄严、柔和的佛面。然而他温热而活生生的“观音菩萨”，却依偎在他的怀里，让他贪婪的嘴唇停留在她娇嫩的脸颊，偶尔也会情不自禁地把红唇凑上来。

“您身体有一股难闻的气味，好像烤热的野兽皮毛发出的气味一样！”素珍忽然推开他，皱了皱眉头。

“那是战争的气味呀！慢慢地会云散雾消的！”李淳满怀欢悦地说。

“为什么？我的身上就没有这种味呢？”素珍微笑了。

“让我闻闻看！”他凑近脸去，他的烫热的嘴唇几乎贴到她脸颊，蓦地，他看见穿黄色碎花长衫的少女毫无声息地横躺在那儿。她的乌黑发亮的柔发盖着她的半个脸，他搞不清她是否还活着。她的雪白的小腿从裙又露出一大截，她缩着脖子缩曲着，宛如刚刚被波涛冲上海滩的溺死者。他的一双手轻轻地抚摩着她的脸颊，手掌凉飕飕的好似摸着一件精巧的瓷器。他使劲地搂着她，他听到从风箱般起伏的胸部发出的一声快活的叹息。

【导读】

叶石涛，战后第一代创作型小说家、台湾文学史建构者。一九二五年生于府城打银街，为跨越日语一代作家典型的“特例”。一九五一年到一九五四年间因“知情不报”坐牢，出狱后至一九六五年流徙各地担任学校教员，闲暇以太白酒、阅读“自娱”。复出后小说创作、评论两路兼采，开发出含泪带笑的小说风格，咸认是“用黑色幽默反抗白色恐怖”的变调伤痕文学；其有关“乡土文学”的论述，几度引导文学议题设定，一九八七年出版《台湾文学史纲》，标志超越个人的里程碑意义。吊诡的是，其小说风格又适为个人文学史观的“反叛”或补充。

具创作才华的叶石涛，最令读者珍视的特质是他长年建构台湾文学史一以贯之的史观与个人创作风格之间所形成的“张力”——当然不能化约地看成写实主义与现代主义、写实与浪漫之间的矛盾。既然叶石涛文学的张力不容化约作风格矛盾或风格的扬弃与超越，那么值得关注的重点应该放在创作天才对风格的整体把握及社会时空对天才的限制。叶氏浪漫之可能、写实之必要，尤其复出后大量杂糅浪漫与现代主义的笔路，除了悲观色彩或黑色幽默的指认，虚构之外“自传”性内涵的“误读”才能开发出小说为大社会立传写志的文化意义。

《斋堂传奇》是管窥叶老浪漫余续、战争创伤与写实版本，甚或自然主义悲观神态的切入文本。小说本身有一个写实的框架，类似翻译体的文字风格再现战争与“和平”辩证底下，一条为情欲所困的年轻生命李淳在“殖民”统治、战争阴影牢笼中可能的出路——爱情（romance）。如果将小说篇题二分，“斋堂”所代表的宗教，对李淳而言，除了阴森想象的给予、原罪的判定，可以说毫无救赎力量；相反的，“传奇”则是爱情之可能，成了作者与李淳逃避白色或战争恐怖“意淫”的出口。爱情确实是在B29轰炸的怖惧中发生（happening）——死亡阴影借由一组母女对话完成饮食生命的指称，血肉模糊的观感又与女角方素珍观看菩萨瓷一般面容、肤触的意淫想象迭合，暗示救赎的不可能，却是生命的实景。

有趣的是，《斋堂传奇》的主场景之一：战前台南州厅圆环、战后民生绿园改称的汤德章纪念公园，在当今台湾文学馆马萨式屋顶、凤凰树古木花红渲染下，完成文化地理学的纵深阅读，更是叶石涛的地志书写。

——施俊洲撰文

第四章

蓄一种力量

三脚马

郑清文

时时面对过去的自己，肯定比离去的人承担更多更重。

○

我从台北坐了三个钟头的车，到外庄找我工专时的同学赖国霖。最近我们开了一次同学会，难得自毕业以后二十多年第一次再见到他。在会上，大家做自我介绍的时候，才知道他回到故乡开一家木刻工厂，专门制销各种木刻品。

他的工厂规模相当地大，占地有两百多坪，前落兼做店面。我来这里，主要是想找些马匹的作品。我搜集马匹多年，已搜集了大大小小两千多件，有木头的，也有石头的。今年是马年，我预备利用这个机会多搜集一些。

他已给我看了许多木刻。也许因为大量生产的关系，那些作品都过于规格化。我们正在走动观看，突然墙角有一只奇特的马引起了我的注目。那匹马低着头，好像在吃草，也好像不是。它的脸上有一抹阴暗的表情，好像很痛苦，也好像很羞惭的样子。我搜集了那么多的马，就从来没有看过这样的表情，就是绘画，恐怕也找不到。

我把它拿起来仔细地看了一下，才发现那匹马竟跛了一条腿。这使我感到非常惊奇和惋惜。从马身上的线条看，它比另外的马都来得生动有力，尤其是脸部的表情，绝对不是其他的作品所可以比拟的。它是素面的，没有上漆，甚至于没有用砂纸磨过，还可以看到刀镂的痕迹。从它被放在不显眼的地方看来，可以推测它没有受到重视。赖国霖看到我拿在手里把玩，不忍释手，就告诉我说：

“那是一个怪人刻的。他喜欢刻一些残废的马，我们去他家收购，有时只数不够，他就把残废的加了进去，他说不能卖，等他多出来，把残废的换回去，就像当作零钱找来找去。”

“你店内有没有他刻的？我是说普通的马。”

“有，这就是。”他随手拿一只给我看，“你觉得怎么样？”

“这就奇怪了。跟其他的差不多。也许你们使用模子的关系。不过，它的眼睛和其他的不一样。你看一般的马的眼睛是看侧面的，他的马是看前面的。还有，这些鬃毛，尾部和大腿也不一样。但完全不能和那一只跛脚的比。你看，这是动的、活的马，而且有表情。要表现动物的表情，实在太难了。”

“他刻的马，都是经过我们再修整过的。我们都说他太懒，连砂纸都不磨一下。为了这，我们还扣他的工钱呢。”

“那个人的作品多不多？”

“我也说不出来。看他把东西乱堆在一起，我们也不知道什么是作品，什么不是。不过，我们所要的，却愈来愈少了。以前，我们一个礼拜要去收一次，现在就要两三个礼拜，甚至一个月才去一次。他放着正经的工作不做，一个人躲在那里，刻一些奇奇怪怪的东西。”

“他真的不卖？我是说，像那些跛脚马？”

“我也不知道。谁知道这个怪人心里想着什么。”

“你是不是可以带我去看他？”

“去看他？做什么？”

“我想看看有什么特别的东西。”

“特别的东西？”

“就是跛脚马之类的奇奇怪怪的东西。”

赖国霖用机车载我去。我们在弯弯曲曲的山路上驶了有半个钟头。当我们驶到坡顶，就停了下来。由高处望下看，看到山峦间有一块比较平坦的地方，大概只有一二十户民家散落其间，有的相邻，有的隔开一些距离。

“那就是深埔村。”赖国霖说，又开了机车，驶下山坡。

那是一间非常简陋的土块厝，所砌的土块都已蚀损，里头的稻草已松开，像尺蠖翘出来。这一间土块厝算是边房，正厅也是土块厝，只是在表层多涂上石灰，看起来比较新净。

门是半掩着。赖国霖轻推了一下，一走进去，我就闻到木料的香味。因为外面阳光强烈，突然走进到幽暗的房间，眼前什么都看不见。我们在里面站了一下，才渐渐看到在竹格子的小窗底下坐着一个六十多岁的老人。白多于黑的头发剪得很短，胡髭也已有五六分长。

“国霖吗？”

“是的，吉祥叔，我给你带来一位客人。”

“客人？从哪里来的？”他望着我看了一下。

“台北。”

“台北市吗？”

“是的。”赖国霖说。

当我的眼睛已习惯，我就把四周扫视一下。在窗下有一尺高的工作台，放着木槌和各种雕刻刀。老人坐在地上一块扁平的小板上，双脚微曲，往前伸，双腿间放一个还不知是何物的木块，地上全是木片，墙角横竖地堆着一些作品。

“你的朋友是台北来的？”我还没有看清楚那些作品，老人又开口了。

“是的，他是我的同学，在台北读书时的同学。”

“你知道台北的近郊有一个叫旧镇的地方？”

“我是旧镇的人，我在那里住了三十年，一直到十几年前才搬到台北。”

“你住在旧镇什么地方？”

“警察分局对面。”

“警察分局，是不是以前的郡役所？”

“是的。”

“从你的岁数和住的地方看来，你应该认得我。”他说，慢慢转向我。

“我认识你？”

“还认不出来？”他指着自己的鼻梁说。从眉间到鼻梁上有一道白斑，好像是一种皮肤病。

“是不是……”

“你认得了？我就是白鼻狸。你是谁的儿子？”

我告诉他父亲的名字，也告诉他父亲以前开木器店。

“我记得他。我以前曾经打过他。”

“我知道。父亲曾经告诉过我。”

“你父亲还在吗？”

“不，已去世了。”

“他有没有讲过我什么？”

“……”

“你说，我不会介意。”

“我父亲说，三脚的比四脚的更可恶。”

他沉默了片刻，然后从工作台上拿起一个四五寸大的相框。“你认识她吗？”

“不认识。”

“她是我的查某人。”

“我好像记得她的姐姐和妹妹都当过老师。”

“对，对的。”

“这一位呢？”我指着左下角一张两寸大的已发黄的照片。

“这是我的第一张照片。我第一次到台北时照的，寄回来给我母亲的。”

照片上是剃着光头。我注意看着他的鼻梁上，却找不到那一道白色斑。他好像已觉察到。

“那是照相师修过的。为了这，他还多拿了我五钱。”

“你是说，很小就已有了？”

“嗯，很小，很小……”

二

“乌脚鏖，白鼻狸……”

一行五人，以阿狗为首，各人拿着陀螺，半走半跑，往墓仔埔前进。阿祥比那五个人中最小的阿河还矮了半个头，也在后面紧紧地跟着。

“乌脚鏖，白鼻狸，转去，不要跟屎尾。”殿后的阿金大声说，把手里的陀螺猛打下去。

“我也有……”阿祥说。天气很冷，说话时会冒出白烟。

“有什么？有兰鸟？”阿成说。

“我也有干乐。”

“什么干乐？自己刻的？比兰核还小！”阿进说。

“我阿舅说，要买一颗这么大的给我。”阿祥说，用手比了一个碗口。

“买来再讲。”阿金说。

“我阿舅住在台北。”

“台北有什么稀罕。”

“转去，不转去，拿你来脱裤。”

阿祥一手捏着陀螺，一手拉着裤头。他的裤头系着一条布绳子。他太小，没有办法像大人，把裤头一折一塞就可以系牢。

“转去。”阿金回头推了他一把，他倒退了一步。阿金是阿福伯最小的儿子。第一次叫他“白鼻狸”的就是他。

有一次阿福伯在山上捉了一只白鼻狸，放在铁丝笼里，准备拿到外面去卖。它的毛黄里带黑，鼻梁是一条长长的白斑，通到浅红色的圆圆的鼻尖。它的一只脚被圈套夹断了，走起路一跛一跛的。

“你也是白鼻狸。”阿金突然指着他的鼻子说。

这以后，大家都叫他白鼻狸，好像已忘掉了他的名字。

他怔怔地望着五个人，看他们弯进竹屏背后。

他举起手，把手里的陀螺打下去，但没有打好，陀螺横转起来。

“干！死干乐！”阿祥骂了一声。

他捡起，把绳子缠好，顺着原路折回来，看路边有一壶茶，就蹲下去猛灌了两碗。

他回到阿福伯的菜圃边。本来，在这四面环山的一点耕地，是一片贫瘠的赤仁土，居民都种植着番薯、树薯或花生，只有阿福伯经常到外面，听了人家的意见，辟了不到半分地的一小丘，改种了一些蔬菜。

他感到下腹胀胀的，但还不够。他站在菜圃边等着。那些卷心白菜已种下一个月了吧，菜心开始曲卷，种在边缘的，已有三棵的叶子转黄了。如果不是阿金，也不会有人叫他白鼻狸了。他想着。

冷风迎面吹过来，在竹屏上呼啸。他略微缩着身子。小腹更加鼓胀起来了。他看看四周，知道没有人，就赶快拉起裤管，用力把小腹一挤。尿水冒着烟向第四棵白菜灌了下去。尿水灌着菜叶和菜心。他用力挤，集中在一棵白菜上。尿也在土上冒泡，但很快地消失在土里。他感到满身舒畅，万一有人看到，他就说在灌肥。

“咿哎！”突然有人大喊一声，从竹屏后猛冲了出来。

阿祥颤了一下，还没有看清楚是谁，尿已收进去了。

冲出来的，却是阿狗和阿金他们五个人。他实在不能相信。他们怎么能绕了一个大圈子，躲到这边的竹屏来了？

“我知道一定是你这只白鼻狸。”

“我怎么了？”

“你灌尿。”

“我灌肥呀。替你们灌肥还不好？”

“难道你不知道灌烧尿，会咸死菜。你看看那三棵。”

“那不是我弄的。”

“不是你，还会有谁？”

“真的不是我。”

“白鼻狸偷吃果子，还会说是它吃的？我们抓白鼻狸来剥皮，把他的裤子脱下来。”阿金说，双手把他抱住。

“不要，不要！”他挣扎着。手乱挥，脚乱踢。

阿进抓住他捏着陀螺的手。阿河阿成拉了他的脚。只有阿狗站在一边笑着。

阿金把他的裤子往下一拉，裤头滑出布绳子，好像竹笋脱壳，裤头松开，裤也掉了下来。

“哈、哈、哈！”阿金拉掉他的裤子，往空中一撒，裤子顺着风飘了一下，飘落在地上。

“哈、哈、哈！”大家也跟着大笑起来。

阿祥猛挣着身子。风很冷，吹着他的屁股和下肢，但他不顾一切，拿起陀螺，对准阿金背部猛砸过去。

“哎哟！”阿金叫了一声，伸手到背部一摸，手指已染了血。

“娘的！”阿金回头过来，用拳头往他的脸上猛挥过来。

他的牙齿撞了一下，咬到了自己的舌头。嘴里咸咸的，他知道已流血了。

二

天空碧蓝如洗，太阳猛烈地照着，一望过去，起起伏伏的山峦，净是郁绿的相思树，在无风的太阳底下，静静地伫立着。

阿祥已走了两个小时的路。赤仁土的山路只有一两米宽，沿着一条小溪蜿蜒而下。这是通往外界的唯一一条路。每当雨后，水牛走过，就在路上留下许多脚印，经太阳晒干，就变得尖锐刺脚。

阿祥打着赤脚，边走边跑，裹着书本和便当的包袱巾从右肩到左腰部打斜地系着。

他在山路上又行走了一段，然后下坡到溪边，踏上铺在水中的石头。水位较低的时候，隔着半步的距离铺着的石头便露出水面，人可以踩踏过去。一到下雨天水位涨高，有些地方也深过腰部，听说在暴风雨的季节，溪水猛涨，曾有人想硬涉过去，却被溪水冲走了。

有人迎面而来，是阿福伯。在乡下，住在路程两三个小时内的人，都算邻居。

“阿福伯。”他叫了一声，有点不好意思。他一路上一直怕见到熟人。他正在溪中央，要躲也来不及。

“阿祥，你上街了。”

阿福伯并没有问他为什么不上学。乡下没有礼拜几的观念，也不重视上学不上学。他一脚踩进水中，让阿福伯过去。水很凉，他觉得很舒服。干脆就两脚都站到水里。脚底有点滑，是长在石头上的青苔。他站稳了脚，把手也伸进水里浸一下，连心里都感到凉爽。

如果阿福伯碰到父亲，告诉他说在路上碰到了自己，父亲追问起来该怎么办？他站上来，回头看看阿福伯。但他更怕那位新来的日本老师井上先生。井上先生白白胖胖，和又黑又干的村人都不一样。井上先生来的第二天，就叫学生把桌椅全部搬到后面，腾出空地来，叫大家跪下去，用竹棍子在每一个人头上敲了一下。井上先生看看他的鼻子，又加了一棒。

“马鹿野郎，青番，无教育、捧库拉……”

井上先生一边喊一边打。全班学生没有一个人知道为什么被打，这一件事发生之后，隔天就有十分之一的学生不再来上课。

“读书有什么用？”有人说。

“我才不去跪他。我只跪我祖公。”

阿祥挨打的机会要比其他的同学多，每一两个礼拜，至少要被打一次。每次被打，脑袋上都肿起来，像长着一个瘤。为什么呢？他实在想不出道理，也许是因为鼻上那一道白斑。

他实在不想读下去，但每次都想到阿舅。阿祥之所以能到一个钟头路程外的内埔去读书，完全是阿舅竭力说服父亲的。

“你要认真读书，读完了来台北。”

阿祥知道他今天一定会挨打。本来，他是不会迟到的。他走到半路，在路边树上看到一只奇怪的鸟。它的样子像水鸭，但鼻上却有一块红肉冠，有点像番鸭，但小得多。他不知道这叫什么鸟。他追了一程，结果连跑带冲赶到学校，还是没有赶上。

井上先生挥动着竹棍子的样子一直在他眼前晃动。还有那棍子敲在头上的清脆声音。他跪在地上等着，要来就快一点来，但又怕它真的来。一棍打下去，眼泪都挤了出来。

他在学校——说得正确一点只是分教场，附近徘徊了一下。忽然又想起阿舅住在台北，要坐火车去。他到现在连火车都没有看过。听说，火车走在铁轨上，那是要到外庄才能看到的。

他走过了中埔，太阳已相当高，也相当热。他走到树荫下，把包袱巾解下，取出便当。饭是够的，佐餐的只有三片萝卜干和一小撮豆豉。有时，父母到街上才买一点咸鱼回来。不到几分钟，他把所有的东西都装进肚子。太阳已快到中天了。从家里走到内埔的分校要一个多小时，由内埔到中埔也要一个多小时，由中埔到外庄也要一个多小时，加起来也要四个小时多。

他的心又开始怦怦地跳着。这和想到井上先生的棍子的时候是差不多的，不过他早已把井上先生的事忘掉了。

他不知道火车什么样子，也不知道铁轨什么样子。阿舅虽然曾经在稻埕上画给他看过，但他还是没有正确的轮廓和确实的感觉。

他也曾经要求父母带他出去，但他们都说他太小。

他爬过一个小山仑，忽然看到山凹下去。他站在仑顶，在两堵山壁之间，看到了铁路。那就是铁路吗？他以为要到外庄才能看到，他知道这里离外庄不远，却还不到外庄。

两条铁轨向两边延伸。他不知道哪一边是通往台北的。哪一边都是一样的吧。他凝然望着。他的视线顺着铁路来回地移动着。一边，在远处，他看到了一个山洞。

他攀下山坡。铁轨是铺在许多木头上的，木头上有煤层、有铁锈。他蹲下去看看，铁轨的上面银亮而平滑，在太阳下不停地闪着光。他用手去摸它，好像上次偷摸土地公的脸一般。

“呜——呜——呜——”从山洞那边传来汽笛的声音。

他猛醒过来，起立退到山边。火车从他面前急擦过去。他什么都看不清楚。火车过去之后，才觉得车上有人看着他，对他笑着。

他拔脚追了过去。火车就在他面前。他追着，追着。

三

小学一毕业，阿祥就到台北阿舅所开的食堂帮忙。他先学扫地、洗碗筷、擦桌子，然后端菜，招呼客人。后来，他也学会骑脚踏车送面饭。他学得很快，尤其他很会认路。虽然他第一次到大都市来，时间又不很长，却比那些来得更久、年纪更大的孩子更管用。

阿舅很高兴，有时也叫他去采购或跑银行。他很快就成为阿舅最得力的助手。

有一天，已是深夜十一时以后，他送面到荣町一家布店，有四五个店员正在玩四色牌。

“面来了，有烧没？”一个店员说。

“白鼻的。”另一个叫他，“汤哪会这么少？你偷饮了？”

他骑车子送来，难免荡出了一些汤。而且面泡久了，也会吸汤。

“对，他真像白鼻狸。喂，少年家呀，听说你是从内山来的，那边一定有很多的白鼻狸吧。”另一个帮腔说。

“赶快洗牌了，不去睬他嘛。”

“喂，是你老爸白鼻，还是你老母白鼻？”

“不要讲笑，讲笑也要有程度。”另一个说。

阿祥用双手把面一碗一碗端起来放在桌上。他很用力，手在发抖。他怕把汤再荡了出来。他把提面箱的盖子盖好。当他再骑上脚踏车的时候眼泪已流了出来。他一脚踩在地上，用手背把眼泪擦掉。为什么？为什么每一个人都叫他白鼻狸呢？他想离开故乡，也是因为在那里每一个人都叫他白鼻狸。来到城市里，认识的人不多，但只要一熟，就又叫他白鼻。

这几个人他并不熟，却这样叫他，而且还侮辱他的父母。他没有直接回到店里。他到公园边的派出所去报案，说有人赌博。

警察要他带路。因为送食物去过派出所，他和警察也认识。警察把那些人抓去拘留。虽然他只到门口，没有跟警察进去，他们也猜想他去报案的。他们在牢里叫饭的时候，把他臭骂了一顿。

他又去报告。警察警告他们，如再这样就不放他们出去。

这时候，他更清楚地觉得，人分成两种，一种是欺负人的，一种是受人欺负的。井上先生是前一种，自己是第二种。但现在，他亲眼看到那几个店员由第一种变成第二种，而自己又好像从第二种变成了第一种。

那些店员释放出来以后，曾经到店里找过阿舅和他声言要报复。但他不怕他们。警察曾经说他是好市民，以后有什么事和他们多联络。

有一次，阿祥在晚上送面的时候，从巷子里跑出几个人，把他连车带人推倒在地上，痛打一顿，等他爬起来，碗和箱都破了，轮圈也已扭弯。他又跑去报案，警察来了，那些人也早已没有踪影了。

他回到店里，阿舅很不高兴。

“我对你讲过，我们生意人，应该规规矩矩做生意，其他的事全不必管。你却不听。最好，你先回乡下去，也比较安全，等一些时候，我再写信叫你来。”

阿祥并没有回乡下。他跑到派出所诉苦。他们看他聪明，就留下来做工友。因为他是台湾人，有语言上的方便，又因为送饭面的关系，对附近的地形和居民都很熟悉，他们有时也带他出去办案，有时也叫他自己打听一些消息。在名义上，他是工友，却兼有网民的身份。

在这一段时间，他感触最深的是隔开拘留所的那一道木格子。不管是谁，一进那里，就锐气全消，变得那么柔顺，不管是知识分子，或者是有钱的商人，都会趴在格子上求他给他们一杯水。

有时，他也看到警察把犯人提出来，带到后面的浴室，用水龙头冲着他们，像鼠笼里的老鼠一般，冲得全身透湿，连脚都发软。有时，警察还把橡皮管插进犯人的嘴里，用手捏住犯人的鼻子，把水不停地灌进去。犯人一边哀叫，一边把水不停地吞，等肚子都胀了，警察叫他趴在地上用脚蹬着，教他把水吐出来。

目前，他只是一个工友，只是一个未成年的孩子，但只因他站在木格子的外边，里面的人都要用哀求的眼睛望着他。在里面的人，从来没有叫他白鼻的。

当然，他是要站在木格子的这一边的。但他不是要做一辈子的工友，也不是一辈子的网民。他要把这木格子扩大到整个社会。他要做警察，只有这样，所有的人才会尊敬他，才会畏惧他。

他把这种决心告诉那些警察。他们教他读什么书，怎么读，也教他如何参加考试。他第一次没有考取，第二次却顺利地通过，而且名列前茅。

四

曾吉祥和吴玉兰坐在石阶上。石阶有二十多级，每级宽二尺，高八寸，长有二十多尺，上面是通往慈佑宫的宽大的通道，下面就是大水河的水面，石阶本身就是河堤的一部分，也算是码头。

乌黑的天空上点缀着稀疏的星星，从四周照出来的探照灯时明时灭，有时独自寻索，有时在天空上交会在一起。

日本已向美国宣战，预防是必要的。

“不行，阿爸说结婚不能用日本的仪式。”吴玉兰微低着头，眼睛注视着大水河的流水。水影随着探照灯的明灭而闪烁不定。

“你老爸真顽固。”

“不能说他顽固，他说，我们有我们的仪式。”

“你是受过教育的人，不能像那种无教育的人。”

“阿爸也读过书，只是读不同的书。他曾经说过，让我们姊妹读书最没有用，读一些奇奇怪怪的东西，讲起话来，没有一句听得懂。”

“部长桑劝我这样做。他劝我，其实这就是命令。”

“我姊夫也说我们应该用自己的仪式。他还到过内地读书呢。”

“你不要再提到他，他是可疑的人物。他需要我保护，将来也需要我救他。本来，亲戚里有他这样的人，对我很不利。他们将不会信任我。至少不会像以前那样信任我。这一次，我决定要用日本人的仪式，有一半也是为了你有这样的亲戚。”

“不过阿爸说，不照我们的方式，就不准我们。”

“不准，就……”曾吉祥倏地站了起来。

“曾桑。”吴玉兰也站了起来。

“你自己怎么想呢？”

“……”

“你的决定很重要。在台湾，还没有这种例子。宝贵就宝贵在第一次。你可能还不知道。政府正在计划推广皇民化运动。以后，不但要按照日本的仪式结婚，还要拜他们的神，还要改姓名，譬如说，我姓曾，可以改成曾我，曾我兄弟的曾我。你们姓吴，日本人也有，不过很少，而且读法不同。要彻底皇民化，最好也要改个姓。日本现在已把南洋的许多地方占领过来，以后我们都要去南洋，那地方太大了，我们要去做指导者。”

“我姊夫说，日本会……”

“不要说。你要说什么，我已知道。你一说出来就犯罪，我就不能不捉人。我不能捉你，因为我必须保护你，但你的亲戚，我就无能为力了。日本一定会打胜仗的。部长桑说得对，我们应该做模范，开风气，我们要看许许多多的人追随在我们的后面。”

“……”

“你怎么说？”

“我答应过您的话，一定会做到的。”

两个月前，他们一起在宿舍后面的网球场打球。虽然是公共球场，由于运动的性质和意识的问题，只有一些日本人、警察、老师和读中学以上的男女学生，这些属于所谓优秀分子才能使用。

两个人打完球之后，她就到他宿舍休息，顺便看看他的球拍。以前，她虽然也去过，却都是和其他的朋友一起去。

他打网球是在训练所受训时学习的。他学过柔道、剑道和网球。

柔道、剑道是护身术，也是晋升的手段。他已是黑带。网球却是社交活动的重要一环。他在台北做工友的时候，就已把这看在眼里了。

她的球技虽然不出色，他却喜欢她的体态。自从和她打球之后，她的影子就一直在脑际出现。她穿着白色的短衣、白色的短裤、白色的袜子、白色的布鞋，缠着白色的发带，手拿着球拍，微蹲着身子的体态，还有那娇甜的声音，这些都是家庭和教育的结果。

从教育而言，她比他高。她虽然不是有名的高女，却也是私立的女学校毕业的。和他只有小学毕业，完全不能相比。

今天，她也穿着一身的白，只是头发有些散乱。她把白色发带取下来，用手把头发往后拢一拢。她和他坐得那么近。但两个人之间却有那么大的距离。要消灭这种距离，只有一个办法，就是征服她。而现在却是一个最难得的机会。

他一下子扑过去。

“您要我，应该好好地商量。您再碰我，我只有一死。”她低沉地说。

“原谅我。”他跪在榻榻米上，双手托前，头一直低到可以触着榻榻米，“我很爱你。请你答应我。”

“……”

“玉兰桑……”

“您父母也赞成用日本仪式？”

“他们乡下人，不会有什么意见。就是有什么意见，我也可以说服他们。万一说服不了，我还是要用这种仪式。”他的声音很坚决，也有点高昂。

他说完，视线由吴玉兰身上慢慢转开，看着大水河的对岸，再转向天空。几道探照灯依然交叠在天上寻索。在大水河的下游那边便是台北市。他依稀看到总督府的高塔。

“扑通。”河里远处传来浑重的声音，有人掷了石头。

“扑通。”“扑通。”石头越掷越近，一直掷到石阶下的水面。

“谁？”曾吉祥大声叫了起来。

“不理他们。”

“显然是故意的。”

“今天，就是故意的，也不理他们。”

“嘘！”从堤顶那边传来吹口哨的声音。

“查脯带查某！”是小孩子的声音。

“嘘！”

“扑通。”

“咿唷，查脯带查某。”

“白鼻的。”

“畜生！”曾吉祥倏地站起来。

“曾桑，拜托您。”

“好吧，不过……”

“我可以答应。”

“您父母呢？”

“我会尽力劝他们。”

五

“日本输了。”

“日本输了。”

开始，大家都窃窃私语，还有点不敢相信。大家都知道日本虽然不会打到一兵一卒，虽然日本的报纸一再说着冲绳玉碎，虽然美国已在广岛和长崎投了两颗原子弹，虽然大家都知道日本迟早要投降，但大家都没有料到是今天。

今天，大家都似乎感到有点异样。早上，天空一片晴朗，却宁静得出奇。已没有警报，也没有飞机的声音。

郡役所里，大家显得很紧张，精神有点恍惚。

有人把收音机放在郡役所前庭，到了中午时分，郡守以下每一个人都跪在地上聆听天皇陛下的玉音。收音机的效果并不好，杂音太多，而且天皇陛下的声音在颤抖，显得已泣不成声了。

开始，大家只是默默地跪着，然后有人跟着饮泣。每一个人都紧张地握着拳头，头越垂越低。有人用手捶地。

曾吉祥也跪在人群之中，他不知道是悲还是苦。他只是愣愣地跪着。这件事好像与他无关，也好像有切身的关系。

玉音播放完毕，大家还向收音机行礼，久久无法站立起来。

“日本输了。”

这一句话变成有分量了。他看到郡守起来。街长、课长、主任、巡查部长继续起来。有些人垂头丧气，但也有些人好像已有了决心，脸上露出坚决的表情。

“日本输了。”他走到街上，已有人大声地说。

“日本输了？”回到家里，妻迎面出来，帮他脱下衣服。

“输了。”

“以后怎么办？”

“我也不知道。”一辈子里，他没有这样彷徨过。

“美国兵会把每一个人都杀死？”

“你相信？”

“我当然不相信。”

“那你还问？”

“日本人真会宣传。就是现在，我还想着从冲绳的绝崖纵身自杀的女学生，我是指那些姬百合。”

“你想那些干吗？”

“我是说，如果您……”

“我怎么样？”

“如果您下一声命令，我什么都不怕。”

“马鹿，我们不同，我们不是日本人。”

“我知道不是日本人，但您是日本警察呀。”

“我把这制服丢掉就行了。”

“可以丢吗？”

“日本已没有国家了，难道还会管我？”

“可是……”

“郡守还命令我们本岛人维持治安。”

“玉兰，玉兰。”有人在外面喊着。

“姊姊，请进来。”

“你姊夫说，曾桑要赶快逃。”

“为什么？”

“你看现在民众还平静，因为事情来得太突然，大家不知道怎么样做。也许明天，也许一个礼拜之后，一旦有人发难，说不定还会打死人呢。”

“那我们母子怎么办？”

“孩子可以暂时放在我家。”

但曾吉祥还不相信民众会怎样。他说他有义务维持旧镇的治安。

到第二天，旧镇也开始有了情况。

开始是巡查部长的自杀。在播放玉音当天，内地就有几个日本的大官自杀。自杀好像会传染，报纸上几乎天天都有报道。部长虽然只是一个小官，但在旧镇却是一件大事。

旧镇本来是平静的小镇，镇民都安分守己。但报复之风很快地传到了旧镇。

据说，最先发难的是一个镶牙师的儿子。镶牙师没有执照，接近密医。这个镶牙师在战时因为一位开业牙科医师的密告，被抓去拘留。一旦终战，他儿子在中学学过柔道，就去找牙医算账，在公众面前把对方摔在地上。然后，这个儿子又去找抓过父亲的琉球籍警察。

这时，民众一下子觉醒过来，大家喊着“冤有头，债有主”，各自寻找仇人报复。

有些警察被拉在庙前跪着，向代表着我们的神赔罪。有个屠夫，在战时因私宰被警察抓去拘留灌水，这时候却拿着宰猪的尖刀抵着两个警察的背部从海山头走到草店尾，押着他们游街示众。他很得意，比谁都得意。

台湾人的警察，大部分是办事务的，与民众没有什么瓜葛，都能相安无事。只有一个姓赖的，被大家拖到慈佑宫前面的广场。

“打死他！”有人喊着。

“打死这走狗！”有人应着。

“饶我，饶我。”他跪在地上，不停地叩头哀求，他的妻子也跪在旁边。

“打死他！”又有人喊着。

“狗，三脚，死好。”有人踢他。

“死狗呀，打死你！”又有人拿着棍子棒他。

“哎哟，哎哟！”

姓赖的警察，只是第二号罪人。他被打断了一条腿。

“把姓曾的，把白鼻狸抓出来。”但没有一个人知道白鼻狸逃到哪里去。

当民众来敲门的时候，曾吉祥迅速地逃到屋顶上。当天晚上，他悄悄地逃出了旧镇，却没有机会带走他的妻子。

但大家并没有放弃他。大家把他家里的一些家具打坏之后，扣住了玉兰。

“人，我也不知道跑到哪里。除此之外，你们有什么要求，我都可以办，你们打死我，我也不会有怨言。”

大家决定要她在慈佑宫庙前演戏，一连三天，在这三天内，她要准备香烟，让镇民无限制取吸。

那时，被日本禁止已久的子弟戏开始复出，爆竹的声音已替代了炸弹的声音，大家都可以再听到锣声和鼓声。民众开始在各庙寺行香，答谢众神赐给平安。

在慈佑宫的对面，靠着河堤边的地方搭着戏台，戏棚的前檐上用红纸写着“民族罪人曾吉祥敬奉”几个大字。在戏棚前和庙前之间，用平底箩一箩一箩放满香烟，辉煌的灯光，把这一条通道照得有如白天。每一箩香烟上面，都挂着红旗，同样写着“民族罪人曾吉祥敬奉”几个大字。他的妻子玉兰就跪在庙上向全镇民众谢罪。

“来呀，来去吃白鼻仔烟！”镇民相互招呼，熙熙攘攘前往慈佑宫。

“来呀，来去看白鼻仔戏！”

虽然大家没有抓到他，心里不无遗憾，但聊胜于无，时间一过，也把这一件事淡忘掉了。

六

“当时你几岁？”曾吉祥老人问我。

“十二岁吧。”我略微想了一下。

“你还记得那么清楚？”

“这是一件大事情。”

“已三十三年了？”

“嗯，三十三年了。”

“唉，旧镇，旧镇……”

“你没有再回去过？”

“回去？怎么回去？”他略微抬起头来看我，而后又低下了。我很清楚地看到他的鼻子，虽然岁月使他的整个脸都已老化，却无法消除鼻部那道不同的颜色。

“唉，旧镇，旧镇是我的梦魇。”他又叹了一口气说。他的眼睛望着墙壁，但他的视线却好像已穿过墙壁看到墙外的一点，遥远的一点。

“我不知道什么叫梦魇。也许旧镇的经验便是我的梦魇吧。我一直想忘掉旧镇，却不能够。虽然，我离开旧镇已那么久，我一闭起眼睛，就会看到那些善良，有时也是愚蠢的人的脸孔。我也记得你的父亲，那个子矮小、双脚向外弯的善良的木匠，镇上的人都以伯叔称呼他。他已不在了？”

“嗯，不在了。”

“我因为要他做一个书桌，他迟疑了一下，我就打了他一个嘴巴，他年纪比我大，但我还是打他。我的背上背负着责任。我当时这么想着。我还记得他看我的眼神。那眼睛充满着憎恶和愤恨。但，我觉得权威比仇恨还要强大。”

“我也记得那个叫柴扒凤的女人。她应该是你们的邻居。在领配给猪肉的时候插了队，我就叫她跪在大家面前，头上还顶着一木桶的水。既然是配给，每个人都可以买到，却有人一定要插队。这本来是一件小事，我也可以装着不知，但我曾经听日本人指着这一点，贪小便宜不惜破坏秩序的这一点，指责台湾人的愚蠢和无教育。以前，日本老师以这样的眼光看我，我却很快学会以同样的眼光看自己的同胞。

“我也记得那个叫阿灶的屠夫。有人密告他猪肉里灌了水。他不承认，我就叫他吃水。现在，我还听得到他哀叫和求饶的声音。

“那是一场噩梦，没有终止的噩梦。我有极强的记忆力和敏锐的推断力。我以这做本钱，完成了自己，以王者的姿态君临旧镇。我自以为是虎、是狮子。但骨子里，我却是猫、是狗。我学会借重日本人的力量。

“我自认为是王爷，但旧镇的人却把我看作瘟神。我知道他们在避开我。但也有人逢迎我，正如我逢迎日本人一般。玉兰也曾经劝过我不能过分。因为旧镇是一个小镇，她家又是个旧家，推算起来，几乎有三分之一的镇民不是她家的亲戚便是朋友。但我如何能放手呢？人在权威的绝顶，自然会沉醉其中，而忘掉了自己。

“然而，有一天，日本打败了。老实说，就是日本人自己也有预感，只是没有人想到会来得那么快。因为事情来得太突然，我还没有来得及想怎么办的时候，玉兰的姊夫，那位律师就叫我逃匿。

“我不听他的话。我以为我还可以继续领导镇民，一直到有一天忽然发现这些驯鹿已变成了猛虎。在仓皇中，我一个人逃出了旧镇，回到乡下来。这是唯一可以逃避的地方。真没有想到父亲竟不收留我。他说我不再是他的儿子。我知道因为结婚的仪式开罪了他。我实在没有想到一个乡下人有这种气节。幸好母亲苦苦央求，他才把这个放农具的小仓库腾出来给我暂住。父亲有一点田地，但他不让我耕种。其实，我也无法耕种。母亲偷偷地送东西来给我吃。

“我在默默地等着玉兰来团聚，或者情势平静下来，我可以去找她。真想不到，经过不到两个月，她竟因为患了伤寒，独自走了。当这消息传到了这里，我实在不能相信。

“我还记得，当时她家周围还围着草绳，大家都说是传染病，远远地绕过。

“这时候，我忽然感到我是世界上最孤独的人。在这世界上，再也没有什么可以替代她的了。现在，我还能记得她打球的姿势。战争刚结束的时候，她曾经表示过，如果我自杀，她会毫不犹豫地跟着我。我也好像可以看到她一个人跪在庙前向民众谢罪的情形。

“听说，在面对着狂暴的民众，她是那么镇静，那么勇敢。她以一个弱女子，为了我这个人，担负了民族罪人的重负。民众骂她，她向民众求恕，但不是为了她自己。有人唾她，她也不去拭擦。我是一个男人，却让自己的女人出丑受辱。

“难道她不会有怨言吗？我连见她最后一面也不能够。她就是有怨言，又如何申诉呢？我不知道她是怎样瞑目的。

“我何幸得到这样一个女人呢？我的罪孽太深，所以必须得到她而又丧失她？在所有的人，包括我的亲人都厌弃我的时候，只有她一个人默默地承受着，而我还没有机会表示感激和愧疚之情，她就默默地走了。

“她一死，我的整个心也死了。其实，要死应该早一点死。在日本投降的时候，我就应该死。许多日本人都自杀殉国，我却没有这份勇气。我却说我不是日本人。我是一个民族的罪人，我应该以死来谢罪。

但我没有，我反而逃到这深山来。你看我这个人有多可耻，我逃到这里来，让她替我谢罪，而我却还在心里想着有一天当情势平静下来的时候，我还可以回去当警察呢。

“但玉兰的死，使我的想法完全改变了。从那一天开始，世上再没有曾吉祥这个人了。其实，在日本投降的那一天，他就应该不复存在了。他的人民，他的亲戚朋友，他的父母都已唾弃他了，只是他恬不知耻地留了下来而已。”

“唉，玉兰。”他又拿起那张照片仔细地看着。“你真的认不出她？”他的手在发抖，他的眼神还有一点木然，看来还是干涸的。

“我知道她。可能当时年纪太小，实在认不出来。”

“不认得她的人，何止是你一个人！以你的年龄还不认得她，可能全旧镇，已没有几个人认得她的吧。刚才你还说，旧镇扩展很快，你回去，在街上已不容易碰到熟人了。我知道人家会很快地把她忘掉的。”

“你没有替她刻个像？”

“我试过，但不能刻。她虽然是我的妻，虽然曾经那么近，我却不能刻。她离开我太远了。她的身体，我曾经摸过，但那不是属于我的。她的心虽然曾经属于我，我却捉摸不到。她的脸，她那临去的脸，是带着什么表情呢？到现在还没有人告诉我。”

“我知道她只有一个心愿，就是死在我的身边，埋在我的身边。听说她的父母都已先后去世，听说旧镇都已改变了，我却一直没有再去过。我不敢去。开始，我怕那些人记恨于我，而后，我又怕我的不纯玷污她的土地。我没有脸再见到她的亲人。我也想把她的骨灰带到这个地方来的，但我怕她在生的时候没有来过，会不会太生疏。

“她的儿子也已长大成人。我说她的儿子，因为我没有资格。目前，他已离开旧镇到台北去。本来，我想事情平静过去，就把他们接到身边来，没有想到她猝然撒手而去，把他留给她姊姊抚育成人。他也曾经来看过我，叫我去和他同住。但我不敢面对着他，看着他比什么都痛苦。他有一点像玉兰，我希望他能像其他的人一般唾弃我。

“我想应该把我和玉兰的事告诉他，但我不能够开口。在没有人的时候，我可以和玉兰说话，但如果她真的出现，我怕一句话也说不出来的吧。我无法刻玉兰，这也是一个原因吧。”

“你刻那些马，是一种自责？”

“当时，当地人称日本是狗，是四脚，替日本人做事的走狗，是三脚。”

“你为什么只刻马？而不刻其他的动物？”

“因为他们要的是马。我刻着，刻着，突然间，好像在那些马身上看到了自己，所以就试着把自己刻上去。”

我把地上、墙角的马一只一只拿起来，虽然每一只的姿势都不一样，却都有一个共同的特点——它们的表情和姿态都充满着痛苦和愧怍。

“你打算如何处理它们？”

“我也不知道。”他迟疑了一下，“也许，有一天，我会把它们全部烧掉。”

“烧掉？”

“因为它们和别人无关。”他无力地说。

“你能不能卖一只给我？”我鼓起勇气说。其实，我心里想着，只要我付得起，我想全部买下来。

“卖给你？”他又迟疑了一下，把脸慢慢转向我，“好吧，你挑一只吧。这三十三年来，我没有见过旧镇的人。我一直想见旧镇的人，也一直怕见到。”

“但，我也已离开旧镇了。”

“至少，你知道旧镇曾经有一个叫白鼻狸的警察。”

我挑了一只。它三脚跪地，用一只前脚硬撑着身体的重量。它的头部微微扭歪，嘴巴张开，鼻孔张得特别大，好像在喘气，也好像在嘶叫，它的鬃毛散乱。我再仔细一看，有一只后腿已折断，无力地拖着。

“这一只，就送给你吧。”他迟疑了一下说。

“为什么？”

“我心里一直怕挑到这一只。怕来的事，往往来得早。有一天晚上，我梦见玉兰回来。我已好久没有梦见过她了。我怕已把她忘了。我看到她跪在我面前哭着。我也哭了。我一直以为不再会有眼泪了。但那天晚上，我哭得连枕头都湿了。早上，我一起来，就决心把所有的工作推开，一心刻着一只马。就是你手里的这一只。看马要看眼睛，你看看它的眼睛吧。”

我先看马，再看他。他那干涸无神的眼睛突然湿润起来。

我赶快把头转开，把手里的马轻轻地放了回去，拉着赖国霖默默地退出来。

—— 一九七九年

【导读】

郑清文，一九三二年生于桃园，因过继给台北新庄的舅父，而成长在商人家庭。台北商职毕业后，即进入华南银行服务迄退休。就读台大商学系时，即从事翻译，并开始小说创作。他的作品和他终身规律的银行员生活很相似，几乎像钟摆般规律地出现。他的小说创作观，一向秉持有名的“冰山理论”，看得见的只有十分之一，还有十分之九留给读者自己想，总是言简意赅却耐人寻思。作品以短篇为主，出版有《郑清文短篇小说全集》。

《三脚马》是一篇讽世小说，发表这篇作品的一九七九年，台湾还处于戒严时代，“三脚马”寓含的“三脚仔”，是台湾受外来殖民统治留下来的历史符号。台湾作为被殖民统治社会的历史里，产生了太多作为占领者帮凶、帮闲，回头又狐假虎威，鱼肉自己同胞的故事，《三脚马》可以说是一刀切入这个历史的脓疮里，而涵盖了强烈而丰富的台湾历史意象。作者也借用了这个历史意象，作为他浓缩的历史发言，展现他一贯的创作风格。

日本占领时代，中国台湾人暗地里鄙夷日本人有礼无体，有随地小便的坏毛病，谑呼之为“狗仔”，又以“四脚仔”的隐语代称。因此，当日本仔走狗的警察——大部分是巡察补、官员、御用士绅，常见仗着这种身份、势力，欺负自己同胞的人，被认为是不想好好做人的“类狗”，却不是真正的狗，而只有“三只脚”，故称“三脚仔”。

本篇故事采取倒叙形式，主角曾吉祥曾经是“三脚仔”，战争结束改朝换代之际，自己逃过民众的报复，无辜的太太却因他而死，于是他怀着赎罪的愧耻，隐姓埋名活下来，并以雕刻为业。他异于常人，也悖于常情地雕刻三只脚的残疾马，显然是告诉世人，他要以怀着赎罪的心情活下来。曾吉祥面对三只脚的马，好像把过去的自己做成一面镜子，时时面对过去的自己，肯定比为他受辱死去的太太承担更多更重。

他所雕的“三脚马”，面部表情阴暗、痛苦、羞惭，显示他是有意地选择这种痛苦的方式活着，也是他有意地借此自我救赎。不过，撇开这种救赎的方式，从“三脚仔”的历史成因到历史图腾意象的形成，一样也是作者有意的构思。曾吉祥生下来的胎记——白鼻狸，是逼使他成为“三脚仔”关键性的因素，被同胞排挤、嘲弄、欺负，是他想依附权势自保的主因。他选择的赎罪方法，表示他无意把责任推给别人，或推给历史及命运，他毕竟还是一个勇于承担自己生命十字架的人。或许作者有意把他当作一面台湾历史的大镜子，映现历史的真实。

——彭瑞金撰文

猎女犯

陈千武

即使再卑微地生、承载再多苦难的人，
都不肯轻易放弃自己的生命。

他们个个都是敢死队里的小角色。

“死”还没轮到以前，他们在睡眠中仍然拥有今天。今天这个空虚又宝贵的时间，表示着生命存续于未来还有一脉希望。不论这一天，是像预言者说的世界末日那么郁闷又不快乐：但是活着，总比枉死在异国的土地还有些安慰。

他们天天被迫仰望太阳，而那张太阳，只是白地中央一个红色圆球的日章旗，翩翻在旗杆上，代表着军政专权的威严。战争只是为了推广那张太阳的黑点而已，但太阳的黑点愈蔓延，愈使他们患上精神分裂症。他们必须每天嘟囔着“天皇陛下万岁”。“万岁”是一万岁数，假如日本天皇真的能活到一万年，那不变成妖魔才怪哩。其实，说“万岁”，只是祝福的口号，一句奉承话，一种无意义的空虚的赞美而已。明知道是空虚的赞美，但是在军队里的士兵们，都是皇军的一分子，假使不随从喊着口号，便难保自己的举动安然无恙。

昨天的天和今天的天，是同一个不太深蓝的天，却早被区划成几片空间了哩。其中仅有几分之一，才属于一群台湾特别志愿兵的天，其他庞大的天空，都被日本军官和士兵们的优越感占据着，反映极权的阳光，而在仅有的几分之一的席地，从天空洒下的泪雨，沾润了他们个个的乡愁；有时悬于山际，现出弯曲的彩虹，绮丽的彩虹，使他们看不清世界的明和暗。

这里有如军舰般的帝汶岛，整个岛屿，好像陷落在噩梦的睡眠中，模糊又昏暗，而模糊的战争且在浓浓的暮霭中进行着。怎样的战争，怎样进行着，他们都不知道。他们只能默默地等待今天的来临和今天的终了，却很久未曾想到有明天了。但明天在这种重重的暮霭中，也不见得会转晴吧。如果，致命的一丝悲哀永不转晴，被遗落在南回归线上的天然俘虏岛上，处于逆境的他们该怎么办？

日军占领荷兰和葡萄牙各属一半的帝汶岛不久，岛的周围，海与空的控制权，便落入澳洲联军的掌握，完全使这个岛变成了天然俘虏岛，失去实际战斗的机能，连自卫的能力恐怕都成问题呢。为了防备敌军来袭登陆反攻，敢死队的训练愈来愈紧张，那是发挥大和魂唯一的菁华作战法，又不使士兵们颓丧志气的防御法。

俘虏岛上虽仍充满着战斗的潜在力，但是守备队的战斗机飞不出去，补给的船只又驶不进来，被冻结在岛上的海一九三二精锐部队，竟无用武之地了。

澳洲联军攻击菲律宾群岛的飞机，天天经过这个岛的上空。早晨，他们仰望编队的飞机闪着银翼，像候鸟飞往北方；到了下午，他们已习惯陆地，可以听见从北方飞回澳洲的飞机三三五五经过岛上。那些回航的飞机，如有在菲律宾投掷剩下来的炸弹，便像飞鸟脱粪似的投向海岸港口的设施建筑物。有时轰炸的声音震动了岛上的密林；他们不需听到警报才逃避，一听到远方的飞机声，便进入山壁的防空洞，从山洞里探首看飞机，数数今天共有几架飞机回航，以及投掷几颗炸弹。这些已经成为他们的日常课程，毫不稀奇。

但不稀奇的生活临于死亡的边缘，有如铁片遇到酸液腐蚀时那么无情，影响了自立的信心和哀愁的命运。他们的哀愁，只能以一次牺牲换来一次怀念的哀愁。例如蒙受敌机的轰炸，被炸断了两条大腿的罗二等兵，或者随着沉没的输送船被埋葬在海底的谢一等兵，像这些数不清的灾祸，忽视个人生命的牺牲，仅能换来一次轻易的怀念而已。

应该稀奇的，但已使他们不感到稀奇的事情太多了。因为他们不再思考，把思考的机能收藏在军队人事官的资料柜里去了。不管这是为谁的战争，属于谁的荣誉或是谁的权益，他们早已不再思考了。

补给的船只驶不进来，就没有新兵补充到这个岛屿来。在没有新兵到达以前，他们就是兵历最浅的新兵。尤其被殖民的异质分子，未曾志愿而被征来、称为特别志愿兵的台湾兵，只能睁开疑惑的黑眸，春天花开也不说话，在腐蚀的钢铁的压抑下，永远屈膝在下层，在一丝致命的悲哀不转晴的天候里麻木着，终于也不感到悲哀或孤独了。

哀愁的上弦月罩着晕圈，好像女人颈项挂着项链，胸脯上有南十字星的珠宝，在深夜的椰子树上踱着，把细长的树影映印在地上。而大自然睡熟了的三更，寂静又寒冷，猫头鹰不敢飞翔，蜥蜴爬停在树上也睡着。只有站岗的卫兵握紧着三八式步兵枪，披着无可奈何的孤独感，数数自己的步子，一步又一步在椰子林里徘徊。椰子树的影子，却像死了的野兽，俯伏在地面，成一堆堆的大斑点。

卫兵站岗在夜里，并不觉得很讨厌；因为安静的大自然，没有白天的嘈杂和烦扰，使人感到爽朗，似可恢复生命的活力，在夜的呼吸里才获得一点点人性和自由。这是林兵长晋级升兵长之后头一次轮到站岗——在夜里巡逻更使他感到愉快。

他转一圈广大的营地，走近兵舍，走近用椰子叶铺盖的茅屋；忽然，他听到低微而断断续续的叹息，掺杂着女人的呜咽，从椰子叶的壁缝泄出来。

他悄悄地走过去：

茅屋里的人，察觉了卫兵的脚步声，随即涌起的一种愤怒，压住了声音，很机警地，连呼吸都屏住。茅屋里二十几个女人，是昨天从北海岸的拉卡部落征召带来的。说是征召，等于就是强迫抢人。为了安抚部队的士兵，为了饿狼似的士兵们发泄淫欲，部队公然出动去猎女人，要把无辜的女人们带到巴奇亚城去，拖进地狱。

他探悉茅屋里的动静，许久……

茅屋里一片漆黑，只从椰子叶壁缝射进来微微的星光，保留一丝生命的光线。但那丝光线也随着时间逐渐挪移位置。明天或许后天，到了巴奇亚城之后，在她们的身上不知道会发生什么。如此一想，女人纤弱的感情便抑不住悲哀，泪水频频溢出，拖着低声的哽咽。

——阿母，唔唔……

女人在哽咽中哭叫的语言，好像是他熟悉的话语，是属于闽南语音。“阿母”必定是指母亲吧，母亲是一切怀念的根源，如果没有错，那个哭叫“阿母”的女人，也许就是华裔的女人啊！

他竟没有想到离开台湾那么久，在遥远的原始岛上，会听到故乡的话语。这一句话和军队里所用的日本语，对于他来说，具有完全不同的感受，给他带来浓厚的乡愁。

被猎来的年轻女人，离开了家，她们是无依无靠的软弱女人，可不要使无依的女人惊骇，也不要扰乱她们的哀愁吧。于是他又悄悄地离开了茅屋，心里抱着思乡的难能解开的结，郁闷地躲在椰子树下，度过长长的夜。

黎明一到，喇叭声便摇撼椰子树林的枝叶。不久，匆忙的枪械声音，又开始骚扰清新的大气。

——把女俘们带出来。

留有胡须的队长，站在茅屋前发出命令。队长的命令富有绝对的权力，绝对的生杀权。

——两个人一对对，排好，前进！

巴奇亚城位于中央山脉的高岭地带，是海一九二三部队的统率中心。大队部之下的各中队，便分散在巴奇亚城四周的密林中。砍下椰子树枝叶搭建营舍，匿藏在从上空看不清的树林里，似一种保护色，可以预防飞机的空袭。

把俘虏过来的女人带去巴奇亚城，在密林中新辟一处军中乐园，把女人们关进“慰安所”里，供很多士兵们有去处得到安慰，这是日本军队经理部门的计划与业务；但司令部却把护送俘虏们的任务，派敢死队训练中的士兵们担任。

虽然这不是像作战那样艰巨的任务，但面对哭过了一长夜，用泪水洗过脸的女人们，心理上的打击是相当大的。抢人家的女人，拆散了温暖的家庭，仅想到他们自己收到一张召集令便不得不服从、当兵，被送到战地来的苦楚，已经够悲哀了。何况这些家有父母，或也有丈夫、孩子的女人，怎能忍受这种强迫劫夺的打击？难怪女人们褐色皮肤的脸庞，失去了温雅的柔性，似乎连羞耻的感情也都凝固了，使他感到要容忍脆弱的感情，比赌命作战的操劳还痛苦。

金城上等兵当前锋，林兵长守备殿后。到目的地还有两天的路程，在炎天下攀登山径是够辛苦的；尤其纤弱的女人们，从纱笼裙裾下露出的赤脚，踏着沙砾，看起来十分可怜。

不管队长有无顾虑到人性，但他那严肃而绝对的权势，使他成为军阀的魔爪。他骑着黑灰的现地马，一会儿跑到前方，一会儿到后方，做机动的巡逻和监视，没有一点怜悯和宽容的笑脸，只一味地执行他的职责。

日正当中，女人们的步伐愈来愈慢。

这教队长不断地挥起马鞭，一边谩骂，一边驱策女人们走快一点。他却不敢用马鞭抽打女人，似乎害怕损毁女人们柔嫩的皮肤。因为那是商品呀。当然，在丛林里的小径，是不怕纤弱的女人们逃跑的。这是一种奇异的任务，敢死队的士兵们被派充猎人，征召“慰安所”的女人，剥夺女人们的母爱，撕裂了他们夫妻恩爱，糟蹋了儿女私情，像押送女囚，把没有犯过罪、没有任何过错的女人押走；士兵们借着军权的威力担任猎人，这真是一件奇异的任务啊。

林兵长在殿后，跟前一名士兵保持适当的距离，而以同情的眼光看护女人们走路。他想，这不是押送囚犯，应该要想尽办法保护她们的安全，解开她们委屈的结。然而，女人们看他好像是刽子手，是讨厌的抢劫者，是军阀盗匪的一分子，这一事实，使他感到毫无辩解的余地。

林兵长回忆昨晚站岗时无意中听到的呜咽声，不知道是哪一个女人的哀叫；在穿着同样的衣服的女人群里，他想知道那个哀叫“阿母……”而哭泣的女人，很希望认识那个华裔的女人。

拉卡是位于东北海岸的一个小港口，比山地部落的岛民接触海外文明的机会多。因此，这些女人们，不像山地部落的女人们，只在腰部围着一条短短的纱笼裙，裸露上身，在男人面前夸耀似的，摆动着丰盈而天然褐色的乳房。她们穿的衣服像印度尼西亚女人，披着淡薄而轻妙的麻纱上衣，腰部的纱笼也长到脚踝，比起山地部落的女人较美，又有魅力，且显示出女人特殊的羞耻感。

林兵长仅想到在这一群女人中有一个华裔的女人，便像感到在死的阵地捡拾一颗遗失已久的宝石那么兴奋。

——走呀，走呀，你想挨打吗?

突然，前面的士兵大声喊起来。

有个女人似乎走不动而蹲在路旁，士兵用枪柄轻敲她的肩膀，催她赶路。她不得不站起来，摇摇摆摆，拖着步子，慢慢地，慢慢地踏着沙砾的愤恨，踏着时间的逆流，慢慢地，又开始走路。

——你走不动吗?

林兵长走过来，以温柔的口吻问她。林兵长讲土语“帝屯话”是班内顶好的，但那女人却听不懂似的，默默不回答。

——你不能走快一点吗?

林兵长伸手想扶她走，但女人却狠狠地把他的手拨开，显示憎恨的态度说：

——不要碰我!

当然，站在敌对的立场，要获得互相的了解和善意的认识，确实不那么简单。在这种场合，谁都不愿意被谁同情，也不值得被谁同情。同时，行军在艰难的山径，不论是被押的人有如俘虏，或者是执行守备押送任务的士兵，甚至能任意挥霍权势的队长，也都被无形的怒火驱策着，演成朦胧的雾的世界，看不清的无情的火花在燃烧，燃烧使女人的脸更红。

林兵长指示旁边的两个女人说：

——你们二位去扶着她走吧！帮助她。

两个比较活泼的女人很听话，走过去便分开左右，挽着走不动的女人的臂膀前进。且嘴巴不知在讲什么，讲话的声音像枪弹那么快，快的速度跟脚步的速度，却成反比例。

她们低声嘟囔着，讲个不停，但一察觉士兵走近，便随即沉默起来，而显示郁郁不乐的神情。

沉默是最严肃的反抗。

由于身体纤弱而走不动，于是被扶着跛着脚慢慢走的那个女人，性格好像很倔强，看来蛮有理智而优雅。但在看不出美和丑、好和坏的异民族的体态中，异性本能的好感或讨厌也都会分不清楚。只有胜过于爱的当中，林兵长却想从有意同甘共苦的怜悯里，逐渐亲近她，而得到人与人之间的互相了解，不管是异民族或异性之间，人与人之间的互相了解，总是令人得到温暖的。

不久，林兵长看跛着脚的女人，独自走进密林里，在草丛边蹲下来。林兵长知道她离开队伍的原因，是为了生理上小小的需要。现地土人的女孩子，解决生理上小小的欲求的姿势，都是习惯在路边用双手掀起纱笼，并稍微张开双脚，站着施行的。但是，现在看她那样连小小的欲求都要蹲下来的姿势，显然不是此地的习俗，这一发现，使林兵长猜测跛着脚的女人，一定是华裔的女孩子。

这是个秘密，她的秘密，也正是林兵长的秘密，持有同民族、同血统的秘密，多么令人兴奋呀。

——小姐，你的……你的母亲，还在吗？

已经很久，林兵长没讲过台湾话了。

混在日本兵的队伍里，做梦也没想到，仍会有用祖国的语言讲话的机会，这不是很唐突吗？！现在林兵长竟然向一个不知名的女孩子，用祖国的语言问话了，而他讲祖国的语言，却是这样稚拙。但是，不管讲话的技巧多么稚拙，语言总有微妙的机能打动人心。果然，意料之外的惊异，打击了她，使她哑然，使她只睁大了眼瞳，凝望着林兵长，时间也随着停滞了许久。

许久，她才半信半疑地说：

——你——你会讲……福佬话？……

语言的魔术，具有不可思议的媒介意义，竟能叫一个陷在悲哀深坑里的女人开口讲话，同时叫一个寂寞的士兵感到非常兴奋。

嗯！她只知道他是日本兵，怎能知道他跟她一样，属于同一民族分流出来的一分子。

——在日本南方北回归线上，有一个岛屿叫作“台湾”，你知不知道？中国海那边被最初发现的葡萄牙人称为福尔摩莎的那个岛屿？

——？……

——也许你没听过而不知道……我告诉你，台湾是一个岛屿，比帝汶岛稍微大了一点。住在台湾的人，很多是从福建迁移过去的。在台湾我们的家乡，也跟你一样讲福佬话呢。

——？……你别骗我！

——我不会骗你，因为我也是福佬人。

那个女人，忽然发疯似的，却很谨慎地压低声音喊起来。

——你不是，你不是，你是日本鬼，是日本鬼。

充满着憎恨，含着轻蔑和愤怒的情绪，她却能顾虑前后，忍着冲动而睥睨他。

穿着日本正规军服的林兵长，是抢人家妇女的帮手。现在，面对着一个难能解开的结、难以释义的痛苦而无可奈何地，向一个被抢来的女孩子低头，显出温和且尴尬的神情，只摇头，只傻笑。

然而，女人倔强的态度，触及林兵长的温和，似乎也逐渐软化了。

——如果，如果你真的是福佬人，那为什么要当他们的兵？

她那明晰的眸子转滚着，向林兵长表示疑惑和好奇。

唉！这该怎么说明，才能使她了解呢？台湾原先是清国的土地，现在日本占领台湾快五十年了。日本的军国政府，虽然不会相信台湾人能对日本天皇忠诚，但政府有意以持久的努力，改造中国台湾人为“次日本人”，企图增加庞大的国家人力，以便管辖新占领的土地。如满洲、菲律宾、爪哇等广大的地域，以“次日本人”管理占领地的“新平民”，是一举两得的政策。

然而，把这些事情说明给一个离岛生长的女人，怎么能够使她了解？在一个原始岛上长大的女孩子，没有地理的常识。尽管林兵长讲了国家之间的关系，她只是摇头；她的眼神只显出不可解的疑惑，似乎在说：

——不管台湾怎么样，你为什么要跟随着他们当兵？

问题就在这里，林兵长说：

——像你被掳来的一样，我也被强迫送到这里来当兵的，谁真正愿意当兵呢？

这是一丝挣脱不掉的悲哀。这种有关被殖民的弱者互相切实的问题，她却会了解；也使她产生处于同样遭遇的一种亲近感。毕竟她是女人、重感情的女人，亲近感容易增长而产生同情。

——他们，对待你怎么样？

——他们认为我也是日本人，说日本国民是一视同仁的，而夸耀日本是太阳国，天皇是活人神，人民都属于天皇的赤子。

日本帝国军人是灾祸的根源，自称为皇军，以其权势把世界拖进战争的旋涡里，意图侵略。但她对于这些世局的问题不感兴趣，只以冷酷的脸孔，望了望林兵长说：

——如果，你真的是福佬人；你，能不能救我，放我回家？

就说救她脱离魔掌吧。这是多么冒险呀。对于被掳来的女孩子来说，是多么切实的愿望。但这使林兵长沉默起来。要怎样向她说明白，才能让她了解这种事情的冒险和困难？这是不可能的，不应该做这种生命的冒险。林兵长想转变话题，讲一些无关紧要，而能引起乡愁的一些有诗意的话题；因为，诗的哀愁可以冲淡跋涉崎岖的山路的痛苦。

——你叫什么名字?

——赖莎琳。

赖莎琳，很像葡萄牙女孩子的名字，据说，是她父亲的一位荷兰人朋友给她取的名字。她的父亲和祖父，都是中国人和印度尼西亚女人生的混血儿，而她的母亲却是荷兰人和中国女人生的混血儿，有混血儿特殊的美，带有异国情绪的美。但是赖莎琳并不像她的母亲那样的美，也许，因为她承受了印度尼西亚血统较浓的缘故吧。

她们一家住在拉卡，她的父亲是做收买牛皮生意的，在帝汶岛各地搜集牛皮，转送去爪哇卖。因此在拉卡港口拥有几栋储藏牛皮的仓库，算是稍有盘底的华裔。不过，自从日本军占领了帝汶岛，她的父亲就一直没有回到拉卡来。

——你的母亲呢?

——她，还在拉卡。前天，三个日本鬼，到我家去抓人，强迫把我拉上吉普车，我阿母紧抓住一个日本鬼不放，却被脚踢倒进水沟里，不知道她伤得厉害不厉害。那天，你是不是也在那儿?

——没有，我是昨天才来换班的，我没看到你被劫猎的场面……

或许看到了又能怎么样?不是也会瞄准着枪口，恐吓着她，做作示威的姿势?让士兵们好容易抓住她，俘虏她，而成为凶手共犯?

——我恨透了日本鬼，也恨你。

——我知道你恨我，不用你说，我也恨我自己……

——你会恨你自己，为什么还要跟着他们做坏事?

——军队里的规律和命令，不得不服从。拉卡部落的酋长不也会发施命令吗?

——酋长的命令不会破坏我们的家，只有日本鬼的野人，才会破坏我们的幸福。

哦！野人丧失人性的军队，就是野人的集团，成为一群盗匪，只会破坏人家的幸福，这可称为战争吗？不重视人的生命，算是战争的本质吗？

——你能不能救我，脱离这个魔掌？

这是多么冒险的计划啊。要穿过军队的钢铁，多么不容易呀。

——离开拉卡已经这么远，你还想逃跑？就算能从这里逃跑出去，也会被他族部落劫去做人质的啦。你是回不到拉卡的，你是个软弱的小妇人，怎能回到拉卡去呢？

——不管怎样，一有机会，你必须帮助我。

——当然，有机会，我愿意帮助你，但这是不可能成功的。倘若命运造成了机会，一切还需要靠你自己的机智和敏捷的行动，是十分冒险的行动。

她点了点头，表示一次极度机密的默契。说起命运，在这种无可奈何的动乱环境下，只有忍苦，没有奢望，人的行动全部受魔鬼的力量控制着，而很多无辜的生命，遭受种种的折磨，这就是战争。仿着军政专制的口吻说，这就是圣战。然而圣战的旗帜，究竟意味着什么？

贯穿南北海岸的公路，蜿蜒继续着。公路的两旁，都是原始的密林。郁苍的树丛，隐藏着恐怖的阴谋，让惊醒的乌鸦嘎嘎叫。押送女人们的队伍，进入公路一段险峻的峡谷的时候，从一棵大榕树中，嘎嘎叫的乌鸦群一起飞翔起来，向密林的中央拍着翅膀突飞而去。女人们仰看不吉的乌鸦飞远的影子，感到一阵寒战。但仍跛着脚，不停地，被魔力拖着似的，继续走上去。

度过水牛撒尿式的时间，跛着脚走过血泪的一天路程，终于在缓和的山坡兵站，士兵们卸下了武装，准备过夜。高大的麻栗树林，掩蔽着分散在山坡上的兵舍，遮拦空袭的威胁，使夜暗更弥漫，昏黑得很快。

营舍内，士兵们点燃起植物做的蜡烛，在摇摇欲熄的火光下，各自寻找孤独的梦。营舍外，士兵们做活，只好依靠着亮在山陵上那南十字星的微光，认清方向，行走上下坡。许久，骚乱了一阵之后，夜便安静下来。

卫兵又开始站岗了。

被囚的女人们，仍然挤在一个屋子里。屋子旁有一条溪水竹笕，供她们盥洗之外，没有寝卧用具等其他设备。她们必须躺在椰子叶上，度一长夜的孤独和耐寒。

林兵长本是人事官准尉的专任随兵，外出时跟随准尉参与作战。在内务，必须做一切准尉的身边琐事，例如洗衣啦，供应餐食啦，铺床啦，扫除啦，还有替长官脱长筒鞋，等于就是“下男”的任务。但有时也替长官抄写报告、整理文书等，兼任秘书的任务。

笼罩着女人体臭的屋子里，有一个女人想念着林兵长，想着白天跟她讲过话的那个卫兵，今夜，她便不再哭叫“阿母”而哽咽了。

她想着，将有脱离被囚生活的一丝希望。以哭干了泪水的命运，女人们共挤在一室等待，等待夜将给她们新的露水。

她等待林兵长站卫兵的时刻，能到她的身边来。然而等待的心情，有时候只成为一种幻想，是无法实现的梦。她不知道今晚林兵长不轮值卫兵，更不知道林兵长到准尉的营房去了。

此时准尉躺在床上，发出着怪异的鼻哼声。

——嗯！嗯！换过来揉左腿吧，好，好。

林兵长抓着准尉的大腿按摩着，按摩的技术是平田上等兵传给他的。那个可怜的平田上等兵，早几个月前由于工作过劳而死了。在野战医院，带着林兵长输给他的500CC血液，死了。之后按摩的工作才轮到林兵长来担任。士兵们说，平田上等兵是准尉害死的。白天工作，晚上又要按摩到很晚，准尉酷使了他，他才工作过劳而死了。现在，轮到林兵长，准尉会不会再害死他？

准尉的营房，配在山坡最高处。右边距离三十米的地方，有一棵老榕树。郁苍的枝叶间，栖有无数只山猴子，每天晚上向着营房的火光吱吱叫个不停。那骚音像原始岛上的现代爵士音乐，奏着自然的安宁被冒渎又是抗议的乐章，经过一个晚上。

林兵长紧紧抓住准尉的大腿在按摩，准尉喜欢这个年轻的新兵，尤其他是优异的台湾特别志愿兵，任他抚摸体躯，享受着温柔的快感，随之便发困而入睡了。睡眠引诱睡眠，使林兵长也倦困。他边按摩边打瞌睡，终于也伏在准尉的身上睡着了。

今晚，林兵长不断地怀念着跟华裔女人赖莎琳交换过的语言，以及她的行动。想得很兴奋。但是由于他太累了，就倒在准尉的身边，睡得很甜。

在一阵甜睡当中，他梦见赖莎琳清晰的眸子，似乎变成了蓝又美的无数眼瞳，在飞舞。飞在天空，像蜻蜓的复眼，难以捉摸的小小萤光，忽然又飞回来。似乎要飞回来责难，责难他是凶手，是日本鬼。但跟他无限亲近，亲近得有如自己人，而开始在哀求，哀求他救出被囚的无辜的女孩子。哀求的声音变成了“阿母”的哭叫声，好像从很长很长的葬列奏出来的哀叫声，好像披着白麻纱的送葬女人哭着，哀求他脱离一副重量的刑架。然而他却在哀号声音里睡着，全身麻木地睡着。

他们将一起前往巴奇亚城，梦一样的巴奇亚城，他们将到达巴奇亚城时，准尉说：

——将来我会带你去慰安所。

这句话是给他对于工作辛劳的安慰，同时对于新兵的未婚男人，一种“性”的启示。

——不，我不想去，不想碰到那些从送葬队里溜出来的巫婆。

林兵长的洁癖，表现了一些无关重要的反感，他认为慰安所是不健全的、肮脏的地方。

——嘿！你害怕女人？

——不是害怕，只是不喜欢接近。

——傻瓜，没有不喜欢女人的男人呀，一个月后我带你去，你就会喜欢。

—— 一个月后？为什么说一个月后。

——把抢来的现地女人集训，叫她们把身体洗干净，需要一个月，由军医检查合格之后，拉卡部落的美人儿，就可以飞舞起来。

——怎么集训？

——每天用香皂洗净灰褐色的皮肤几次，检查皮肤病和性病，教练她们接待男人的方法和礼节。

——谁去教练？

——从内地来的两个妞儿，神气十足而又漂亮的妞儿，你没看过她们多可爱？

——我看过了她们，但有点害怕。

——你是个小孩子。

林兵长是个小孩子，在军队里不知道女人的，就是小孩子。但这个小孩子却关心着一个带有泥土味的小妇人，他感到那个华裔女人赖莎琳，又蓝又美的一双眸子，在夜里一直凝望着他，而他却睡得很甜。

太阳一出来，就照到面向东方的山坡兵站。早晨的空气很冷。在透澈的空气中，匆忙的喇叭声响起，又催促士兵们整顿队伍，开始行军。

阳光的微粒子散乱在雾白的空间，浮游在女人软弱的步子的周围。有人想拭去光的微粒子，企图逃跑；有人害怕刀枪的闪光，愿意咬断自由。阳光却不分善恶，照射着复杂奇异的各种思维，因此，人的思维在阳光下，容易开花。

而女人们在卫兵的监视下，思维未曾开花；只有沉默，以沉默表示弱者的抗议。

动员民众开辟的这条横贯公路，士兵们走入郁苍的密林不久，林兵长便发现一个土人男子，跟随在队伍的后方，若隐若现地出没不定。察其行动，显然不是一般的过路人。

那是谁？这使林兵长暗地里提起了戒心，但装着未甚介意的样子。

走在前面的赖莎琳，此时又开始迟慢了步远，逐渐落后，而接近林兵长的时候，便靠近来急速地说：

——昨晚，你有没有站岗？

——没有，你怎么问起这个？

——我本期待你，到我们屋子里来看我。

——昨晚我没轮到值卫，但假使我轮到值卫，也不会进入你们屋子里看你啊。

——所以，你在那个军官的屋子里睡觉？

——你怎么知道？

——有人告诉我……你看，后面不是有个人跟随我们来了吗？

——你是说，那个拿着竹镖的男人？

距离队伍约有一百米吧，那个土人，仍然紧紧地跟随着队伍。看他那种轻妙的步法、神出鬼没的状况，可以察觉是一位身体健康、很有功夫的勇士。

——那是谁？

——那是拉卡部落的一位勇士，是他告诉我昨晚你跟军官在一起的。

——你认识他？他跟踪我们？究竟要做什么呢？

——他要救出他的太太。

——他？他一个人怎能救出？哪一个是他的太太？

在敌对的立场上当然谁也不愿意泄露秘密，这是战争的原则。有意脱离拘束，是人为了生存而自然赋予的欲望，也是正当的权利。不管任何军权或政权，都不应该劫夺人自由的权利。她们虽知道力量纤弱，但仍不顾生命，意图争取应享的自由，使林兵长感到意外而反顾自己，更为当了日本兵的立场觉得羞耻。因此，被劫来的女人们，常以沉默反抗，他是十分了解的。

林兵长环视周围，这里郁苍的密林、弯曲的山涧公路，他知道是袭击敌人埋伏兵力的最佳隐藏处。

护卫女人的队伍警戒非常严密，没有一点漏洞。女人们受集体看管，在没有一个人能脱离队伍的情况之下，林兵长想不出那个土人勇士计划怎样救出他的太太。

忽而，那个土人勇士看不见了。是不是放弃跟随的欲念，而折回去了呢？

不，那个土人勇士走入密林，抄捷径冲出前方去，便像猴子，攀登上一棵大树高处，握紧竹镖期待着，企图给骑马的队长投一次致命的镖枪。

土人勇士简单的脑筋，充满了报复的意念。

然而，只要给领队的准尉一次致命的打击，就能算报复成功吗？主要为了达成救出妻子的目的，他那弱小民族的勇敢的反抗，虽能说是精神可嘉，但事实上，想法过分幼稚而莽动。

队长走在前面，幸好那时他的马跑得很快，他听到竹镖“咻”的一声；瞬间，正好队长顺着马要跳跃而俯下身子，竹镖才掠过队长的背脊而过，没有刺中。不然，那准确的一镖，会使队长的胸膛开花的。

看到竹镖丢落，一个卫兵随即向树上的土人勇士狙击一枪。弹丸只穿破了土人勇士的左肩皮肤，未至伤重。

女人的队伍哗然，纷乱起来。

——下来，快下来。

狙击的卫兵向树上的土人勇士叫喊。

——不要慌张，把队伍排好。

树上的土人，才沿着树枝徐徐滑下来，站在卫兵的枪口前面，灰褐色的脸色变成苍白。一个卫兵走过去，把土人的双臂用绳子捆起来。队长策马从前方转回，看了恢复秩序的队伍，便命令卫兵说：

——把他押回部队去！

队长遇险瞬间的余悸，尚未稳定，却装着不怕死的骄傲，显示军官的本能意识，恢复他的指挥的地位。

天然俘虏岛的俘虏们，又增加了一个另一种俘虏。

巴奇亚城位于马蹄比央高原东边悬崖下面；一座突出的山陵，好像用过挖土机削平了一样，广场是平坦的一面草坪。在广场东边，便有城堡屹立着。城堡的白色墙壁，浮出在浅绿的自然彩色当中，反照阳光，维系着这一带最高统治官衙的庄严。

城堡的院子，有天竺牡丹和许多绚烂的原色花卉。一棵朱色的石榴树，含着南国情调，孤寂地伫立在石阶上层的一旁。绕过石榴树，登上眺望台，站在楼台上可眺望一片广漠的平原；而且能看到阿洛洽、阿洛洽布布亚、阿洛洽巴奇亚、得其利卡等绿色鲜丽的山河，由小酋长统辖的国家，沿着得其利卡河流分布在河流流域的平原上。这些小酋长之上，拥有一位大酋长。大酋长住在马蹄比央高原的王宫里。巴奇亚城，系葡萄牙人统治帝汶岛的总督府。疯狂的日本皇军，驱逐了葡萄牙人，篡夺了政治中心，因而殖民政治的体制也改变了。但巴奇亚城仍然是净白美丽的欧式宫殿，是土人最惧怕不敢亲近的法术城堡。大小酋长偶尔被召集在城堡里的大厅开会，而这些紧急会议差不多都是为了粮食和劳力的征收等问题。且日本军官的命令，是绝对的权力，军律仍适用于老百姓的法律，使这些大小酋长有口难言，不得不供出大量的粮食，如玉蜀黍啦，米啦，椰子粉啦，甚至牛、马、鸡等等，都得听从，苦于没有力量为之反抗。

林兵长住在城堡里后院一个房间，连接在准尉的居室。经过准尉的居室，前面有个大厅，是重机枪队长安井大尉的房间，以及办公厅和地方酋长们的会客室，亦即是地方行政统帅部。发布的命令，均交由苏达儿（土人兵）队长拉里诺转达传令。土人传令兵的声音很响亮；第一站从城堡阶楼大声地拖着有韵律的语音叫喊，离第一站几百米远周围的土人们，一听到第一站传令兵的喊声，不管是男女或在做什么，就得站起来复诵所听到的命令，成为第二站传令。如此传至第三站再至第四站，一直继续传到目的地为止。这种原始的无线电传达方式，把话传得既快又正确。

平常，十几个土人兵，驻在城堡墙内的守卫室。守卫室里没有步兵枪，但有竹镖和土人们用的长刀。表面上由这些土人兵守卫城堡，但事实上，土人兵只是推行统帅部的命令，和酋长们联系，做缓冲的工作而已。

守卫室旁边的老木麻黄树，有一个土人大汉被系住，双手被捆在树干上，失去了自由。那是昨晚跟女俘们一起被押送来的拉卡勇士。

谁也不敢想象什么幸福，也不敢猜想明天的享受。每一个人所拥有的是今天的现在，只能忍耐着今天的现在而度过一刻又一刻，拖下去。如果，在这一刻又一刻的现在，难耐过去，那么忍耐的纪录，便会造成生的荣誉。

土人勇士的忍耐，记录在他那赤裸的胸脯、肩膀和背脊，他那灰褐色的肌肤早已浮肿了一条条的花纹，因他对于射杀队长的意图和计谋的原因守口如瓶，才被打得几度昏过去。苏达儿泼水叫醒了他，但队长的鞭条，又催他昏过去。如此，已不知循环几次，他终于蹲在树头下，像是一尊血淋淋的肉块，失神地呻吟着。

——派苏达儿监视他，不要让他逃跑。

队长命令拉里诺严密地监视囚犯，让他沾一整夜的露水。好像甘美的露水可使自然人复活，星星的闪光可给人重鼓希望。

土人勇士张开嘴唇，仰望天空，接受星星给他的生命充电。吸吮露水的营养，梦寐了一个长夜，他那裸体的肩膀和背脊，滚流的水滴亮着。

第二天早晨林兵长很早起来，走到院子里木麻黄树下，看到被囚的土人勇士，他仍然睁开着很大的眼睛在看天空。

担任看守的两个苏达儿看林兵长走来，随即向他敬礼。他回举手礼之后，便走近土人勇士说：

——你从拉卡跑到这里来，白费了一切，何必要这样受苦？

土人勇士睁开着浮显红丝的眼睛，看他一眼，且不讲话。

——赖莎琳告诉我，你要抢回你的妻子，是不是？但是你有没有想过应该怎么样才能抢回妻子？现在，灾祸也落到你身上来了。

土人勇士又睥睨他，且把愤怒聚集在全身，显出侮蔑的神情，凝视林兵长。

——最好不要莽动，你的企图是毫无实现的可能呢；也不必愤恨，“恨”会毁灭自己啊！

土人勇士频频转动着身子，他的臂膀隆起丰盈的肉瘤。但，无法挥起反抗的手拳，使他咬紧牙根，只在怒视着。经过了很久，他才开口说：

——我恨，恨自己前天晚上，怎么没有把你们杀死！

恨会毁灭自己啊。劫夺大家的妇女，当然会教人憎恨呀，恨那一群人，那一群盲从战争，而采取野人的暴力行为，排斥轻视异民族的，不自觉的、没意识的，那些士兵们的行为，是不可原谅的。

——我了解你的恨怒，不过，只有恨怒，是不能纠正丑恶的姿态啊！

林兵长这一句话一半是讲给自己听的，他似乎照着镜子看了自己丑恶的姿态，而感到悲哀。

——你放我走吧。

——除了队长的命令之外，谁也不敢放你走。不过，等一下准尉会来询问你，那个时候，你该坦白而老老实实地告诉他，而向他认错，他会宽恕你回拉卡去的。如果你肯听话，我将会替你向准尉求情……

土人勇士垂下了头，又缄默着，他察觉了一种权力，不可反抗的——属于日本军自称的太阳神，向神低头似的，垂下了头。

准尉负责调查间谍，这个土人勇士是不是间谍，就属于他调查的范围。

但是由于林兵长的报告，准尉知道了土人勇士只是为了要自己的妻子获得自由，而冒险来救美，于是他笑了，有点嫉妒地笑了。

——这个家伙要讨回女人？哈哈哈，多么鲁莽呀。

帝汶岛的现地人都不知道战争，不知道日本皇军的威力，更不认识“为政者”的存在。他们遇见军队，看到骚扰安宁的装甲车辆和各种奇异的兵器，只觉得那是神和魔鬼的混合体，来到了他们的土地上，而感到十分诧异。也没想到那些异教徒的军队，突然会袭来践踏自然的圣境，会欺凌住民的自由和利益。他们对于那些外界的侵入，本来毫无感觉似的，以为跟他们无关。

目前军政政策的第一要件是宣抚，宣抚当地住民完全服从统治者的所谓德政。要他们像多面镜反射似的服从，照射无智的阿谀和谄媚，才能在这个土地上建立“占领战争”的另一个基地。当地人都无歧义的“思想”，是属于无智的自然人。

如果没有间谍的嫌疑，应该把土人勇士释放回去，回到不牵涉战争的地方，回到统治者的野心扰乱不到的地方去才对。

从拉卡部落抢来的女人们，早被送进野战慰安所去受训。受训时间最少一个月，未结训以前是不准接待任何客人的。

野战慰安所是位于巴奇亚高台的南方凹地，在麻栗树繁茂着的树荫间，有葡萄牙人留下来的喷泉水池和小溪流。喷泉的水，从人造的陶器狮子头口腔流出来。处于清雅的风景里，令人感到很有异国情调。慰安所的周围，用铁丝网围墙隔分内外；部队派有卫兵不断地巡逻监视内外的动静。而卫兵室边的大门，却像隐藏春色似的紧闭着，不准任何闲人进去。慰安妇住宿的营舍通道外边，都有椰子叶编织成的屏障，高高地遮拦着从营外来的视线，使外人从围墙外看不见营内女人们的活动。

听说，慰安所里有两个从内地来的女人，担任这一群被抢来的女人们的教官。在一个月当中，要每天教练她们接待男人的方法等一些课程。接待男人的方法，不过就是让粗鲁的士兵解决容易郁积的“性”的问题而已。这种任务，说起来并没有什么困难。但事实上，处理男人的“性”，必须要同时镇定年轻血气旺盛而暴躁的感情。所以，有时碰到粗鲁野蛮的士兵，要使他们驯柔，就会感到十分棘手。

从内地来的女人，都是艺妓出身的。其中有个日本人，能用日本女人特有的温柔，教示她们操纵男人而融化他们的感情。另一个是从朝鲜征来的阿里郎女人，她所教授的课程，是属于做爱的技巧等类。要使这一群未受过训练的女人们，在短期间内，能适应粗野的男人不断地摧残，而应付裕如，就必须每天教她们得躺在草席上，做激烈的腰部运动，这种有点像军队式的操练，使女人们感到名副其实的腰酸背痛呢。

慰安所的两栋房子互相面对着，而每一栋房子都分隔成许多小房间，可供一个女人配一个小房间住着。房间中央只有一张床铺，用军用白床单覆盖起来，一看很清洁。床铺的两端，即放有薄薄的粉红色荷兰军用毛毯和两个人用的圆长形枕头。除了床铺，在这小房间内，没有其他家具和衣服。

林兵长跟随着准尉来到慰安所，主要是希望能看到赖莎琳。

他们进入办公厅，办公厅却没有人在。只听到从办公厅后面一栋大房子，传来女人喊号令的声音“一，二，三，四——一，二，三，四——”

正是体操的时间吧，那稍微高音的女人的号令，像飞越在溪涧里的莺鸟温柔而尖锐的叫声，多好听啊！准尉想依顺女人号令的声音一直进去，却忽然被从侧门跳出来的一个女人挽住了手臂。

——不行呀！那边不能进去哟。

浓厚的粉膏香味和女人的声音，差不多同时扑来，刺激了神经，使林兵长全身像通了电似的，涌起异样的感觉。他一看，多美丽的女人啊，由于很久很久没看到日本女孩子，忽然出现在他眼前的女人，好像是仙女下凡，特别觉得漂亮。

——啊！安子。

准尉知道她的名字。他叫了一声，并举起右手抓住她的肩膀说：

——我以为你在那边教练体操。

——不，那是淑姬在教练特别体操呢，是男人禁地，不准进去。

叫作安子的女人，穿着简便的和服，稍微细长的脸颊十分可爱。但并不属于美人型，身长不高，腿和臂部都很丰盈，是一种标准的艺妓身材吧。

安子只和准尉聊谈，连看随在准尉后面的林兵长一眼都没有。当然，像她这样有来历的女人，对象都是军官。而下级的士兵，不值得她一顾。林兵长对于这种女人，持有畏惧的心理，只喜欢欣赏她们勇于闪露淫靡的神情，但不敢接近她，且持有羡慕和轻蔑的一种矛盾的心理，从远处凝望她。

——听说，这一次征来的女人之中，有一个叫作赖莎琳的女孩子？

准尉根据林兵长的报告，来打听那个土人勇士所要找回的妻子是怎样一个女孩，跟赖莎琳一起被征来的那个女人，不知是什么名字，只有问赖莎琳才能知道。

——您要找赖莎琳？

才来了两天的女人，在安子的记忆里好像有这么一个名字，她翻开名册，认出赖莎琳是六号的女孩子；在这里，房间的号码代替着女人的名字，也就是士兵们要找“慰安”的对象时，要指定的目标字号。

准尉说：

——事实上，不是要找赖莎琳，是要知道跟赖莎琳在一起的另一个女孩子，我要赖莎琳一起带她来。

——您喜欢她？

安子撒娇的高声音像含有嫉妒似的，笑着追问准尉。

——咦！有你在，我怎么会喜欢那些野女孩！

林兵长知道准尉也是安子的顾客之一，在野战军队里开设慰安所，虽然是为了安抚男人“性”的暴躁，但在男女交往之间，总难免产生感情，而互有妒意。像安子这种女人，敢到战地来赌性命做活，显然不是单纯的妓女所能做到的。不论什么时候，“死”都跟随在身边的战地，像士兵们的生活一样，需要对人生持有超然的谛念，因此她没有真正使心灵感电似的爱，只有在必要时发泄那关不住的欲望，使早已麻木了的感情，抖落了几片树叶而已。她是一棵女人树。

安子对准尉说：

——您喜欢她，谁也不会嫉妒您，但是现在不行，那些野女孩的性病检查，还没有结果，军医昨天才来过。您不知道，昨天军医来检查的时候，还大吵大闹过呢。

准尉一听到性病，便觉得全身哆嗦。因为他玩过一次酋长招待他的山地女人，就被传染了。幸好跟他是同学的一位军医在野战医院，继续不断地送最新的药来，才能医好。

现地的女人们，对贞操观念虽然很淡薄，但是军医检查她们的身体，没有医学知识的她们当然会大吵大闹哩。听很多人说，现地的女人百分之九十以上得有性病，所以被军队猎来的女人，必须经过最少一个月以上的检查和治疗之后，才能开放给士兵们“慰安、慰安”。

——安子，不瞒你说，我是为了查一个案子，要来侦讯那个女孩的，请你快一点把她带来。

听起任务，谁都不敢有所怠忽。尤其日本女孩子，对于军队严格的规律很尊重、很服从。那是跟尊重男人和服从丈夫一样，形成了“大和抚子（日本女人）”的美德，安子随即站起来说：

——是，我去先把六号带来，体操大概也完了，您先问问六号，跟她一起的是哪一个女孩，我再去带来。

安子伸长手臂，拍一拍准尉的肩膀，很甜蜜地笑一笑，便走出去。她那种婀娜的姿态，不知道有多少军官销魂过了。但是由林兵长看来，那是多么下贱啊。

稍后，安子带着赖莎琳进来。赖莎琳看到准尉和林兵长，好像吓了一跳似的，低垂了头，慢慢走进来。她已不像前天她们从拉卡猎来的女孩子，穿着印度尼西亚女人紫黑色的薄衫和长长的纱笼。她所穿的是慰安所分配给她的白色紧身女衬衫，长袖长到膝盖上，只裸露着肩膀，而胸部和腰部的曲线造型，苗条又优美。由于适应原始的生活，平常过着野性的行动，现地女人的身材都很苗条。让这样的身材，穿起现代式的白色衬衫，显露出来的线条，是相当艳丽而魅惑男人的。准尉看了赖莎琳，那样可爱的少女姿态，看得眼神都呆松了。林兵长却紧张起来。

——啊，赖莎琳。

——你们是日本鬼，又要来抓人？

赖莎琳仰首瞟睨他一眼，又装着不理他。两天不见，林兵长对赖莎琳的感情，互有微妙的相应；但在这种场面相逢的瞬间，心情觉得十分僵硬。只听到心脏跳动的声音，话却讲不出来。

在天然俘虏岛上，战争被冻结。没有实际的战斗展开的期间，军队里的士兵们闲着。因此想恢复一点人性，过着习惯了的婆娑生活，这是难免的欲望。

人间的文明，总会叫人羡慕向往。从较文明的社会，被征召，来到原始的岛上，过着野战军队生活的林兵长，当然常会怀念并意欲早日回到文明社会的生活去。这对于从没有经历过文明生活的赖莎琳来说，日前她所接触的军队里的生活，住、衣、食的不同，虽不像自由的文明社会那么舒服，但已经够使她感到奇异又羡慕了，远较她们现地的原始生活舒服得多。像乡村的少女羡慕都市繁华的生活一样，这里慰安所的生活已经够魅惑现地的野女孩了。她们被迫天天洗澡，她们虽不太喜欢每天用热水洗澡，但洗澡时所用的香皂的香味，会洗净了她们苗条身材的肮脏和现地女人特殊的臭味，使她们感到舒适、美丽，而得到文明生活的好处。晚上睡在特制的木床上，离地高高，有军用毛毯盖着很温暖。不像在自己家，睡在树枝上像鸟巢的竹笼里，不然就铺椰子叶睡在泥土上，用焚火或用薄薄而脏的纱笼盖着取暖，简直不像人的生活。每餐吃的是米饭和玉米并有红烧野鹿肉，和许多不同种类的菜和热烫烫的鱼肉，盛在铁质的碗盘里，放在简陋的桌子上，坐椅子，很规矩地吃。她们对这些种种的规矩虽然不习惯，但她们知道总是比原来的生活，得到很多的享受，而十分愉快。这是生活上新鲜的变化，在被抢来的当初无法想象的变化，当时她们以为被抢来要做苦工呢，而仅经过两天的生活，赖莎琳的姿态便有新的变化了，变成了一个新的女人。看到赖莎琳变了，林兵长有点惊奇地说：

——赖莎琳，你记不记得，从你们拉卡部落进来，要救出自己太太的那个勇士吗？

赖莎琳的眼神忽然发出闪光，凝望林兵长，并向准尉瞟了一眼。

——他，他怎么样，还活着？

或许赖莎琳以为那个勇士早被打死了，在这个人和禽兽的生命被视为差不多价值的原始岛上，尤其战争的乱世，人被打死的事实，并没有什么稀奇。

——他被绑在队部院子的大树下。

——噢，他还活着？你们要把他怎么样？

赖莎琳对于那个勇士未被打死，似乎难于相信。她看了林兵长，又瞟望准尉，想从他俩的表情探察事实。

——我们要知道那个勇士的太太是哪一个？请你把她带来，准尉想要对质一下呢。

——对质什么？你们既不打死他，为什么不放他走？

——就是为了要放他走，才要对质一下吗，不然，他早就被枪毙了呢。

赖莎琳显示感激的神情，但不讲一句话，转回身子就跑出去。

不久，赖莎琳带回来一个同伴，指给林兵长说，她就是那个勇士的妻子卡特琳。卡特琳不像赖莎琳那么带点忧愁，表情十分朗爽快活。也许她的性格属于乐观，或者被劫来军队慰安所之后，了解了被劫来的用意是什么，才开心。而要尽量享受这里比她们现地人较文明的生活似的，跟前几天从拉卡被押来途中那种垂头丧气的神情完全两样。她看到林兵长和准尉，像看到久违的知己一样，也没觉得惊异，显出活泼可爱的女郎姿态，向他俩微笑。这使准尉对她的印象很好，准尉要林兵长询问她，那个土人勇士是不是她的丈夫，她对于丈夫冒险来救她回去有何感想，她知不知道她的丈夫参加什么敌人的活动等等。

经过赖莎琳的翻译，卡特琳毫无顾忌地一一回答了问题。赖莎琳有意帮她，救助她的丈夫能获释回去。谈话之后一切事情似乎很明朗。林兵长把询问的结果报告准尉，正和安子谈笑的准尉，余兴未尽似的听了报告之后，马上答应了赖莎琳的要求。

——好，好，我要考虑放他走，不过……

准尉回看了一下安子，又看了看卡特琳。然后，对着她俩有点命令的口吻说：

——我要带你、六号和她……

准尉的手指着卡特琳，眼看着安子，安子随即抢着说：

——五号。

——对，我要你们，六号和五号两个到队部来一下。你们两个人，最好劝劝那个傻勇士，乖乖回部落去，不准轻举妄动，在这里惹祸。再不听话，我就下令枪毙他。

准尉看了手表，又面对着安子要她开一张她俩的外出证，让林兵长负责，带她俩出去两个钟头。

被绑在木麻黄树下的土人勇士马卡洛尼真不想哭。但是他的眼泪，像瀑布的水，竟不由得滴落下来。他看到他的爱妻卡特琳和赖莎琳一起走来，只看到她俩的影子，眼睛就模糊了，好像是一场梦。在被囚的这个时刻，怎能会看到她俩变成了另一种有如仙女的姿态出现呢。净白的紧身女衬衫，从没有看过的装饰，使他感到不可侵犯的神圣，附在她俩的身上，在伸手触不及的地方，距离他们原始的现地生活意识很远。于是他似乎一瞬昏了过去。直到卡特琳蹲在地上，跪着膝盖爬近他的身边，张开手臂按住他肩膀，叫了一声丈夫的名字，他才从梦中醒过来，睁开眼瞳看了卡特琳，又看了看周围的赖莎琳和林兵长以及准尉。为什么他们都来了？离别了几天之后，一场痛苦的邂逅，使土人勇士马卡洛尼，莫名其妙地说不出话来。这种场面，使林兵长感到一阵鼻酸，松永准尉却装着严肃的脸，用冷淡的眼光注视着他们。

赖莎琳红着眼眶，站在卡特琳的旁边，向卡特琳私语着。

——你啊，你怎么不讲话呀？

卡特琳把哭湿了的脸转过来，看赖莎琳，又瞧了准尉；碰到准尉冷澈的眼光，畏缩了一下，才把脸贴紧土人勇士，开始向他讲话。

讲话的声音很低，而且是土语，一般讲土语的速度很快，外人只能听到咕噜咕噜的声音以外，无法了解他们在交换什么意见。

然而在目前，他们讲话的内容并没有什么重要。准尉有意放走那个意图抢回妻子的勇士，那土人盲目的勇气，实在令人好笑。准尉认为这种单纯的抢劫动机，既没有惹出灾祸，应该可以原谅的。如果卡特琳能劝她的丈夫，不再轻举妄动而乖乖回到部落去，就要把这个案子结束了。在战地的军官握有这么奇妙的人民生杀权，只要你听或不听从他的命令，死或活便很简单地被裁决。那是十分含糊，有时会失去原则的极为危险的命令。

依据赖莎琳的翻译，林兵长大约知道卡特琳和土人勇士之间的交谈了。首先土人勇士马卡洛尼很倔强地说：

——我不回去，我要留在这里看住你，被杀死，也不后悔。

卡特琳却很冷静地说：

——你会破坏我们二十几个女人全体的安全啊，如果你不回部落去，我们都会为了你被打骂受苦的。日本鬼很狠毒，听从他们，他们认为你是友人，不听从就是敌人。所以只要听从他们，他们才会对我们好。我们来了两三天，穿的、吃的、住的都很不错，你应该放心回家。你先回去，到了时候，我们也会被释放回家啊。……酋长一定每天在盼你回家的，你不赶快回家帮助他，他……他会怎么办，你该想一想，不要老被绑在这棵大树下受难呀。

夫妻俩在争执了一段时间之后，土人勇士马卡洛尼终于答应服从了。

准尉毫无表情地叫土人守卫苏达儿放开了土人勇士的绑索，恢复他的自由。

林兵长护送赖莎琳和卡特琳回慰安所，又一次以卫兵和女囚的身份，走了一段路，谁也不说一句话。林兵长把她俩交还给安子，销假之后，便转回头离开了赖莎琳。卡特琳向他说了一声再见，“再见”这一句话是代表她最诚恳的谢意说出来的。由于卡特琳的眼神，他感受到了她的谢意。

赖莎琳却十分消沉，她把细长的身躯倚靠在六号房的门框，默默凝望着他离去。一直到林兵长走入拐弯处，回头看她，她仍然不动地望着。像被钉在门框里的一只蝴蝶标本那样一动不动。

敢死队的训练愈来愈厉害，愈教队员愈紧张。每天的演习不论白天或晚上，不管什么时间，任由敢死队教官的兴趣，便会被临时召集出动。营舍附近的山岳、密林、草原都强迫行军越过或爬过了。采取游击战术、机动性出没自在的战斗，确实，不眠不休的活动，使这一群敢死队队员个个筋疲力尽。经过敢死队的训练，到第四周周末晚上，就寝前，班长特地来寝室宣布说：

——明天是星期日，全队休息准予外出。

——哇……

这是敢死队再度开始训练以来的第一次放假，难怪队员们都跳起来高兴。但是，班长说“准予外出”，究竟在这种原始岛的山中要出去哪儿玩？去密林看树？或者到海边去看海？不管海或密林，他们都跑倦了。夜间演习、白天操练，已经累死了他们，哪儿还有精神去游山玩水？已经很久，林兵长在晚上或黎明前，没有感到由于睡眠的恢复而得来的体力。自己的男性象征，很久没有强壮地站起来过了。可见，敢死队训练激烈的程度，使他们的体力消耗殆尽。第四周才来一次放假，这一天，该好好睡一大觉，没有人希望外出吧。然而，班长却接着说：

——这儿有外出证，每个人都发一张，明天早餐吃完后，可以各自行动。队长命令每个人都要到慰安所去，把这几个礼拜来的紧张，解放下来轻松轻松一下，这是唯一的新陈代谢啊！如果没去慰安所的，一查到，会被罚站卫兵三天，知道吗？

队员们一听到队长强迫他们去慰安所，觉得喜忧参半。喜的是久未接近异性，能看着她们，跟她们谈谈话，接触一下细软的身体，多么快乐啊。忧的是男性的象征，已经好几天都一直畏缩着，未曾抬头站起来，接近了那些慰安妇，如果不能发生作用，多羞耻啊。那些女人们一定会觉得这些士兵，外观强硬，内里软弱得令人唾弃呢。

林兵长当然很喜欢到慰安所去，他喜欢去慰安所，不是像其他士兵们那样为了去买女人，他的目的，只要看着赖莎琳。一个月过了，从拉卡猎来的女人们在慰安所里，不知过着怎样的生活？

那天早晨，林兵长到了慰安所去排队买票。每一张入场券的价钱，是象征性的，只收一元钱，等于免费一样。林兵长指定买六号的票；但买六号票的人，在林兵长之前，已经有三个人，林兵长是排在第四位。每一个所占的时间，最长不得超过二十分。如果他前面三个人都以占满二十分计算，林兵长得要等待一个钟头以后，才能够见到赖莎琳。

但实际上，林兵长在走廊的长椅上，只坐了不到三十分钟，就轮到了。很显然的这些年轻小伙子，由于操练过劳，都成了早泄性，在女人房间不敢待长，红着鼻尖，匆匆退却出来。于是林兵长很快站起来，进房子里去。他的后面还有几个人也是指定六号的，但林兵长决心要花费全部二十分的时间才退出。林兵长看到赖莎琳洗手完了站在那儿，穿着净白的女人紧身衬衫，林兵长差一点就错觉，她是女医生，等着为他开刀似的，使他有奇异的感觉。他眨了眨眼，看清楚了，确实就是赖莎琳。赖莎琳面向着他，看他进来也没有一点笑意。房间中央的眠床上，净白的床巾有点皱乱着。林兵长一瞬，想象了刚才赖莎琳在床上的姿态，但随即把那些邪念打消。他绕过床铺，走近对面一张凳子上坐下来。

赖莎琳看他进来不讲话，也不像其他士兵们那么一进来就伸出怪手搂抱她。她默默地站在一边，两个互相瞧着，赖莎琳说：

——你不是也来狩猎？

——我？

林兵长觉得心脏跳动得很快，他知道赖莎琳的话意。

狩猎！是多么一句美妙的语言，其实，猎者和被猎者之间，有什么分别？真正的猎者是谁？赖莎琳以为林兵长是压抑着性的欲动，而不讲话。但是，林兵长确实没有那种念头。他的男性，由于连日来的操练，非常疲惫地还在睡着。

——我只是来看你，我是不会狩猎的。

林兵长虽这么说，但是赖莎琳好像不相信。

——你来看我？要我怎么样？

——我不要求你什么，我只想在这儿，看看你，度过我的二十分钟时间就好了。

二十分钟，不是很长的时间。但是，如果在僵硬的气氛中，也会觉得时间很长。

赖莎琳看林兵长那么诚挚不欺的神情，随即收回了女性特有的警戒心，在床边坐下来。

——你怎么那么久没来？

当然，赖莎琳不知道他们正在接受敢死队的训练，林兵长把天天接受操练，疲惫辛劳的情形告诉了她。她感到很奇怪地说：

——你们日本军为什么也要虐待自己人？

——不是虐待，这是作战所必需的训练。

——还不是一样？把我们猎来这里，说是训练，事实却在虐待我们，为了你们这些无聊的人，迫我们当奴役……

——不要那么讲，我们，比你们还苦呀！

——苦吗？你会觉得苦吗？为的是什么，是为了猎人的罪恶而感到痛苦吗？

赖莎琳很激动地说完，脸都红了。林兵长只以苦笑对待她，使她急焦的情绪缓和下来。此时，门外有人叫：

——喂！还没完吗？快一点。

林兵长看着表，时间还没到。但是，他觉得无须再留恋在这儿，于是站起来。

——再见，我希望你保重自己。

赖莎琳看他要走，一瞬踌躇了一下之后，却像雌豹的眼光看着他，突然扑地跳进他的胸怀里，手挽住他说：

——不要出去，我要你多待一会儿。

——你不是讨厌我吗？

——我讨厌你，但是我要你狩猎我。

赖莎琳说着，紧紧拥抱住林兵长。

林兵长受了女人的发香味噎着，半被动地也紧紧拥抱着她，在心里想：

——我这个无能的猎女犯，该怎么办？……

——发表于一九七六年七月《台湾文艺》第五十二期及同年十月《台湾文艺》第五十三期。获得一九七七年吴浊流文学奖

【导读】

陈千武，本名陈武雄，另有笔名桓夫，是著名诗人，《笠》诗刊创始人之一。一九二二年生于南投名间，中学时代即开始写诗与短

歌，是横跨日文、汉文两个世代的双语作家。战后任公务员至退休。一九四二年，台中一中毕业后，被征集为“台湾陆军特别志愿兵”，派往南太平洋战场作战，战后，部队由英军指挥，参加印度尼西亚独立军的作战。在诗创作之外，他根据战争经历为背景，写了一系列以“台湾陆军志愿兵回忆”为总题的小说，收入短篇小说集《猎女犯》里。

《猎女犯》的背景是二次世界大战时的印度尼西亚，主角“林兵长”是被强迫“志愿”从军的中国台湾人，是受过中学教育的中国台湾人日本兵，因是被占领统治的人民，虽以优越之能力当了兵长，仍然得屈辱地服侍日本人军官。

“林兵长”的被占领区人民的身份和遭遇，使他能很深刻地了解身为被压迫者的无助和悲哀，以及战争行为的卑劣及残酷。当他遇到被日本人捕捉而来的土著女子“赖莎琳”时，虽然同情她的处境，却无法协助她逃走。林兵长也知道，赖莎琳未来的悲惨命运，是要被送去当军营里的慰安妇，在负责解送的过程中，她的友伴卡特琳那不死心的丈夫，一直尾随在后寻求救走自己妻子的机会。林兵长与赖莎琳通过共通的语言——福佬话，建立彼此的互信基础后，证明自己不是真正的“日本兵”，居间翻译、说服她友伴那被捕的丈夫，不要再做盲目、无谓的挣扎，不要寻求没有成功机会的复仇，大概是同属被压迫者、被“俘虏者”，仅能释放的、有限的悲悯能量了。愤怒的赖莎琳最后也终于能了解这种同“命”相怜之情。

这是一篇深入探索人类战争行为的作品，也是通过战争反思生命价值、意义的作品。求生是人类基本的欲望，也是生命的本能。即使再卑微地生、承载再多苦难的人，都不肯轻易放弃自己的生命。林兵长自己的苦难负荷够重了，乍看之下，他和赖莎琳站在敌对的位置；实际上，他的生命被施为的处境，和她几乎完全相同。当林兵长遇到赖莎琳，两个生命擦出的火花是什么？原来彼此都是战争贩子主宰、钳制下无奈无助的相同生命。战争是残酷的、无情的杀人机器，无助而苦难的生命，是要以不自由毋宁死的决绝，把自己投入战争虎口呢，还是努力避开眼前的危机，吞下苦难，迎向生命最后的胜利呢？林兵长似乎比赖莎琳更早更深刻参悟了作为被占领统治下的人民对战争行为下的生命意义。《猎女犯》写的就是两颗心灵间生命奥义的传递。

——彭瑞金撰文

渴死者

施明正

唯有“真”，才有镜子的作用。

金属哀鸣下的白鼠

一九六三年，我们施家三兄弟在台北青岛东路的军法处看守所，已待了一年三个月。等待判决的日子，是难于用简单的几个字形容的，因此，一年后，我曾用十五首一辑的诗中的大部分来刻画它！其中一首《白鼠》，以实验室的白鼠，比喻我们在栅栏里的生态。《黑色金曜日》，描写礼拜五和礼拜二漆黑的凌晨，死囚从囚室被拉出来枪毙前，旁观者、执法者、多线条、多观点所产生的震撼。《金属哀鸣》，镌刻狱卒手里一大串巨大钥匙的碰击声、开锁声，以及划过铁栅栏，那跳跃、奔腾一如尖锐的弹头破空击向铁栅栏碎发的哀鸣，给人的恐惧和不安。这种声音的恐怖，深沉在我的内心，久久无法消失。直到蒋公仙逝之后，我在画室里为他布置灵堂，虔诚地祷告时，才把紧藏在我下意识里可怕的金属声响，完全剥开、抛弃。虽然如此，如今，我在睡前，还要捏两丸卫生纸塞住耳孔，以过滤、阻挡尖锐的声响。

当你生活在一个绝对无法由你主宰的空间时，你会从逐渐学乖的体验里，形成某种样品。由于人类异于其他生物，于是乎人类在多方思想、回忆，以适应生存的过程中，便自然地塑成了各种各样的典型人格。

我们在尚未被判决的期间，已约略知道我们的命运。因为我们可以从起诉条款和当时所谓“叛乱”案件采撷的多寡，来推知一二。像我这种顶多也只判个五年的小儿科，便只好在吃了几次犹大密告的小亏后三缄其口，为自己砌下一层无形的厚茧和围墙以保护自己。可是对于同样被以二条三起诉，未被上面接纳，终于以二条一项重新起诉的四弟施明德，原本没什么危险的，却在改变条文后，一变而有杀身之险。这种无休无止的担忧，分分秒秒以其有形的旋涡，把我卷进无边无际的痛苦里。

同是天涯沦落人

本文主角是跟我关在同一栅栏的一个外省人。我已忘记他的名字，虽然我们每个人总有一个阿拉伯数字的号码作为代号，但是我们生活在一个自由的地方，因此人的名字被保留下来，这也许是我们享受到的德政之一吧！我所提到的这个人来自大陆，当他正以青年军的身份投笔从戎时，日本却无条件投降了。之后，他随军转进台湾，继续保卫树立万丈光芒的自由火炬。也许是无亲无故的孤寂和倨傲的诗人性格，使他无法融为绿色戎装大家庭的一员，后来他被派到宜兰某个中学去当教官。不晓得是不是因为隔着单调的大海，因而昏了头，有一天，他竟在台北火车站前，高唱某些口号，终以七条起诉，与我同关一牢房。

有些好事者，每见另一个生物被放进我们的笼子，总会过去抚慰同是天涯命苦者。除了伪币制造者、走私犯、贩毒犯等，能够被调到笼外去执行杂役，以换得香烟、多吃几块猪肉、享受一些凉风的空间外，军法处看守所可以说是干净的地方，它没有司法看守所司空见惯的恶习陋规，这里几乎是人世间另一个经常发挥人类爱和人性光辉的地方。可是这也是一个磨碎高贵人格的磨石机，在这巨大的碾石机下，能不变形的，万人之中大约只有一两个。

每天吃过饭，我们在收起各人的碗筷，擦净是散步的地板，也是吃饭的桌子、椅子，又是睡觉的床铺，更是读书写字的桌椅以后，都会不约而同地一个接一个在栅栏内一圈又一圈地打转。

开始参加这项打转的生手，也即新客人，都会感到晕眩，因为这儿空间不大，两三面是铁栅，一两面水泥墙，如果你不能把注意力移离于几寸外的栅栏，那栅栏似乎会向你飞奔而来，迅速倒向你的身边。这些无味已极的活动，使你深深意识到你是被参观的实验品，是某种生态学家、猎人和园主的杰出样品。

这种打转，在看守所里，被公认是维持生命所需的重大条件：运动。可是，半坐半蹲在墙角里边的他，却像一只受惊过度的飞禽走兽，动也不动。我们只好在他身边打转。就像开始打转一样，收转也是不约而同地，一个跟着一个逐渐离队，由点线连成圆的圈圈崩溃了。人们在半个小时左右的遛腿中，重复了延续卑贱生命的重要课题，开始挣扎于在起诉时早已被决定的刑期宣判。

待在看守所里的人，有十之六七都已被起诉，十之二三是判了刑，不敢上诉，以免惹怒命运之神，给你来个不知悛悔、怙恶不赦的结果，以静待两三个月后，被分发到比较没有肃杀、恐怖的执行单位，去接受消毒和隔离。最后还有两种人：一种是未被起诉，在等起诉的人，这种人也大约可由他的自白书、其他被告不利于自己的口供和检察讯问笔录，略知自己未来的起诉条文和命运。由于起诉书很快就下来，所以这种人便相对地减少。最后的一种人便是不服判决上诉，由十二年，变十五年，再变无期，然后死刑的确定者。而我待了一年五个月，跟三弟同被改成五条。我们被判处几乎知道是五年的徒刑后，被扣上有生以来第一次戴上的手铐，送往台东泰原。在我读过的许多文学作品里，每每看到外国跟我们同样的情形被判刑者，在押送的途中，总会有人立正、脱帽以致意的情景：我们从台北到基隆所坐的军用交通，虽然沿途戒备森严，也有两列宪兵机车队开道护送，某些堂·吉诃德型的囚犯，总把两人合扣在一起的手，阿Q式地举向窗口，显示给好奇群众看，以泄幽禁一两年，不见外人所积压的郁闷。

以铁栅敲脑袋

有一天，我们在牢房打转过后，每人各忙各的，谁也不想去打破那沉寂。

忽然，一阵奔过木头地板的脚步声，和头盖骨撞上铁栅栏的闷响传了过来。我跟同房，还有对面栅栏里的人，几乎同时抬头，寻找，而且马上看到用脑袋当鼓、借铁栅敲鼓的他，正站在铁栅前发愣，在他确定没有把脖子上的鼓给敲破以后，颇为懊恼似的，双手紧紧抓住铁栅，像拉单杠，又像斗牛场的牛猛烈地撞了起来。

这种不是开玩笑的行为，已大大地违反了他一向大不为的常态。于是乎，他旁边的人和全栅栏的人几乎同时地把他拉离铁栅栏，我看到本来面向铁栅栏、无法看到的表情，那是我这一生很难忘记的一张脸。从光头流下的血，爬满整个脸庞，人静静地笑着，两颗牙尖破裂而被挤成内V型的门牙，特别引起我的注意，使我联想到，这些牙齿很有可能也像他正在奔流着血的头顶，是在夜深人静时，没咬断铁栅而断裂的。

当他被看守我们的班长带出去涂了红药水，再送进来后，他又恢复了那目不斜视、宁静已极的痴呆状态。

有些人挪过去劝慰他，得到的反应一如我们看到他以来唯一的表情：一尊泥菩萨。

于是那些好事者，好像在敲了门没得到回音之后，对他有了种种猜测。其中比较令我无法赞同的是说他在学孙膑，装疯卖傻，以换取改变条文，判他无罪，或者判了无罪，送他去政治犯的天堂——土城的生教所。过那没有铁栅栏，也不锁门，可以打球，也可以带着妻子、女友一块儿上厕所排泄的日子。

可是，我总觉得这个人，像极了文学名著里的悲剧人物。

我注意到他在接到起诉书后，一直没有打开过。他几乎是我所看到过的犯人中东西最少的。没有笔，没有纸，没有显示他坐牢以前带在身上的任何东西。他正像每个没有亲人接济的人那样，除了所里分给他的一双筷、一个铝碗、一支汤匙、一条毯子、一套蓝色囚衣（冬天，可以写报告多要一条。但是他没有写过字，所以……）之外，只多了一套绿色内衣裤。因为他本来是个军官，所以我无法肯定穿在他身上的内衣裤，是不是从象征着有限自由的外面穿进来的。

虽然我们房里正像其他房里那样，总会有人买纸、笔和其他用品，甚至于把亲友送来的水果、菜肴分给没有亲友的“同学”（我们都惯于使用这种称谓来互称）共享。但是，他好像从来没有跟我们共享过，因此，好像连答辩书，也是我们同房里一位老先生替他写的。这位老先生可能是从他的起诉书里发现这个小同乡，并在三问三不响后，基于同情心，根据起诉书草拟了一份答辩状，并在他没有答应，也没有反对的情形下，送了出去。

因此，我把这个人列入绝望已极的人，应该不会太过分。

他很快被判了七年。七年在当时的行情，几乎是仅次于五年的最低刑期(知情不报，不在此限)。正像我与三弟，和其他大多数的人那样，不服上诉的有效期间，十天很快就过了。

这个对我来讲仍然是没有名字的他，以不同于一般人的方式，塑造了另一个生存的苦难典型。追溯其源，我乃豁然发现那是一种凄美已极的苦难之火。

他，这个用“不要”来追求“有为”的苦难同胞，虽然生活在我们身边，却以其“不为”隐遁其形象，使我们完全漠视其存在。

有一天，我们突然发现，他的肚子像气球般愈胀愈大，他的小同乡，那位干瘦的老先生，嘴上喊着“班长、班长”，一边过去把开足水龙头，猛灌自来水的他拖离水槽，一边指着撒满碎馒头层的地板说：

“报告班长，他刚吃下十几个馒头。”

“鬼叫什么？！慢慢讲。他怎么会有十几个馒头？”班长隔着铁栅栏问道。

“他把每天早上的馒头藏在他的帆布袋里，这几天他紧抱着它。”

这个开头用铁栅栏击头，没自杀成的人，竟会想到用发霉变硬的十几个馒头和不知几加仑的水，来结束一条卑微的生命。可是保护我们如此严密的狱政，却救活了根本拒绝活下去的他。此后，他被关到别的房间，并跟我们一块儿被遣送到台湾的东南方——台东的泰原。

台东泰原的一群

这个以“不为”成就“有为”的人，好像在没胀破肚子之后，稍稍正常过一阵子。听说，他也写过好些白话诗，不过由于跟我提起他的人，根本不关心白话诗，所以我无法知道他到底写过些什么，要不然从他的诗里，应该可以发现他的苦闷，并进而替他做做心理分析什么的，以拯救这个作践自己、粉碎自己，几乎达到极度自虐程度的人。

在炎热的台东泰原，我们住在一个颇具清凉诗意的清溪山庄。我与三弟、四弟在那里度过了充满闷热阳光的三年多时间，早饭前和午睡后的半小时散步，使我们的生活竟也成为诗样的记忆，闪耀在出狱后，东闯西奔，急欲重振被撕破的家园，而迟迟不可得的落魄时期。

他在泰原曾经稳定过一阵子，有时他也在放封时，跟着“仁监”二三百个同学，绕牢房（全山庄分为仁、义两个监狱。山庄盖在断崖之顶，占地十几甲，围着高墙，颇像一座山堡）。在高墙边的长形方场，兜着圈，画起圆。为了安全，我龟缩在我孤独的硬壳里。散步时，我绝少跟人结伴同行，以免被虎视眈眈的监狱留下结群成党的坏印象，也为同一个理由，我曾摆脱过他跑过来跟我谈诗的雅兴。因为我怕背上黑锅，怕被上面误会我跟他的谈话内容影响他在散步时高唱反动的口号。

就这样，我失去了解他的机会。往后，他就在喊口号、关禁闭、用水泥砖撞击他那伤痕斑驳的光头顶的日子里度过。

就像蜡烛即将燃尽那样，一匹壮年的困兽，在无眠无日地挥霍他有限的精力之下，终于变为疲惫、无力、失神和虚肿。许久，他从我们的视界消失了。

仁慈的监狱官，派了一个瘌痢的外疫日夜照顾他，为了便于关顾这个糟蹋自己如此猛烈的苦命人，他们一齐被安置在两坪大小的房间里，与监狱官室只隔着一条通道。

从此我再也看不到他，虽然放风时，全监的同学都曾经过他的小房间，但是好像没有人注意过他。我也自觉身处是非之地，应该洁身自好，明哲保身，于是我乃埋头创造诗、画、小说、电影分镜头脚本和翻译，并完成施明正推拿术。

回忆面壁五年的生活历程，我觉得头一二年和最后一年的日子，最为缓慢而痛苦；第三和第四个年头，由于习惯了，刻板的日子便机械式地飞驰而去。

就在这么缺少变化而宁静的日子里，牢房的通道口，起了一阵罕有的骚动。开头，我们都想不到是他制造的骚乱，因为自从他由我们的视界消失后，已有好长一段时间，全监狱听不到他的骚动和消息。由送早餐的外役耳语中，我知道，他成功了。他死了。

他的死，怎么能算是成功？可是自我看到他以来，他的行为，好像都集中在寻找死路上；不断地试、力行，而终于完成他的宏愿。也许死的魅力，一直深深地诱惑着他；可是我不了解，要找死，不是应该留在监狱外？在那里，你要怎么死，不是顶容易的？然后，我又想到我们中国人，是一个绝不流行自杀的民族。因此，他的寻死，说不定是在喊了不应该喊的口号之后，落了网，才慢慢形成的。或者他的死，也是三岛由纪夫式的一种行动美学之追求；他死于三岛由纪夫之前好几年，因此不能说他模仿了三岛由纪夫。写到这里，我深切地后悔没有跟他做过任何沟通，以了解他寻死的原意，和他对诗、对人生、对人类、对世界，究竟有过怎样的看法。何况被他垂顾的，仅有写诗的我而已。

听说，他的死法，非常离奇，他在癞痢头起床外出洗脸刷牙时，脱掉没裤带的蓝色囚裤，用裤管套在脖子上，结在常人肚脐那么高的铁门把手中，如蹲如坐，双腿伸直，屁股离地几寸，执着而坚毅地把自己吊死。

——原载一九八〇年十二月《台湾文艺》第七十期

【导读】

施明正，另有笔名施明秀，一九三五年生于高雄市，一九八八年逝世，写诗、画画，也有小说作品。一九六一年，因受其四弟施明德“亚细亚联盟”案牵连，曾入狱五年，出狱后以推拿术谋生。一九六五年出狱后，开始向《台湾文艺》投稿，不久即淡出文坛。二十世纪八十年代初，忽然如休眠火山爆发，以事涉戒严统治时期极为敏感的政治案件受刑人故事，写了几篇“政治狱小说”，震惊文坛，颇有拼命文学的味道。有短篇小说集《魔鬼的自画像》出版。

《渴死者》发表于一九八〇年，恰巧是美丽岛事件发生周年之际。自政治牢出狱后，几乎以哑口噤声、精神自囚的作者，在这个敏感的政治风暴余波荡漾时刻，以此猛爆性的题材写作，自有他孤注一掷的打算。从这篇小说创作的时代背景而言，仍然是属于思想、言论受禁锢的封闭时代，美丽岛事件发生后，禁锢闭锁现象更为严重，作者以“前政治犯”及美丽岛政治犯家属的双重敏感身份，直捣一向被视为创作禁地的政治牢狱，具有多重创作引爆的象征意义，自有其石破天惊的文学外延作用。

所谓政治牢，思想禁锢、政治这些符号的意义，当然都是建筑在人都有害怕失去生命、失去自由的恐惧感上面，这篇作品的平地一声吼，是由于作者提供了一个不但不畏死、不怕死，还是一心寻死的怪案例。作者采用的是平铺直叙的表达方法，不加油、不添醋，旨在说明它真有其事。也唯有“真”，才有镜子的作用，映照当时社会的惊弓之鸟现象，不少是出自杯弓蛇影的自己吓自己，当然含有强烈的讽世意味。

小说故事的时代背景是二十世纪六十年代，戒严统治的严密度，远非小说指涉的八十年代社会可以比拟。在那个年代里，许多苟且偷生的人，还有小命不保的可能，自寻死路者岂有侥幸？讽刺的是，“渴死者”还是年轻从军、和日本打过仗的热血军人，来到台湾后，担任学校里的教官，自然也负责教人“爱国”。令人匪夷所思的是，他的渴死行动是故意要国家处死他。这是拿自己生命“开玩笑”的黑色幽默。“国家”不处死他，或者还来不及处理他，他就用自己的方法处死自己。这么坚决地求死，让人想到的是，他的“国家”到底出了什么问题。

作者在这篇故事里，给自己安插的角色是“金属下哀鸣的白鼠”，和“渴死者”固然构成强烈的对比，但这是作者的嘲弄笔法：曾经愿以性命捍卫国家的军人，用生命嘲弄了“国家”，“国家”剩下的只能以象征牢笼的“金属”吓吓白老鼠。

——彭瑞金撰文